名叫月光的骏马

卢一萍 著

江苏凤凰文艺出版社

图书在版编目（CIP）数据

名叫月光的骏马 / 卢一萍著. —南京：江苏凤凰文艺出版社，2022.10
ISBN 978-7-5594-6830-7

Ⅰ.①名… Ⅱ.①卢… Ⅲ.①短篇小说-小说集-中国-当代 Ⅳ.①I247.7

中国版本图书馆 CIP 数据核字(2022)第 079601 号

名叫月光的骏马

卢一萍 著

出 版 人	张在健
责任编辑	孙建兵 李 黎
责任印制	刘 巍
出版发行	江苏凤凰文艺出版社
	南京市中央路 165 号，邮编：210009
网　　址	http://www.jswenyi.com
印　　刷	南京迅驰彩色印刷有限公司
开　　本	880 毫米×1230 毫米　1/32
印　　张	8.75
字　　数	215 千字
版　　次	2022 年 10 月第 1 版
印　　次	2022 年 10 月第 1 次印刷
书　　号	ISBN 978-7-5594-6830-7
定　　价	49.80 元

江苏凤凰文艺出版社图书凡印刷、装订错误，可向出版社调换，联系电话 025-83280257

雄鹰飞在高高的天上，
我心爱的人儿他在何方？
我骑着马儿把他寻找，
走遍了高原所有的牧场……

目 录

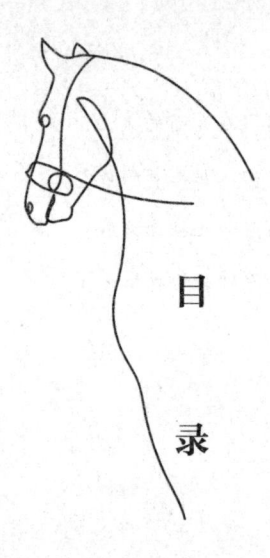

北京吉普
001 / 022
　　她显然还没有意识到自己的变化,她的美像英吉沙刀子的刀刃一样锋利,逼得我不敢看她。现在轮到我变得像姑娘一样害羞了,我说,你也是的,长得像个王宫里出来的公主了。

夏巴孜归来
023 / 045
　　他看着那些金黄中微微有些泛白的麦粒躺在黄土中,觉得好像是一群羊缓缓地游动在金色的草原上。也就在那天,他看见了高悬在远处的天上的慕士塔格雪山。

名叫月光的骏马

雪光已经长得很大了,眼神里有一种烈马的桀骜不驯,像是要在这些来看热闹的人面前显露一手,它跃过马厩两米多高的土坯墙,像一只白色利箭一样射向了绿色的草原,留下了几声有力的嘶鸣声和一串清脆的马蹄声。

克克吐鲁克

几个老兵和一群马在那里等着我们。他们在冰雪中如一组群雕。背景是肃穆的喀喇秋库尔雪山和凝固了的喀喇秋库尔冰河。士兵、军马、雪山、冰河和蓝天、白云构成了一幅深沉而又寂寥的图景。

哈巴克达坂

狼群在外面奔突,嗥叫,有时候离帐篷近了,他就突然打开手电,朝它们射去,狼群一见,就会吓得跑开。这玩意比子弹还管用。用枪射击,打死一头狼,它们把它吃掉后,仍会在帐篷周围徘徊。

银绳般的雪

帐篷里并无暖意,他们搂抱得很紧。她的头埋在他的怀里,睡得很死。他没有睡着。他听着她的呼吸,心软得像融化的雪水。他们的气息和气味彼此混合着,已分不清是谁的了。

雷场

165／185

为了伪装，凌五斗披着白布床单，头上包着白色的洗脸毛巾，像蛇一样无声地向孙南下靠近。他有时匍匐，有时蛇行，即使踩在雪上，也没有感觉到自己发出了一点声音。他觉得自己好像有一对可以带着他飞翔，却没有一点声音的天使翅膀。

最高处的雪原

187／197

他的一只手死死地抓着马缰，另一只手却摊开了，那只手努力地想抓住什么，但除了零下四十多摄氏度的严寒，他什么也没有抓住。

快枪手黑胡子

199／224

索狼荒原原本是平静的，现在可好，一听说要来女人，整个荒原就变成了一匹发情的种马，骚动起来了。大家虽然还说粗话，但已有些顾忌；有些人已开始刷牙，开始剃胡须，开始对着能照人影子的地方照自己了。

七年前那场赛马

225／267

草原上的赛马不仅仅是赛你胯下的骏马，也不是赛你这个骑手的骑术，而是在赛你和你的骏马是否一直是一个整体。人和马的力量要合而为一，这样，你才能一马当先。

代后记　墨水的诚实甚于热血（节选）

——答小说家、《解放军文艺》主编文清丽问

北京吉普

1

　　县长仁慈的祖父的爸爸阿布德·拉赫曼·巴布尔当我们这里的伯克时,修建了塔什库尔干的第一所监狱。从这个姓氏你就知道,这是一个尊贵的家族。县长的这个祖先十分暴虐,但在他当这里伯克的十七年零五个月时间里,他修建的这座坚固无比的监狱里却没有关进去一个人,这成了他一生最大的遗憾。弥留之际,他对即将继位的儿子说,我背了一个暴虐伯克的名声,原想这个监狱还要扩建的,没想一根人毛也没有关进去,我死不瞑目啊!我只能寄希望于你了。但从那时直到十二年前,那个监狱都只关过我一个人。其原因是,我们帕米尔高原每一块草原的民风一直以来都是淳朴的,每一顶毡房里的人祖祖辈辈都是善良守法的。

　　当县上的人来草原抓我的时候,我正在毡房里喝奶茶,啃青稞馕。我被抓走后,很快就成了轰动帕米尔高原的一件大事。我的故事现在还在流传。说法很多很多,越往后传说就越离谱,总之,我的荣誉一点也没有受损,反而成了一位和伯克家的后人作对的民间英雄。有人说我被关起来是因为我用马鞭抽破了县长滚圆的大肚皮,县长肚子里的肥油淌了一地;还有人说县长的儿子开着他老子的吉普车到塔合曼草原来调戏塔合曼草原最漂亮的姑娘娜依,被我碰见,把他痛揍了一顿,他开车逃跑的时候,我骑着一匹跑得飞快的骏马追上去,把跑着的汽车用套马杆套住了,汽车竟没有挣脱,被力大无比的我拉翻了,县长十分生气,把我抓到监狱里去了……我后来逢人便对这夸大的传说进行纠正,但他们说我说的鬼话一点也不可信——事情是我做下的,但他们却不相信我说的话,我一点办法也没有。

我在监狱里蹲了三年,被放出来后,我的英雄传说已传遍了高原的每一条山谷。娜依还等着我,成了我的新娘,这也传说成了一个美丽动人的爱情故事。这个我很喜欢,我没有去纠正它。但关于我和那吉普车的事情,我还是想做些纠正——我已经六十多岁了,我不能撒谎,我要告诉这高原上的人,我被抓起来的原因其实很简单,就是因为我把县长新新的吉普车用马鞭子抽得像一只癞皮狗了,犯了破坏国家财物的罪。

当然,这是距今已有四十余年的往事了,虽然恢复了真实的情景,不像传说那么动人,但往事就像一块风干肉,追忆起来有一股时间的味道,还是很有嚼头的。

2

在那之前,我们到喀什噶尔去都是骑马,连县长也是。走到喀什噶尔大概最快也要半个多月时间。而很多人——商人、探险家、使者、圣人,也都是骑马到我们这里来,从这里再到更加遥远的地方去。在大雪没有封山的时节,这样的人也是往来不绝,好像并不比现在少多少。要经过这里的人,要去远方的人,即使前面有千难万险,他们都是要去的,这是没有办法的事。几千年来,有多少人经过这里啊,他们像风一样,没有留下一丝痕迹。

那一年,我们家的母绵羊一次产下了四只小羊羔子——这样的事在这之前有没有发生过我不知道,在那之后我再也没有听说。

当时,我正把最后一只小羊羔子抱进怀里,慕士塔格雪山突然发生了雪崩。那四只小羊羔子惊吓得"咩咩"叫了起来。从那以后,这座神圣的雪山就老是发生雪崩。那沉寂了数千年的亘古冰雪从数千米高的地方像白色的大水一样咆哮而下,一直奔腾到塔合曼草原的边缘,那升腾起来的雪雾冰沫还会闪现出一道道五色彩虹。但那雪崩是可怕的,有一次差点把我和我的羊群埋在了雪里面。好长一段时间,没有人敢再到雪山跟前去。更奇怪的是,卡拉库力湖的湖水即使在没有风的时候,也会不时掀起波浪,好像铁锅里的水突然沸腾了;而伴随着这些现象发生的还有一些奇怪的事情,我们的冬窝子有时会像人打嗝一样抖动一下,反正那个时候,如果你一天不在家,家里的东西就会自己移动一些距离,好像它们能自己爬行。喀什噶尔产的土陶碗会莫名其妙地掉到地上,摔成几瓣;雕花的长嘴铜壶要在平时,你把它放在那里,就是几百年过去了,它也不会动,但那时却像个醉鬼似的常常倒在地上。牲口有时像受惊了,像是听到了狼嗥,突然雕像般停在那里,竖起耳朵,眼睛里闪现出吃惊的神色。

但我们却听不到任何声响,天空还是那么蓝,高原还是那么雄阔壮美。我们开头都以为是地震——我们把它叫"大地的蠕动"。这种蠕动每隔几年就会在大沙漠地区发生。帕米尔高原是从大沙漠边上长出来的,像一棵大树。大沙漠蠕动的时候,这棵大树肯定要被晃动。但一阵子就过去了,有时还没感觉到就过去了。大地也会在一段时间里蠕动好几次,但没有哪一次像这样,已经一年多了还没有停歇。我们感到有些害怕了,越来越害怕,担心久而久之,这棵大树上的叶子——冰川、河流、草原、湖泊会真的像树叶那样被摇下来,飘落在大沙漠上,枯萎凋零。我们惶惶不可终日,每天都向胡大祈祷。但一点用处也没有,大地的蠕动反而更加剧烈了。我们都可以感觉到了,畜群经常被惊吓,藏身于草原的狐狸和隐藏在山里面的狼群都被这大地的蠕动搞得心神不宁,它们在白天也会发出令人毛骨悚然的叫声,然后盲目地四处奔逃。

后来就不停地传来了雷霆之声,开始很远,后来越来越近。我们这里很少下雨,所以原来很少听见那种声音,而下雪总是静默的,像大自然的偷情,总是尽可能不声张,尽可能消除一切声息,在所有的目光之外,但那个过程却是抒情浪漫、酣畅淋漓、激情澎湃的。所以闪电和雷声只是属于大雨,属于大自然明媒正娶的有激情的新婚燕尔。

我们所有的人,包括牲畜和牧羊犬,都不停地往天上看,但天上什么也看不出来,天空的表情还是那样,丽日朗朗,白云如雪,它的颜色还是像卡拉库力湖的湖水一样深邃幽蓝。慕士塔格雪山的雪崩更加频繁,它那像长发一样披散下来的冰川已经崩溃,我们塔吉克人和无数路过这里的旅人仰望了数千年的雪冠也已崩塌掉了,有些地方已露出苍灰色的岩石,这"冰山之父"已变得像一个脱发秃顶的人,很是丑陋了。最后,我们感觉那雷霆一样的声音不是从天空滚过的,而是从高原里面传来的。它从我们的脚底下滚过,轰鸣到了更远的地方。

我们更加惶恐。但没过多久就有人传了话过来,说那并不是大地在蠕动,而是大沙漠里绿洲上的人在开山修马路,已经快修到布仑口了。人们传说那马路可以并排跑十匹马,要穿过整个帕米尔高原,一直修到巴基斯坦的神秘首都伊斯兰堡,而它的另一头,据说连着我们庞大无比、金碧辉煌的首都北京。无论是伊斯兰堡还是北京,那都是何其遥远,都只是我们传说中的地方,而现在,要用并排跑十匹马的马路连接起来,那真是天方夜谭,所以没有一个人相信那传过来的话是真话。在我们那时的意识里,弱小的人类不可能完成这样一件伟大的事情。当然,我们现在知道了,人类足够强大,强大到完成了无数我们原来想都不敢想的事。

大概是两个月后的一天上午,因为草场被雪崩掩埋了,我只好到苏巴什达坂附近去放牧自家的羊群,当我赶着羊群来到达坂上,我一下子惊呆了,我看到在萨雷阔勒岭的山脚下,在卡拉库力湖的湖边,全是蚂蚁一样劳作的人群,我站在那里看了很久,看到他们一刻也没有停歇,突然,他们全都躲了起来,没了踪影,像是钻到了地底下,然后,雷声响起来了,一排一排的,在萨雷阔勒岭下响起,一股股黄色的烟尘冲天而起,把牦牛和山羊一样大的石头掀得老高,然后重重地砸在地上。雷声过后,那些人又冒了出来,不停地劳作,不时可以听到风把他们好听的号子声送过来。我终于知道了,那雷声原来是那些人搞出来的!我激动得连自己的羊群都不要了,骑马跑了半个多马站的路,把我的发现告诉了我一路上碰到的人,但草原上的人却不相信,他们没有理我,用一种奇怪的眼神看我一阵后,说我是闲得卵蛋疼了,说完就只管干自己的事情去了。

3

我只好去找娜依。我比她大两岁,但我感觉我们是一起长大的,我们在一起读过几年书,我们常常骑一匹光背马——我骑在前面,她骑在后面,她总是抱着我的腰——在草原上疯,我们一起追过狼,套过狐狸,抓过兔子和旱獭。记得有一次——我十一岁、她九岁的一天,我对抱住我腰的娜依说,娜依,你给我当妹妹吧,我只有姐姐,没有妹妹。她说,不行,我要做你的女人,跟你一辈子都骑在一匹马上放羊。我说,那也好,你还得给我生很多小羊羔子一样可爱的孩子。她说,我会的。

三年后的一天,当她从夏牧场回到冬牧场,我们就不在一起疯了,她变得害羞起来,她躲着我,我好不容易见到她,她的脸却红得像早晨的太阳一样,我知道这是为什么。

她变成一个好看的女人了。我们相互躲避着对方,很少说话,冬牧场的半年时光就以这种奇怪的方式度过了。当她和家人从冬牧场转场到夏牧场时,我去送她,但她好像只会害羞,不会说话了。她只在我骑马到那里的时候,低着头问了我一句话,你来了?她骑上马走的时候,她说了另一句话,我们走了。但奇怪的是,从那以后,我就对她牵肠挂肚起来,我担心她在夏牧场放羊时,没人和她说话,会感到孤独;高原起风的时候,我担心风会吹跑她的头巾;闹狼灾的时候,我担心狼会糟蹋她家的羊群;我老是梦见她一个人骑着她的小红马在空旷的雪原上飞奔,那马跑得那么快,好像她随时都会从马背上掉下来,这使我总是从睡梦中惊醒。我承认,那半年时光好像比我度过的所有日子都要漫长。

当娜依再次从夏牧场回到冬牧场时,我远远地跑去迎接她。我差点没有认出她来。她的小红马已经长得很高大了。因为我们塔吉克女人在转场时总会把自己打扮得最漂亮,她骑在马上,像一位公主。她变得有些大方了,没有离开这里时那么害羞。现在她看到我的时候,眼睛火辣辣的,脸上流露出惊喜的神情。她跳下马来,我握着她的手,然后相互吻了吻对方的手背。她的手很修长,但变得粗糙了,有一股淡淡的马缰绳的气味。

她说,我们半年不见,你都长这么高了!都留胡子了!

她显然还没有意识到自己的变化,她的美像英吉沙刀子的刀刃一样锋利,逼得我不敢看她。现在轮到我变得像姑娘一样害羞了,我说,你也是的,长得像个王宫里出来的公主了。我觉得这话从我嘴里飘出来了,但却只到了嘴边。我没有听见,她也没有听见。

她的爸爸妈妈在马背上看着我们,宽容地微笑着。我过去吻了他们的手心,他们吻了我的额头。

这时,我看见县长的儿子马伊尔江骑着一匹配着银鞍的马,也从县城跑来看娜依了。他穿着汉族人的衣服,整洁、干净,最上面的一颗铜纽扣和风纪扣有意没有扣上。当他勒住马缰的时候,风把他身上布料、香皂和阳光的味道送进了我的鼻子里,这样的衣服我只看见县城里的汉族干部穿过。他的马也很干净,像用香皂洗过的,连身上冒出的马汗也有一股香气。他看见我,警惕地盯了我很久;我也狠狠地看着他。我们像两匹势不两立的发情的种马,一见面就充满了敌意。

他为娜依的爸爸带来了珍贵的茶叶和冰糖,那是官员才能喝上的绿茶,据说产自遥远的浙江杭州城里一个比卡拉库力湖还要美的湖边,名字叫"西湖龙井",即使县城的百货公司也买不到,我们当时很少见到过。那种茶叶泡出的茶有一种春末夏初的草原的颜色,的确有一种直透肺腑的香味,但那种香味我们牧民并不习惯。就是现在,我们草原上的人也只喝那种墙砖一样的茯茶。那种糖也是很珍贵的,呈淡黄色,像小冰块,但放进嘴里却有一种很舒服的甜,后来我们知道,那糖的名字真的就叫冰糖。

娜依的爸爸本来想,如果娜依嫁给了县长的儿子,他家就不会缺这样珍贵的礼物了,遗憾的是,他的宝贝女儿没有那么做。但老人家一直以拥有那盒茶叶和那包冰糖为荣,那茶叶他放了十几年,一直没有舍得喝,家里来了客人,他最多拿出来,打开盒盖,让客人闻一闻,直到最后变成了粉末,他也没有舍得扔掉。那包冰糖他则把它分成了上千粒,有小孩子到他帐篷里去,他就用拇指和中指小心地取出一小粒,让那孩子尝尝。那时候,草原上的孩子都想吃他那"冰做的糖",很多小孩为了那粒糖,不惜偷偷地骑马跑几十里路。

娜依看到马伊尔江的时候,对我说,我们先走。我挺直了腰,像个武士一样跟着她走了。

但马伊尔江看上去却很平静,他下马后,很有礼貌地向娜依的爸爸妈妈行了礼,然后把茶和糖双手递到了娜依爸爸的手上,然后还和他说了好一会儿话才离开。

从那以后,他就经常骑着那匹很干净的马到草原上来闲逛,并且经常被娜依的爸爸热情地邀请到自家的帐篷里去喝奶茶。原来娜依一见他来,就躲开了;但时间久了,他和她搭话时,她也应了。有一次,我看见马伊尔江到草原上来找她,他们骑着马,一起走了好远的路。他们一边走,一边交谈,我还听见她发出了很好听的笑声。

4

我找到娜依时,她正在剪羊毛。看到我那兴奋的样子,她停下手里的活儿,一边搓着手上的羊毛,一边抬起头,半开玩笑地微笑着问我,看你那样子,是不是发现蓝宝石啦?

娜依,蓝宝石算什么!我发现了在我们高原上从来没有发生过的事情!

是吗?看你那激动的样子!你可从来没有这样激动过。她没有停下手里的活。

我看到了很多很多的人,蚂蚁一样多的人,修马路的人,他们都已到了卡拉库力湖边了,雷声就是他们弄出来的,轰轰轰,一排一排的,冲天而起,我今天到苏巴什达坂上放羊的时候看见的。我说的都是真的。我的羊群都扔在达坂上不管了,专门跑回来想告诉大家,但没有一个人相信我的话,他们觉得我说的是疯话。我相信你会相信我的,你跟我去看看吧!我因为激动,话说得很快,而且语无伦次。

娜依看我那个样子,忍不住笑了,她的声音像驼铃一样好听。

难道你也不相信我说的话吗?我有些生气了。

我从来都是相信你的,我这就跟你去看,如果真能看到他们弄出来的雷声,那真是太神奇了。她说完,放下手里的活儿,跳上马背,跟我走了。

她跑在前面,我跟着她,我喜欢跟着她,我喜欢看她的背影。有时候,我们并驾齐驱,说一些话。她刚剪完羊毛,身上有一股羊的味道,小母羊的味道,那是我喜欢闻的草原上的女人的味道。

我和她跑到苏巴什达坂的时候,刚过午后。太阳悬在头顶,像一盏金灿灿的灯,好像一伸手就可以拿回毡房里去照亮。当她看到那么多人在萨雷阔勒岭下忙碌着,她惊呆了,她张开的嘴巴好半天没有合上,像开放的花朵一样好看。在那些人的身后,我们依稀看到了一条红褐色的蜿蜒盘旋的大路的影子。

哎呀,那么多人,我从来没有见过那么多人一起做一件事情,那少说也有一千多人吧!她望着他们,惊叹道。

这在我们这个高原上肯定还是第一次呢!我看不止一千人。

我爸爸曾听县上那个最有文化的戴眼镜的汉族干部说,很久很久以前——好像是唐朝的时候,曾有上万铁骑从这里经过,到很远的地方去打仗,他们的人肯定比修路的人多。

但他们那么多人,为什么没有修一条可以并排跑十匹马的大路呢?哪怕修一条可并排跑五匹马的大路也行啊。

他们可能要不了那么宽的路。

怎么要不了啊,那么多人,如果有一条这样宽的路,大军不是更好走吗?我想他们之所以没有修那样宽的路,可能是因为没有办法把山炸开。哎,这样的问题太高深了,我想,只有那些有学问的人才能知道。

我听马伊尔江说,这种大路叫马路,但马路虽然叫马路,但并不是用来跑马的。

我一点也不想听到马伊尔江的名字,更不想从她那里听到。我警觉起来,满怀醋意地说,马伊尔江?他知道马路?不用来跑马,为什么叫马路呢?

他十岁的时候,他爸爸带他到喀什噶尔去开过眼界,当然知道马路,他说,在喀什噶尔就可以看到马路,还可以看到很多我们这高原上看不到的东西。至于为什么叫马路,他也不知道,但他告诉我,马路是用来跑汽车的。

汽车是什么东西?我的口气变得有些生硬。我觉得那些忙碌的人在我眼前变得有些模糊了。我因为嫉妒眼睛都有些潮湿了。

但她好像没有察觉到。我觉得她是装作没有察觉到的。

马伊尔江跟我说过,他也没见过汽车,但他爸爸见过,他十岁的那一年,他爸爸带他到喀什噶尔的主要目的就是想让他看汽车,但那车是专员坐的,他去的时候运气不好,专员坐着它到乌鲁木齐开会去了,——啊,你想想,那车可以跑到乌鲁木齐!他爸告诉他,说那车有很亮的眼睛,吃一种有臭味的油,有四个轮子,轮子上架着一个小房子,房子里放着两排椅子,人就坐在椅子上,跑得很快,比草原上最快的马跑得还快,但只能沿着马路跑。他还说,马路修通后,他爸爸就会配一辆这样的车,到时,他爸爸到喀什噶尔去开会,就不用再骑马了,而是坐这样的车去,据说三天就可以到了。

我不知道马伊尔江多久告诉了她这么多新东西。我尖酸地说,你从那个县长儿子那里知道的可真不少啊,那个脸白得像银狐一样的家伙都给你爸爸送茶和糖了,那你到时也可以和他一起坐那个跑得比快马还快的四轮怪物到喀什噶尔去转转了,那多神气啊。

她感觉到我的嫉妒了,因为这妒意太强烈了。但她故意"嗤嗤"地笑,然后说,马伊尔江真是很有学问的,如果真有那样一个四轮怪物,我到时肯定要去坐坐的,你难道不想吗?如果想,我把你也带上。

我永远不想!我觉得那没有什么了不起的,不就是比我们的勒勒车多了两个轮子吗?

我想肯定没有那么简单,它肯定比勒勒车要金贵很多,你想啊,就为了那一辆车,专门动用了这么多人,为它修了这么宽一条路!那要花多少钱啊,马伊尔江告诉我,说这条马路是专门为他爸爸坐的汽车修的。

他爸爸是县长,在过去就是伯克,神气一些是应该的,可他是什么呢?好像他爸爸是县长,他也就是县长了,甚至比县长还神气了,哼!

他告诉我,他爸爸已经给他安排工作了,说是安排在县里的组织科管干部,全县所有的干部——包括汉族干部都属于他管。

他告诉你的事情的确不少啊,看来,他以后可以接他爸爸的班,做个县长,你到时也可以做个县长夫人了。我以嘲讽的口气说完,又接着补充道,但对我来说,他就是最后成了皇帝,我也不会羡慕他,因为这都是他爸爸给他的,他得到这一切的时候,自己没有流一滴汗水,他的心一辈子也不会踏实的。而我,即使一辈子是个塔合曼草原的牧人,但我毡子上的每一根羊毛都是我的劳动所得,我的心踏实得一点不好的梦都不会做。

我的话并没有惹娜依生气,相反,她还有些神气起来,但她也不忘挖苦我。她眉毛一挑,笑着说,哟,我们塔合曼草原这么多年来,终于出了一位心眼像羊毛一样细,胸怀像天空一样宽的小男人了。

在她眉毛一挑的时候,我就忍不住笑了。

我看见了她的脸变得那么好看,我看见了她蓝色的、美丽的眼睛,我看见了她脸上那玫瑰花一样的颜色。

我站在那里,怔了好久,仍然觉得像在做梦。我像一个梦游的人,觉得马儿载着我,已经走在了宽阔的马路上,覆盖在马路上的积雪才融化掉薄薄的一层,上面留着两道零乱而清晰的车辙。马儿沿着车辙走,马路上的车辙只有两行,车轮的花纹印在上面,很清晰,很好看。马路一直消逝在远处,融入无边无际的从慕士塔格雪山山顶一直披挂下来的冰雪中,好像这路不再是通向喀什噶尔,而是通到了慕士塔格雪山顶上那传说中的天堂花园，在天堂花园下面，卡拉库力湖那一汪蓝色深不可测。

5

那条马路很快就爬过了苏巴什达坂，马路爬过那个达坂后，塔合曼草原上的人就常常去看热闹了，他们都说我原来说的不是疯话。他们知道了那雷声其实不是雷声，而是炮声；知道了那马路也叫公路；知道了什么叫汽车，知道了汽车中有卡车，那是用来拉东西的，还有小汽车，那是修马路的头头坐的，这种小汽车我们只看见过一次，那还是公路竣工的时候，那位头头坐着那辆绿色的小汽车来参加竣工典礼。他坐在一大块红布下面，红布上写着白色的汉字和维吾尔文字，他的声音通过一个铁喇叭传出来，震耳欲聋，但我们一句也没有听懂。

县长也露面了，他也坐在那块写着白字的红布下面。他说的话我们能听懂，但他嘴里好像含着一个烤得滚烫的驴蛋，我们一句也没有听清。很多很多人都是从很远的地方赶到这里来听他们说话的，有人骑马走了三天，没想结果却是这样，人们失望之余，就想着这样尊贵的人能看上一眼也是福气啊，但他们坐在一个专门搭建的高台上，坐在铺着红布的桌子后面，面前还放着一个包了红布的麦克风，所以即使有鹰一样好的眼睛，也把他们看不清楚。我们后来就想，他们有可能是故意不让我们看清他们，因为我爷爷对我说过，愚蠢和神秘感都是最好的统治术，以前的帕夏和伯克都知道这么做。

那次竣工典礼结束之后,修路的人便坐着卡车离开了这里,只留下了那条灰白色的马路,风一吹过,就会腾起一股股白色的烟尘。高原又恢复了过去的宁静。我们期望真有汽车开到高原上来,但一个漫长的冬天就要过去了,我们连一辆汽车的影子也没有看见。只有我们这些小伙子,常常到那路上去跑马,在马路上跑马可以跑得像风一样快,那感觉真是不错。

可能是马伊尔江原来给娜依讲过,这马路一修通,上面就会给他爸爸配一辆北京吉普,但我们却没有看到北京吉普的影子,马路修通后,他没有再到草原上来过。这使我打心眼里感到高兴。娜依好像已把他忘记了,没有再提过他的名字。

慕士塔格雪山又重新戴上了雪冠,它两年多来被修路放炮损毁崩塌的部分,已被一个冬天的大雪修复了。记得那天是五月一个有月亮的晚上,我们突然听到了汽车的马达声,它从马路上鸣响而过,一路上按着喇叭,引起整个草原的狗都吠叫起来,圈里的畜群也骚动不安;一只正在草原上嗥叫的狼听到喇叭声后,突然停止了嗥叫;人们被从睡梦中吵醒后,都几乎说了同一句话,有一辆汽车开到高原上来了!

这个消息没过几天就传遍了高原,说那辆汽车是专门给县长坐的。县长现在坐着它,在这段马路沿线来回视察。但县长从来没有下过车,就像他原来骑马视察时,都是让马疾驶而过一样,我们仍然很难看清他的面貌,只能偶尔看到车里那个挺着大肚子的、穿着蓝色中山装的大胖子。

但每个见到北京吉普的人都会向坐在里面的县长致敬——有时也搞不清他们致敬的对象究竟是县长,还是县长的吉普车。反正,在很多人眼里,即使溅在车上面的泥点子,附在上面的尘土,都泛着不同凡响的光彩。人们看见它扬起的高高的灰尘,就会停住,远远地注视它,然后右手抚胸,向它致礼;骑马的人则会赶紧勒住马缰,跳下马来,站在路边,用目光迎送它。总会有很多人想看清县长的脸,但车玻璃反射的光让人什么也看不见。所以关于县长长的是什么样子,人们有很多种说法,以致后来县长虽然换了好多任,牧民们都以为还是那个县长。有时候北京吉普会向人们鸣喇叭,后来人们知道,那就表示县长在问候大家了,以致后来好长一段时间,县长的车为了把路上的畜群轰开,大声鸣笛,牧民们也会说,听,县长在问候我们了。

但就在我和娜依家准备从冬牧场转场到夏牧场的那天,县长那辆北京吉普突然开进了牧场里,并且停在了娜依家的冬窝子前!从北京吉普颠簸着开进草原的那一刻,人们就争相转告,说县长亲自进到草原里面视察来了。于是,很多人都骑马跟在碾过草原的北京吉普后面,希望一睹县长的尊容。他们没有想到县长的目的地是娜依家,他们本以为会是队长家呢。

人们第一次在草原上看见北京吉普的车门打开了,并从里面走出了一个人!当他们看到县长原来是个十八九岁的小伙子时,都很吃惊。说这个小伙子真是了不起啊,年纪这么轻,就领导我们这么大面积的一个县了!虽然他的个子并不高,但人们还是以仰视的角度来看他。每个人都过来和他握手,被握过手的人都激动得眼里含着泪水。被握过的手在被握的一瞬间都变得柔若无骨,都觉得它不再长在自己的手臂上,像是长了翅膀,像鸽子一样扑棱扑棱飞走了。一位老者走上前来,向他抚胸鞠躬后,十分恭敬地问道,我们可不可以摸一下你这个能跑起来的铁家伙?我们无数次看到它跑得比马还要快,但我们从来没有摸过它。那个年轻人说,你们摸吧,每个人都可以摸一把。人们听后,小心地走上来,像触摸圣器一样,小心翼翼地、轻轻地把整个车从头抚摸到了尾。最后,还是那位老人抚胸鞠躬后,说,谢谢尊贵的县长。听人们这么说,娜依忍不住笑了。看来,当这个小伙子原来骑着马来这里瞎逛的时候,并没有引起人们的注意,人们并不知道他是谁。

这时,马伊尔江才知道他们把自己当成他爸爸了,就说,我不是县长,我是县长的儿子马伊尔江,我在县上的组织科工作。

我们见到了县长在组织科工作的儿子,也就是见到县长了,我们知足了!老人激动地说。

那好吧,你们都散去吧,我要帮我爸爸办点公务。他知道再这样下去,他是没法和娜依说上话的。

听说县长的儿子要办公务,乡亲们都和他依依不舍地握手告别,都心满意足地、很听话地走了。

6

这个县长的公子坐着他县长爸爸的北京吉普,到草原里面来向娜依炫耀的确是我没有想到的。

我一直没有下马摸那辆草绿色的北京吉普,也没有离开,我骑在一匹现在早已去世的红马上,当娜依害羞地从冬窝子里走出来,我看到马依尔江高兴得眼睛眯成了一条缝。

但当他看到我还骑着马站在那里,就愣住了。他好像不认识我了,打着官腔说,小伙子,这里没有什么事了,你也去忙你自己的事情吧!

他的话实在令人恶心，我没有理他。

当马伊尔江要和娜依说话时，我就骑马从他们跟前走过，然后在稍远处用歌声提醒娜依——

> 天鹅飞翔在洁净的蓝天，
> 狐狸只能在草丛里流窜。
> 天鹅栖息在湖边的时候，
> 如果狐狸来到你的跟前，
> 你不要相信它甜蜜的谎言……

马伊尔江很恼火，但他也没有办法。他邀请娜依坐他父亲的北京吉普，娜依一下害羞了，她红着脸，但她无法拒绝对那个能跑得比骏马还要快的铁家伙的好奇心，她低垂着长长的睫毛，上了车。

我唱歌的声音一下变沙哑了，我骑马跟了上去。

车屁股后面喷出一股难闻的黑烟，吼叫一声，开动了，但没跑多元，就"吱"的一声停住了。娜依慌乱地从车上跳了下来，蹲在路边呕吐起来。

我的心像被别人用剥羊皮的刀子剜掉了一块，痛得身子缩成了一团。我抽了红马一鞭，像一阵旋风一样跑了过去。

马伊尔江蹲在娜依身边，小心地问着什么。没想一阵风从他身边掠过之后，他被我像拎一只羯羊一样拎了起来，他还没有来得及叫一声，就被我放在了仍在飞奔的马鞍上。他吓得像被人在腰子上捅了几刀，怪叫着，脸上没有一丝血色。他的手胡乱抓了半天，终于抓住了马鬃。马继续奔跑了好长一段路，才停了下来，他哆哆嗦嗦地问道,你……你要……干什么……?

你把娜依怎么了?我拔出腰里剥羊皮的英吉莎刀子,在他脖子上比画了一下。

没……没有怎么,我……我可以对……对着胡大发誓……

那她怎么会吐呢?我知道,她长这么大,从来没有吐过,可你看看,她今天吐成这个样子,像要把心都吐出来了。

她……她只是晕车,一晕车就会吐。

你骗人,我没有坐过那个铁家伙,但我看见过,我看见你坐它没有晕车,你的县长爸爸坐了这么久,也没有晕车,为什么花儿一样的娜依坐了,就晕车了?

你如果不相信我,你就去问娜依吧。

我把他从马上扔下来,来到娜依身边。娜依已经吐完了,她脸上玫瑰花一样的颜色没有了。

马伊尔江从地上爬起来,没来得及拍掉身上的泥土,像一匹受了伤的狼,仓皇逃窜了。

那个毛驴子一样的家伙,他把你怎么了?

她摇摇头。他……没有怎么,我……第一次知道了,那个车是个魔鬼,坐在那个车里面真是遭罪死了……

那个家伙请你上车的时候,我就觉得他没安好心。你看他的车跑得比兔子还快。我不会这么轻易地饶了他!我说完,拿上套马杆,跨上马,狠狠地说,我一定要去把那个魔鬼给你抓回来!

娜依站起来,她显然想制止我,她伸出一只手,像是要把我拉住,但我已经上了马;她还说了一句什么话,但我的马已飞奔起来,她的话还没有传到我耳朵里,就被风刮跑了。

于是,在塔合曼草原上,就出现了自有人类以来的第一幕场景,只见一辆崭新的草绿色吉普车拖着一溜烟尘,从草原上颠簸着驶上那条新修的马路;我骑着一匹枣红色的骏马,手持一杆捕捉烈马的套马杆,像一个古代的勇士,追击着那个使我心爱的娜依呕吐得脸上失去了血色的四轮魔鬼。

吉普车注意到了我,它泰然自若,并不慌乱,好像还在故意逗我。有时候,它的速度很慢,我眼看就可以套上它了,没想它"轰"地叫一声,又像狐狸一样窜出了好远。

我一直把它追到了背阴的山下,那里的马路上除了积着雪,还积着从山上滑下来的碎石,坑坑洼洼,很不好走。吉普车屁股后面喷着黑烟,"吭哧吭哧"地跑不快了,我拍马上前,一套马杆把它给套住了,然后,我逼迫上去,用马鞭狠狠地抽打着它,每一鞭抽下去,草绿色的吉普车就会油漆脱落,出现一道明显的鞭痕。有几鞭子,我把车玻璃也抽碎了,我看到马伊尔江和开车的司机开始还挑衅着我,还在车里嘻嘻哈哈地笑着,那时,他们都吓得面无人色了。他们以为我一定疯了。

在我愤怒的鞭挞下,吉普车的车身已一片斑驳,车玻璃全都碎了,就连车上的帆布也被我抽打得裂开了,在吉普车试图逃窜时,我的套马杆又把它的车灯和倒车镜给拉掉了,哈哈,这个原来很是光鲜、很是威风的四轮魔鬼,就这样变成了一只癞皮狗。

7

这就是我的故事的真实面目。

我的过失是因为无知,但主要是因为爱。我虽然在监狱里待了三年,但与我的爱比起来,那真是算不了什么。前面说过了,娜依成了我的妻子。现在,我们已儿孙满堂。

哦,有一件事差点忘了讲,我从监狱里出来后,马伊尔江已当了组织科科长,他的爸爸还是县长,他的爸爸还是那么胖。有一天,我正要赶着羊群到草原上去放牧,一辆吉普车来到了我家的毡房前。马伊尔江从车里钻了出来,他面色红润、白净,像抹了羊油,浑身都充满了干部气。

我没有理他,继续把羊往外赶。

呵,兄弟,就是仇人走到我们塔吉克人的毡房前,也得给碗水喝啊。

尊贵的阿布德·阿尔·拉赫曼·巴布尔伯克的后人,在这草原上可以把水给仇人喝,但没有把羔羊送给狼吃的。

他站在羊圈门口说,那听我说两句话总可以吧。

狐狸嘴里的话一向都很好听,有话你就说吧!

首先,我要告诉你,我爸爸终于实现了他祖父的爸爸阿布德·阿尔·拉赫曼·巴布尔的愿望,在他修建的监狱里关进了一个人,但你其实是挺冤枉的。你那时不知道,那车虽然是我爸爸坐,但并不是我爸爸的而是国家的,你损坏了车,就损坏了国家的财产,这肯定就要让你坐牢了,这是没有办法的事。但你也没有吃亏,你被这高原上的人传说成了和伯克家的后人作对的英雄。

这些我现在都知道,不用你来告诉我。

然后,我要告诉你,娜依真的是因为坐车晕车才呕吐的,我连她的一个手指头也没有碰过,我可以把手按在《古兰经》上发誓。

你可以不说人话,但千万不要说鬼话。

这样吧,如果你有种,你就学会开车,学会了开车,你就知道晕车是怎么回事了。

哼，你不用这样来作践、挖苦我，我一个放羊的人，能到哪里去弄个车开呢！

国家还要给县上配一辆吉普车，现在还没有司机，你如果有种，县政府就送你到喀什噶尔去学开车！

我坐牢都不害怕，我还害怕你这个伯克家的后人让我去开车吗！

那好，你是个站着尿尿的汉子，已是传说中和伯克家后人作对的英雄，话说出来可不能反悔！

我嘴里吐出的唾沫星子都能变成铁钉子，我说出来的话，决不反悔！

既然这样，你现在就坐我的吉普车到县上去，明天就出发到喀什噶尔。

走就走！我丢下自己的羊群，坐进了他的吉普车，这车虽然早就修好了，但我一眼就认出来了，它就是那辆被我用马鞭子抽打成了癞皮狗的吉普车。

我就这样成了县政府的一名驾驶员，我开了近四十年车，前几年才退休，我开过各种牌子的车，虽然我知道我的娜依一坐吉普就晕车，但我还是最喜欢北京吉普。

2008 年 5 月改定

夏巴孜归来

1

　　夏巴孜骑在他那匹心爱的叫"风"的红马背上,望着塔合曼草原偷偷地哭了。

　　为了这个草原,他已经偷偷地哭过好多次。他以前很爱唱祖先留下来的关于草原的古歌,自从他第一次为草原落泪,他就再也不唱了。

　　每一次看到草原,他的心就隐隐作痛。好几年前,他就发现草原上的牧草越来越浅,有些地方还不到秋天,地表就露了出来,看上去难看得很。草原几年间变老了,这个几千年来都年轻的草原,在短短数年间变老了。

　　原来,羊群赶进草原,草原就把羊群淹没了,就像把鱼儿放进水里一样。现在,牧草连羊蹄子都盖不住了,就像湖泊只剩下了淤泥。原来,羊群在一小块地方就可以吃饱,现在,它们像饿狗一样在草原上窜上一天,也只能吃个半饱。

　　他知道,初冬的塔合曼草原——世世代代生活在这里的塔吉克人的古老的冬牧场,正承受着超载的畜群的啃噬,像白云一样的羊群在草原上飘荡,但这些绵羊为了填饱肚子,已经像精怪一样的山羊学会了用嘴拱开、用蹄子刨开泥土啃食草根。

　　他赶着为了填饱肚子在草原上跑了一天的羊群,感到自己和羊一样疲惫。

　　他看见炊烟正从自家的房子——塔吉克人叫做"蓝盖力"——

的天窗口冒出来。这栋土木结构的正方形平顶屋是他六年前卖了四十头羊才修好的,虽然外表看起来比较简陋,但里面却充满了亲情和温暖。

夏巴孜把羊赶进羊圈,把风拴在拴马柱上,开始把拾来的牛粪往蓝盖力的墙上贴。虽然这一切过两天就不再属于他,但他还是做得很认真。贴完一红柳筐牛粪,他在墙角抓了一把干燥的土,把手上的牛粪渣搓干净后,一边卷着莫合烟,一边望了一眼远处在夜色中有些发蓝的慕士塔格雪山,感觉自己的身子变得又阴又沉。

他像是要从风身上寻找安慰似的,紧紧地靠着它,风回过头来,舔了舔他的手。

他深深地吸了一口烟,对风说:"风,我们过两天就要离开这里了,我还捡这些牛粪干什么呢?这让别人觉得我要反悔,不想离开这里似的,我这样做,只是因为我习惯了,看见了牛粪不捡起来带回家贴到墙上,就好像看见掉在地上的青稞不捡起来一样,都是罪过。听说到了平原上,都是烧煤了,我听我在县上当科长的亲戚的老婆说,那种东西发出的气味很臭,它冒出的烟有毒,你如果闻久了,就会被毒死。那哪有这些干牛粪烧着好啊,容易燃,火力旺,冒出的烟有一种草原的香味。"风低低地嘶鸣了一声,像是赞同他的说法,又像是在鼓舞他把话说完。"但我在西仁乡长——也是我的好朋友面前对胡大发誓了,我到平原去以后,就再也不回来了!"

风看了他一眼,抬头望了望被夜色抬高了的雪山,长长地嘶鸣了一声,声音也有那种又阴又沉的感觉,这使夏巴孜的眼睛里一下子滚出了一串泪水。即将离开草原,他的心变得和女人一样柔软了。

他在风身上靠了好久,一连抽了好几卷莫合烟。他看着和慕士塔格雪山顶上的雪一样洁白、一样圣洁的月亮从西边一座没有名字的雪山后面升起来,洒在马背上、金黄的落叶上、红色的沙棘果上和它所能光照的每一个角落。

风像雕像一样站着,羊已经睡了,那只叫灰狼的牧羊犬蹲在羊圈门口,不时望一眼星空,像一个沉思的诗人。蜿蜒的塔合曼河结了一层薄冰,在月光中闪烁着清冷的光,夜风吹过,它像一条闪亮的蛇,在月夜里神秘地游动着。夜色中的雪山显得更加深沉、神圣,雪山和雪山顶上那片莲花状的云被月光镀上了银边。夏巴孜在心里忧伤地说:"我的祖先在这里仰望着雪山度日可能有几千年了吧。"

每家蓝盖力的屋顶上都冒着羊奶一样白的牛粪烟,烤馕的香味、炖羊肉的香味混合着塔合曼草原金色牧草的香味和雪山上冰雪的气息飘过来,让他感觉到了一股暖意。夏巴孜已不止一次发现塔合曼的迷人之处。他从骨子里爱着这个地方,觉得美丽的塔合曼草原养活不了这么多人了,所以才听从了西仁乡长的劝告,答应离开这里,迁徙到大沙漠边缘的、陌生的麦盖提平原上去生活。

2

夏巴孜拍了拍风的脊背,表示自己应该回屋里去了。推开门,温暖的气息扑面而来,妻子阿曼莎已烧好了奶茶,牛粪火烧得很旺,全家人都围坐在火炉边等他。对于去不去平原这个问题,家人的意见还没有统一。妻子的娘家在这里,她心里当然不愿到平原上去,但夏巴孜知道,她最终会跟他走的。主要是儿子和女儿,他们的恋人都在草原上,女儿可以嫁回来,但儿子的恋人却不愿离开这里,搞得难分难舍的,像在演汉语节目中的电视连续剧。

看到牛粪火火力很旺的蓝色火苗,夏巴孜接过了妻子递给他的奶茶,把一小块馕捏在手里。他闻着奶茶和青稞面的香气,让这香气飘进他的骨髓里。就是这两种东西,也足以使他一辈子留在高原上。

他知道自己即将面临的生活将是完全不同的,但他答应乡长了。乡长和他是小学同学,但乡长又读了两年初中,后来就成乡长了。夏巴孜记得那是他刚从夏牧场转场回到塔合曼的第九天黄昏时,羊还没有吃饱,他想让羊再啃一会儿草。他望着被夕阳镀了金的草原,突然变得忧心忡忡的。他不禁唱起一首忧伤的歌来:

  妈妈乳汁一样的塔合曼草原啊,
  养育了我们的祖先。
  即使她在最荒凉的冬天,
  也给了我们无穷的温暖。
  现在她突然变得苍老,
  望着她的容颜啊,
  像刀子割着我的心肝。

这首歌是从他自己心里流出来的。他唱完了,才发现身边站着一个人。那个人说:"夏巴孜,你唱得真好啊!"

"是你啊,我的乡长大人,你一点声息都没有,像个鬼魂似的,吓了我一跳。听说上头给你配小轿车了嘛,怎么还骑着马到处跑呢?"

他们在马上行了吻手礼。夏巴孜闻到了他手上的香烟、白酒、羊肉和香皂这些味道组合成的干部的味道。

"你唱得太入神了,"西仁乡长给夏巴孜递了一支烟,"那玩意费钱啊,配个车还得配一个开车的,这还不是花老百姓的钱?在牧区工作,还是骑马方便。骑马下去,你们还把我当草原上的人,坐着那个车下去,我就是个与草原不相干的乡长了。"

"唉,像你这么好的官儿可难找了,看来,你还是喝这草原上的羊奶长大的西仁啊。"

"可我这个乡长也不好当啊,我现在就遇到了麻烦事。"

"什么事能难倒我们西仁乡长呢?"

"你看,这草原已经养活不了这么多人了,有些搞科学的专家说了,如果再这样下去,这草原过不了多少年就会变成啥也不长的沙漠了,所以上头费了很大的劲儿,在麦盖提平原上修了房子,开了地,要迁一些人下去,原来只把名额给那几个自然条件差的穷乡,那几个乡已迁过好几拨,但都待不住,又都回来了。现在,每个乡都有迁到平原去的名额,轮到我们乡带头,上头给了三户人的任务,我骑着马跑了两天了,没有一家人愿意下去。没有办法,我只好动员我大哥一家和我老婆的二弟一家,他们都同意了,但还差一户人啊。"

"唉,也真是难为你啊,麦盖提平原怎么样啊?"

"很好啊,房子是砖房,现成的,搬下去就可以住;地是开垦好的,每口人五亩地,种子、化肥都是政府准备好的,开头五年,医疗费和吃的粮食都是政府给。"

"这不是很好吗,为什么没有人愿意下去呢,为什么迁下去的人又要跑回来呢?"

"故土难离啊,祖祖辈辈都生活在高原上,刚下去肯定难以适应。"

"这也是,麦盖提平原虽然没有在月球上,但要把自己的根从塔合曼草原拔起来,移到别的地方去,还是很难的。"他吸了一大口乡长给他的烟,接着说,"不过,这草原上的人是得搬走一些,不然,草原就真的毁了。"

"那你就帮我这个忙吧!"乡长又给他递了一支烟。

"你怎么知道我会答应呢?"

"我从刚才你唱的歌里,最主要的,你是我的朋友啊!"

"好吧,我答应你!"

夏巴孜就这样决定了离开草原这件事,没想到,他回家给家人一说,全家人都不吭气。

现在,大家好像都在等他回来。他们要把自己的话说给他这个一家之主听——

"以前我们是骑在马上,直着腰,袖着手,跟在羊群后面,阔天阔地,就什么都有了。到平原上去后,一切都改变了,轻松的牧羊鞭变成了笨重的坎土曼,为了有点收获,一年四季都得像伺候先人一样伺候那块土地,每天都要面朝黄土背朝天。"

"更主要的是,平原上的维吾尔族人和汉族人已那样种了几千年的土地,他们对土地、季节、气候早就了解透了,而我们却什么也不知道。我一看到土地就像看到高耸入云的雪山一样,有一种敬畏感。土地嘛,就是长庄稼的,种子撒进去,自己好好地长就行了,可又得翻耕、平整,又得除草、施肥,简直就跟神仙一样难以伺候,你不伺候好,它就啥也不长。你看这草原多省事啊!从没人管过它,可牧草一到时候就长出来了。"

"我还担心自己在平原上会迷路,平原像一张纸一样平展,那里的天空、土地、树、房子、河汊、水渠、路径、毛驴、鸟儿——还有人都长得一样,一个样子的东西肯定会让人头发晕。哪像高原,什么都是有差别的,都有自己的样子。"

"我不喜欢平原上的天空,高原上的天空可以望一辈子,平原上的天空望一眼就够了。平原上的天空一年四季像得了病,还像有人欠借他的东西不还似的,脸色难看得很。"

"平原上没有草原,看不到马群和羊群,也不能叼羊、赛马了。"

"那里的房子不能像帐篷一样搬动,一想起子子孙孙就像一棵树一样栽在那里了,就觉得这太不可思议了。"

"还有,我们这里下雪的时候,平原上却在下沙子。"

最可笑的是他儿子说:"那里的风也不好,高原上的风就是风,干净得可以大口大口地往嘴巴里吞,平原上的风里什么都有,沙子、土、树叶、被太阳晒干了的人和牲口的粪便,有时风大的时候,风里还有树枝和石头,这样的风一吹,就只能把嘴用一个布做的罩子罩住,我听人家说,如果不这样做,这些东西就会跟风一起,哗地塞进嘴里,把人噎死。"

夏巴孜没有说话,他一直听他们七嘴八舌地说。牛粪火在他脸上闪动,他的奶茶没有喝进去,那块馕还在他的手中。

他看了一眼满头白发的母亲,在他们都像麻雀一样不停说话的时候,母亲却什么都没有说。母亲的话格外重要,如果母亲说,我们不能离开这里,他是会听她的话的。这原因很简单,就因为她是他的母亲。

"你们就不要说这么多了,夏巴孜已经答应了西仁乡长,我们就要听他的。他是一个男人,他不能昨天答应了人家,今天又反悔。何况,他是这个家庭的头羊,他说到哪里去,我们就跟着他到哪里去。谁都不想离开塔合曼草原,离开自己的故乡。我们祖先一直在这里放牧。但现在,这草原已经装不下这么多羊群了,如果我们都不走,都挤在这个草原上,这个草原早晚会变成戈壁滩。那么多人都在平原上好好生活着呢,我们也能。是牦牛就会走崎岖的山道,是雄鹰就能在有暴风雨的天空翱翔。"

听完母亲的话,夏巴孜像个孩子似的笑了,笑得脸上堆满了皱纹。她把那块金黄色的馕在奶茶里蘸了蘸,放进嘴里,有滋有味地咀嚼起来。

但当他抬起头来,他发现母亲的头发更白了,阿曼莎也突然变老了——他连忙安慰自己,自己和妻子都已是四十岁多的人了,已到了该老的年纪。乡长说,人到了平原上就会显得年轻。如果真是那样,他是真愿意去了,他想看到母亲和阿曼莎变得年轻,想到这里,他充满爱意地看了妻子一眼。妻子正在取馕,她没有注意到。

他觉得时间真是个不可思议的东西,他们在一起生活已二十来年了。但回忆起来,却恍然如昨。

3

第二天一早,亲戚和邻居都来了,他们是来为他们送行的。客人们坐好后,他热情地问候每一个人。请客人们躺下,以解除疲劳。娜塔莎则忙着煮奶茶。

塔合曼草原也有往外走的人,但他们都是到外面去一阵子就会回来,像夏巴孜这样把整个家像一棵白杨树一样连根挖起来,栽到另一个地方去,他们还没有听说过。

夏巴孜一低头,跑出去了,一会儿,他拉进来一头羊。按照塔吉克人的风俗,给正在喝奶茶的客人们看了,客人们点头,表示满意后,他再把羊牵出去,很快就把一只羊杀好了。他要为客人们在草原上做最后一顿清炖羊肉。他当即把羊肉剁成大块,放到盛了清水的锅里,在牛粪火上煮着。待煮得沸腾后,便用勺子把浮在水面上的沫子清掉。然后就任它煮着,不去管它了,也不加任何调料——清水炖羊肉,真正的清炖羊肉的做法就是这样简单。

羊肉的香味很快飘散开来,弥漫了整个草原。

有好几个人没有来,他们是和夏巴孜在一个夏牧场放牧的人。他们在生夏巴孜的气。因为夏巴孜要离开这里了,他一松口离开,后面他们如果不想往平原迁移,也不好说什么了。所以夏巴孜不想说话,他的手并不冷,但他把手袖着,靠在木柱上。

阿曼莎的弟弟就安慰他:"夏巴孜老哥,听说平原就像我们睡的炕一样平,这样的地方不是很好吗?你心里不要有什么想法了,我同意我姐姐跟你到平原上去。"

阿曼莎的小弟弟也说:"我听说塔合曼河的河水流到了那条叫叶尔羌的大河里,你看到那河水,就会想起塔合曼这个地方,就相当于见到我们了。"

阿曼莎的爸爸说:"据说房子是政府盖好的,地是开垦好的熟地,你们下去就有房子住,那房子肯定比这干打垒的蓝盖力强。"

"平原上可以种葡萄、苹果、石榴、无花果,那多好啊!高原上什么果树都栽不活,明年我们就到你平原上的新家去做客,痛痛快快地吃你们家种的水果。我们现在吃的水果就是从喀什平原运上来的,死贵,我们全家每次都只吃一个苹果,每人一小块,放在嘴里,只能尝尝味道。"夏巴孜的邻居说。

听他们这么说,夏巴孜心里好过了一些,他说:"我会在平原上种出各种粮食的,我会有一个果园的,你们放心,我到时一定邀请你们去做客。"

肉煮熟后,夏巴孜把它盛在一个大盘子里,把羊头呈给最为尊贵的客人——特意赶过来送他的好朋友西仁乡长,乡长接过来,割下一块肉,再把羊头双手送还他。接着,他又将一块夹着羊尾巴油的羊肝递给在座的最年长的岳父,请他吃下。这时,阿曼莎已给每人盛上一碗浓浓的羊肉汤,汤里放上一点盐,再切上一点洋葱——这就是全部的调料了。吃的时候,用羊肉蘸点汤就可以了。这样,羊肉的香味一点没有破坏,反而更加浓郁、鲜美。他岳父吃完夹着羊尾巴油的羊肝,夏巴孜拿起一把割肉的刀,刀柄向外,双手递给他,请他接刀分肉。大家蘸着羊肉汤,吃了一会儿羊肉,夏巴孜拿出酒来,开始劝大家喝酒。吃着这样鲜美的羊肉喝酒,一般都不会醉,三两酒量的可以喝上半斤,半斤酒量的可以喝上一斤。客人们大块吃肉,大碗喝酒,不知不觉中,一头羊已所剩无几,两箱60多度的昆仑特曲也快喝光了,这时,大家才开始给夏巴孜敬酒,祝福他在平原的生活快乐富足。

吃饱喝足,客人按照穆斯林的传统,一起举起双手,向胡大祈祷,感谢他赐予丰盛可口的食物。待女主人收拾完残羹,取走饭单后,客人们向夏巴孜表达了谢意,就告辞了。夏巴孜马上将客人们的马备好,把他们扶上马后,把马鞭交还给客人,互道"胡西布尔

（再见）"，然后目送他们走远。这时，夏巴孜再次感到了一种深深的失落。是的，他没有办法，他所有的亲情和乡情都系于此；还有，这里毕竟是他祖祖辈辈生活的故乡，祖先的骨头毕竟是埋在这里的啊。平原上没有埋下过祖先的遗骨，所以那里还不是他的故乡。

4

他卖了自己家的羊群、五匹马、七头牦牛，五只小羊羔则送给了自己的表弟，他自己留了一只公羊、三只母羊，准备带到平原上去。表弟抓住他的手说："这些羊羔子我先帮你喂着，你如果在平原上待不住想回来了，你把羊牵走就行。"

夏巴孜坚定地说："我想我会在平原上定居下来的，但我会回来看望你们。我不会像其他人那样，为了能随时回到高原上来，虽然答应离开了，但还会留一群羊在这里。我昨天问我们乡长了，在平原上能看见慕士塔格雪山吗？他说，它像一座神山一样高悬在天上，一抬头就看见了。我只要能看见慕士塔格雪山，我就不会太想念这里，我就能在平原上待住。"

他把蓝盖力送给了房子已快坍塌的邻居。他的邻居对他说："这有大炉灶的蓝盖力是你辛辛苦苦修建的，我会帮你看好，你如果在平原上待不住了，回来不会没有住的地方，到时这蓝盖力会好好地交到你手上，它还会像现在这样暖和。"

夏巴孜说："老弟，你就放心吧，我会在平原上安家的，我不会再回来了。你就搬进来住吧。我问过乡长了，在平原上能看见雄鹰吗?他说,平原上的雄鹰跟鸡一样多,只要有雄鹰在头上飞翔,它就会保佑我。但有件事我想麻烦你,平原到这里有四百多里路,我不能常常回来。我先人的麻扎在这里,我不能带着他们走,所以请你帮着照管一下。"

邻居紧紧地握住他的手,动情地说:"谢谢你给我房子,想念高原了,你就回来看看。你的先人也就是我的先人,我会照顾好他们的。"

他的好朋友、骑手吐尔逊骑着马从五十多里外赶过来为他送行,他把风送给了吐尔逊。吐尔逊说:"我知道你爱这匹马胜过了你老婆,我先替你喂养着它,等平原上的春天来了,我就骑着它来看望你,然后把它还给你。"

"你是草原上有名的骑手,风会很高兴跟着你的。乡长说了,平原上可能没有跑马的地方了,既然不能让雄鹰在鸡圈里飞翔,我也不能让我的骏马在马厩里奔跑。我不能让我的风在平原上替我像驴一样犁地拉车。"

"你放心吧,我会把它当兄弟一样看待的。"

夏巴孜把一切都交代好了。政府给每家准备了一辆小四轮卡车拉运东西和人。他们都聚集到了公路边,等县长讲完话后就出发。

等了很久,几辆闪光的越野车开了过来,然后,每辆车里面都吐出了几个人。夏巴孜看到他的好朋友西仁乡长跑前跑后,像个蜜蜂,一刻也没有停下。大腹便便的县长在那帮人的簇拥下,朝专门搭建的主席台走来,在写着白字的红色横幅下站住了,双手托住自己那个辉煌的大肚子,讲了很多话。

夏巴孜第一次看见这么大肚子的县长,一直在想着他这么大一个肚子,一顿是不是能吞下一头公牛。他在县城赶巴扎时看到过县长的老婆,也是一个很胖大的女人,这就使他产生了一个百思不得其解的问题,县长和他老婆相当于两个滚圆的皮球,他们晚上怎么做那件事情。他脑袋胡思乱想,所以县长的话他只听见了几句——什么他们这次搬迁的人觉悟高得很,在高原下面的平原上,一定能建设一个新的美好家园!到时,这些没有报名,守在这个穷高原上的人,一定会后悔的,一定会争取到平原上去!

塔合曼的人都来送他们,他们像过节一样,脸上绽放着笑容,夏巴孜听着他们敲打的欢送的手鼓声,听着他们唱的并不忧伤的送别的古歌,心情也变得明朗起来了,好像自己是即将出征的传说中的英雄鲁斯塔木。他的脸上露出了由衷的微笑。

5

蓝天越来越少,天空没有了,好像天空不再是天空,而是一个倒扣的沙漠,当夏巴孜闻到空气中弥漫着尘土和沙子的味道的时候。跑了一整天的车停了下来。他跳下车,像抱心爱的女人一样把羊抱下来,带队的西仁乡长为了让他们安心,迫不及待地带他们看了房子和地,他看到了一栋砖砌的平房——他的新家——立在塔克拉玛干沙漠的边缘,几株胡杨的树枝被黄昏的风摇得啪啪直响。房子不远处的沙丘的颜色像金子一样。房子共有三间,屋后有一个羊圈和厕所,还有一块预留的果园。但没有人告诉他,这栋房子曾经先后住过三个塔吉克家庭,他们也是从高原上迁下来的,但没过多久,又都回到高原上去了。这房子的墙原来是那么荒凉,在夏巴孜要搬下来之前,政府的人才重新用石灰刷过。那一片地非常平整,水渠一直修到了地头,靠近沙漠的一边有一排新栽的挡风沙的白杨。黄昏的时候,这个新家园有一种陌生的朦胧的美,夏巴孜觉得很满意。他往远处的天空望了望,天空已经清亮了一些。他看见了一钩显得很远的残月,但并没有看见神山一样悬在天上的慕士塔格雪山,他也没有看见鹰,他想,鹰肯定歇到某一株高大的树上去了。流着塔合曼河河水的叶尔羌河在几十公里外,他看不到它,也听不见流水的声音,但乡长告诉他,他地里浇的水就是从那条大河里引来的。他想,如果有马,他明天就可以去看看那条河,但现在没了马,他要去大河边就费劲了。

6

迁下来的三户人家在这里住了下来,彼此相隔不远,组成了一个塔吉克人的小小的聚居地。过了不久,当地的维吾尔人就给这个地方取了一个新地名:三户塔吉克人。即使这里的一棵草,对他们来说,都是陌生的。要习惯这个新地方,就得从熟悉一棵草开始,但这里的很多植物他都叫不出名字。他们像远离了母亲的婴儿,全家人都有些慌乱。好像他们漂泊到了一个与世隔绝的孤岛上,周围都是无边无际的荒凉的大海。

为了抵御孤单,大家每天都彼此串串门,但他们避免提到高原,避免提到塔合曼草原。因为有几次,他们提到那里后,女人们就"嘤嘤"哭了,男人们看到女人那样,开头还笑骂她们,最后自己也低头不说话了。

还有一种奇怪的现象,他们来到平原上后,就从来没有喝过酒,但他们的脑子却像喝多了酒一样,整天迷迷糊糊的,连走路都有些发飘。他们不知道,常年在缺氧的高原上生活的人,刚到氧气充足的平原上,是会醉氧的。

有一天,乡长的妻弟巴亚克找到夏巴孜,用有些神秘的口吻颓丧地对他说:"夏巴孜老弟,我感到很奇怪,我们家的人都像喝多了酒,每天无精打采的,可我们连一滴酒都没有沾过,是不是这空气中有酒呢?我使劲儿闻了好几天,也没有闻到酒气儿。"

"我们家的人也是这样,连我那一辈子都没有沾过一滴酒的妈妈也是这个样子的。可能是平原上的人多,喝的酒也多,他们喝了酒,把酒气喷到空气里面,所以空气里面就有酒了,空气这么多,人的鼻子肯定闻不出里面的酒味儿,但酒就在空气里面,我们每天都在呼吸那空气,从来就没有停过,老哥你想想,吸进身子里的酒有多少啊!你能不醉吗?"

"你这样说我就明白了,但久而久之,会不会把我们都变成酒鬼啊?"

听出巴亚克的担心,夏巴孜连忙安慰他:"我想用不着担心的,平原上这么多人,变成酒鬼的毕竟是少数。"

没有什么事做,夏巴孜就试着侍弄自己的土地,他每天都要到那块地里去转几圈,他有时候隐隐地感觉到了土地的神奇,如果他能在这里待下来,仅这样一块地,就可以养活他的子子孙孙,他感觉这实在是不可思议。但他在地里转了那么多圈,也不知道该拿这块地怎么办。他走了五里路,去请教了离他们最近的一户维吾尔族农民提依普,提依普长着一脸花白胡子,本是个很热心的人,但他看了一眼夏巴孜的鹰钩鼻子,有些冷淡地对他说:"朋友,现在嘛,你先不要管,你先待上三个月,如果习惯了,再说侍弄土地的事吧!"

"可是,朋友,这是为什么呢?我看你们都在准备着往地里种东西呢。"

"我们马上就要种冬麦了,我之所以让你先不要忙,是因为前面下来过好几拨塔吉克人,他们刚来到这里的时候,也是积极得很,但没过多久,他们就待不住了,抛下还没有成熟的庄稼,回高原去了。"

"我不会那样。"

"他们开始都像你这样说。"

"但我是发誓要在这里住下来的。"

"这也的确难为你们,你们祖祖辈辈放羊,现在要来做农民,就像刚生下来的小娃娃一样,什么都得从头学。不过,这些都是粗活,一季庄稼就可以把什么都学会的。如果你真打算留下来,这季冬麦就一定要种上,不然,季节一过,土地就要抛荒了。你既然找到我,我就来教你吧。"

夏巴孜就拜了提依普为师傅,开始从怎样使用坎土曼开始,一招一式地学起来。他在平原上也就有了第一个朋友。

因为有政府补助的粮食,吃饭是没有什么问题的。其他两家人都还在观望着,他们只是干着一件事,就是全家人轮流放着那两只从高原上带下来的羊。但夏巴孜还是决定把冬麦种上,他找到提依普,问他帮别人耕一天地需要多少钱,他说五十元,但你如果需要我,三十元就可以了。夏巴孜自然很高兴,提依普三天就把他的地耕完了,然后,又教他平地,起垄,开沟,播种,就这样,在提侬普的帮助下,他在自己的土地上种上了小麦。他看着那些金黄中微微有些泛白的麦粒躺在黄土中,觉得好像是一群羊缓缓地游动在金色的草原上。也就在那天,他看见了高悬在远处的天上的慕士塔格雪山。

当翡翠一样的麦苗从黄土里冒出来,夏巴孜的眼里流出了泪水,他好像害怕那是假的,他用一截小树枝刨出一棵麦苗,小心地把它提起来,他看到了它乳白色的根须,他把它拿回家里,给全家人看。说这就是我们地里的麦苗。他母亲说,这也是我们在这个平原上新的根。

7

有一天,巴亚克哭丧着脸来找他,他半天不说话,只是叹气。夏巴孜就问他:"老哥,你怎么了?"

"哎,这是什么鬼地方!"

夏巴孜听他这么说,就觉得他在这平原上待不下去了。

"我们刚到这里,肯定不习惯,久了就会好起来的。"

"我家的羊死了,两只母羊啊,还怀着羊羔子呢,我们没有种地,所以全家人轮流出去放它们,像伺候先人一样伺候着,没想到它们越来越瘦,越来越没神了,今天一早起来,它们全都死了!"这个大男人说到这里,眼泪汪汪的,那伤心的样子,好像死的不是羊,而是含辛茹苦拉扯他成人的爹娘。

夏巴孜知道那两只羊是巴亚克在平原上最大的一笔财富。临出发之际,他看夏巴孜带了公羊,就多了个心眼,把自己家的公羊换成了母羊。他家母羊都是夏巴孜家的公羊配的种。

"你没有找兽医吗?"

他带着哭腔说:"前天,我看那只羊也跟人喝伤了酒似的,要死不活的,就跑了二十多里路,去找一位维吾尔族的兽医,他听我说完后,说是水土不服,过些日子就会好的,他问我弄不弄药,我想畜牲嘛,过两天就会好的,就没舍得花钱,没想今天起床一看,它们全死了!"

"老哥,你看你不舍得花小钱,最后失了大钱。我们家的羊也跟你说的样子差不多,你这么一说,我也得赶快找兽医去。"

"这样的鬼地方,羊都活不了,人怎么活呢?"他开始没完没了地咒骂乡长,说他这个乡长不应该完不成迁移任务,就打亲戚和朋友的主意,让他们背井离乡,搞得现在成了穷光蛋。

夏巴孜知道巴亚克在塔合曼草原的所有东西——牲畜和地窝子都还留着,不像他,把什么都处理掉了。他听巴亚克气狠狠地把话说完,替乡长辩解了几句,也说了不少安慰他的话。最后,巴亚克还是决定要离开这个鬼地方,回到塔合曼草原去。

可能是常年在草原上骑马的原因,夏巴孜觉得他们这些塔吉克人在平原上走路时脚步都有些轻,不像有些维吾尔人和汉人,走路咚咚响,震得地皮都微微发抖。但巴亚克这次气哼哼说要返回高原,往自己家走时,脚底下也发出了那种声响,地上的尘土腾起老高。但他并没有马上走。

夏巴孜去看了自己家的羊,除了那头公羊,三只母羊的状况和巴亚克说的差不多,他赶紧去找兽医,弄了些药片回来,给羊灌进了嘴里。但没过几天,那三只母羊还是死了,只剩下了那头活蹦乱跳的公羊。没有了母羊,留着公羊还有什么用呢?他抱着羊伤心了一场,把羊赶到三十多里外的巴扎上卖掉了。

快到汉族人过新年的时候,乡长带着一大帮人来慰问三户塔吉克人,给每家都送了沱茶和棉布。但他的身份已是副县长了。虽然如此,他在夏巴孜面前还是以朋友的面目出现的,和他握手、拥抱,一点副县长的架子也没有,这使他很感动。

副县长还带来了夏巴孜的亲家、他儿子的岳父写给他的一封书信。

副县长走后,夏巴孜把信打开了,和他料想的差不多,他的亲家要退掉这门亲事。原来,他们到平原上羊都活不了的传闻已经传到了塔合曼草原,他亲家这封有好几个错别字的书信说,在平原上羊都活不了,他怎么舍得把自己的女儿嫁到那样的地方呢?这封信他不敢让儿子看,就把它藏了起来。

西仁副县长的大哥阿扎热大概有四十七八岁的样子,他长着一张苦大仇深的脸,看上去要比实际年龄大二三十岁。很多人都以为他是西仁副县长的父亲,当他说他是副县长的大哥时,人们都以为他在开玩笑。他一家就四口人,他带下来的三只羊死了两只,剩下的那只它像孩子一样养着,终于在平原上活下来了。他告诉巴亚克,他好像病了,一到平原上,他的精神气儿就没有了,他如果再在平原上待下去,就会没命了。

转眼,肖公巴哈尔节又要到了,这是塔吉克人庆祝冬去春来、春暖花开、万物复苏的节日,也叫诺鲁孜节,时间在每年的3月21日,是塔吉克传说中伟大的加米西德大帝统治由东到西的大片土地时创造的。这个时节,夏巴孜更加思念故乡,他总想往高原所在的方向望。

就在这个节日到来的前两天,巴亚克和阿扎热把自己从塔合曼草原拉来的东西全部装进了他们自己合租的一辆汽车里,然后来和夏巴孜告别,他们说要离开这里,夏巴孜还以为他们只是说说气话,没想他们真的要回去了。巴亚克拥抱住夏巴孜,动情地说:"我在高原上生活惯了,所以我人虽然下来了,但根子还扎在那里,这平原上冬天的冻土虽然浅,但我的根还是扎不下去。我们一家就先回去了,现在回去,刚好可以赶上过肖公巴哈尔节。"阿扎热把自己那只羊送给了夏巴孜,说:"我感觉我这身体越来越不好了,我必须要回去了,夏巴孜老哥,这只羊你就收下吧!我希望你在这个新地方有新的、幸福的好生活!"

夏巴孜望着他们的汽车在腾起的尘土中,拐进了一片白杨树林里,消失不见了,但他还望着,直到那尘埃慢慢落下来。

8

当夏巴孜习惯了弯腰面对黄土时,已经是第二年秋天他的庄稼获得收成的时候。由于刚学会种庄稼,他家土地的产量并不高,但还是有两千多公斤的收成,当他捧起金黄的麦粒时,他的心里充满了喜悦。这毕竟是自己在平原上第一次收获的粮食。他决心带些粮食,回一趟高原,让他们尝一尝新麦的味道。他还要去见见自己的亲家,看看儿子的亲事是否还有挽回的余地。

班车爬上高原,当他看到卡拉库力湖蓝色的波涛和慕士塔格雪山辉煌的雪冠时,他忍不住泪流满面。翻过苏巴什达坂,他就看见塔合曼草原了,他的心更是激动得难以自抑,他小声唱道——

  金子一样的塔合曼草原啊,
  像一轮明月在天空高悬。
  她的美啊无与伦比,
  引得我每天把她思念……

  他忍不住把坐在身边的那个一路都在呼呼大睡的胖子捅醒了,自豪地炫耀道:"朋友,你看,那前面就是塔合曼草原,你看它多好看啊?"
  那人从梦境中醒来,有些恼火地说:"你以为我是夏巴孜傻瓜吗?我至少有一百次经过这里了,你以为我不知道吗?"
  夏巴孜有些愕然,他惊讶地张着嘴,看着那个家伙,"你怎么说夏巴孜是傻瓜呢?"
  "难道你不是这高原上的人吗?难道你没有听过这个说法吗?现在,高原上的人要说谁脑子不够用,被人耍了,都会说'一看你就是夏巴孜傻瓜'。"
  "为什么?"
  "你真不知道啊?原来你真不是高原上的人,那我就告诉你吧。夏巴孜就是这个塔合曼草原上的人,去年搬到麦盖提去了,是被他的乡长朋友哄去的。这个乡长为了当副县长,把自己的大哥和二舅子也动员去了,当然还有他的朋友夏巴孜。但他开头就给自己的亲戚说好了,他们下去只是装装样子,他一升副县长,他们就搬回来,只有那个夏巴孜不知道,把自己的东西卖的卖,送的送,在草原上什么也没有留,把全家都搬下去了,连他的老娘都搬下去了,现在,就他一户人家还在平原上熬着,人们都说,哎,夏巴孜真是个傻瓜啊!没想没过多久,就传成了夏巴孜傻瓜,现在已传遍了整个帕米尔高原。"

"噢?是吗?你……你说的是真的吗?"

那个人觉得他是个外乡人,不再理他,把那张还攒着睡意的胖脸转了过去,他困意未消还想再眯一会儿。

2007年5月,写于上海西岑

名叫月光的骏马

1

我爱的姑娘叫巴娜玛柯。我在白母马生下月光时,第一次专注地看了她。她戴着一顶刺绣非常精美的库勒塔帽,四条长长的栗色辫子一直垂到紧凑而浑圆的屁股上,她蓝色的眼睛清澈得像卡拉库力的湖水,她的额头像慕士塔格的冰峰一样明净,她长长的脖子上戴着用珍珠和银子做成的项链,美得像是用昆仑山上的羊脂玉雕琢出来的,她胸前佩戴着叫做"阿勒卡"的圆形大银饰,她有好看的嘴巴,嘴唇不薄不厚,正好与她的微笑相配,她的鼻子高而精巧,上面饰着几点雀斑。她穿着有很多暗色小花的红裙子,像一位公主一样骑在一匹有青黑色纹理的大马上。那是她父亲的马。她偷偷地骑它出来,就是想看一眼我家的母马生下的、没有一根杂毛的白马驹。

这匹白马驹出生的消息在草原上传开之后,好多人都赶过来看稀奇。他们说他们还从来没有看到过这么可爱的小马驹。它好像不是凡物,而是天上的神灵送到人间来的神驹。我的父亲马达罕也很自豪,但我不知道该给这匹小马取个什么名字。

巴娜玛柯一看到这匹白马驹,就有些嫉妒那匹母马,就喜欢得想变成白马驹的小母亲,就想上去抱住它,就想把它抱在自己怀里,每天把它亲几遍。她从马背上轻轻地跳下来,说,这马儿美得像雪光一样。

我一见到巴娜玛柯,就被她那和白马驹一样清澈纯洁的眼眸打动了,我记得她在看白马驹的时候,我一直在偷偷地看她。我看看白马驹的眼睛,又看看她的眼睛,怎么也看不够。我看得入了迷,听到巴娜玛柯夜莺一样好听的声音传来,我惊乍了一下,脸兀地红了。我摸了摸脑袋,语无伦次地对她说,雪光?太好了!这小马的名字不是有了吗?就叫它雪光吧,多好的名字,这样的名字只有你能想出来。

巴娜玛柯一听,也高兴得手舞足蹈,她说,你是说,这匹小马的名字是我给它取的了?啊,雪光!只有这匹小马配用这个名字。我可以摸摸它吗?

当然可以,你是赐给它名字的人,你摸吧,你摸摸它,它会很高兴的……

巴娜玛柯很高兴地走近白马驹,她轻轻地、小心地抚摸着它,像母亲爱抚自己的婴儿。白马驹看见这位天使走向它,用眼睛望了她一眼,并没有躲到母亲肚子底下去。它好像和她已经相识,心安理得地承受着她的爱抚,那种舒适的感觉使它抖动了一下自己还带着母亲子宫气息的皮毛。

巴娜玛柯感觉白马驹的皮毛光滑得就像绸缎一样,她忍不住抱着它的脖子,亲了亲它可爱的脸颊。白马驹也回报了她的爱,舔了舔她好看的手。

我羡慕死了,我想,自己要是那匹小马就好了。

我正陷入美好而又略带伤感的遐想中,巴娜玛柯用马鞭轻轻地捅了我一下,你在想什么好事啊?哝?

我的脸兀地红了,像是刚从美梦中醒来。在一边的伙伴们都笑了,有人跟我开玩笑,说,我是在想哪个姑娘了。我把他们轰开,回到巴娜玛柯面前。

巴娜玛柯也笑了,但她只是微笑。她又抱着雪光的脖子,亲了亲它的面颊,问我,但雪光你们家以后会卖吗?

会卖,但雪光还怀在它妈妈肚子里的时候,骑手夏巴孜就把定金付了,我爸爸已答应把这匹马卖给他。

巴娜玛柯略微有些失望,她说,那么,我问你,你们家的白母马还能生出这样一匹白马驹来吗?

我耸了耸瘦削的肩头,觉得这是一个需要认真回答的问题,就很认真地回答说,这匹母马虽然是匹白母马,但它以前下的都是其他颜色的马,它这是第一次下白马,所以,它还能不能生下这样一匹白马驹,我一点也不知道,只有白母马自己知道,你得问它。

巴娜玛柯"呵呵"笑了,她好半天才忍住笑,我先跟你说了,我还会让我爸爸跟你爸爸说,你们家的白母马如果还能生出这样一匹白马驹来,我要让我爸爸给我买回去。我爸爸已答应买一匹好看的马给我。你到时可不能把它卖给别人。

好好好,我一定给你留下。巴娜玛柯的话让我感到惊喜。我从内心深处感激这匹白马驹和它的母亲,它们让我和巴娜玛柯有缘说了这么多话。我想,如果白母马能再生一匹白马驹,我要把那匹白马驹送给巴娜玛柯。

巴娜玛柯骑着她父亲的雪青大马走了,她栗色长辫上的银饰在她那还显得单薄的脊背上闪闪发光。她看到那么漂亮的小马,显然很快乐,这从她的歌声中就可以听出来。看着她闪光的背影,听着她那令人陶醉的歌声,我那颗青春的心变得忧伤了。在那一刻以前,我一直是个快乐的少年,我单纯的心像高原晴朗的天空一样明净,但现在,我心灵的天空已经开始奔跑爱情的云团,这些云团有时很美,有时则变得十分黯淡。

2

我们塔吉克人每年都在夏牧场和冬牧场之间漂泊,高原的春天和秋天都短暂得像一个倩影,一般只有诗人和怀春的姑娘和小伙子才能注意到。在一般人的感觉里,就只有夏天和冬天两个季节。夏牧场在雪峰下面棕色的千沟万壑和大大小小的荒原里,一户牧民到了一条沟壑里或一片荒原上,在那里找个有水的避风的角落,撑一顶白色的毡帐,就开始度那漫长的夏季。那是整个高原最孤独的季节,每家每户像一丛丛羊胡子草,散在高原各处,音信隔绝。但在这彼此很少来往的夏牧场,一个夏季不见,小伙子长健壮了,小姑娘长成了大姑娘,羊羔子长大了,小马驹长成了儿马;一个夏季不见,相爱的人情感更深,有仇的人泯仇和好。所以,从五月春天来临之际到十一月初雪降临这段时间,靠近河川的草原都是空的,只有牧草在这里生长。这就是冬牧场,是牧民们冬季生息休养的地方。当天空飘下第一场雪的时候,他们从一两百里远的夏牧场转场到这里,住进用土坯垒成的低矮温暖的冬窝子,把喂肥的牛羊卖掉,等待母羊产下羊羔,母牛产下牛犊,母马产下马驹,亲人们再次相见,恋人们又能相会,婚礼都在这时举行,不时会有老人去世——他们为自己在这时去世感到安慰,因为如果在夏牧场去世的话,家里人要把他运回家族的麻扎有时要费很大的力气。人们从那无数的沟壑和荒原汇聚到冬牧场的时候,草原上牛羊成群,人欢马嘶,毡房连绵,炊烟如云,充满了生机和人间气息。

虽然我和巴娜玛柯家的冬牧场都在塔合曼草原,但我家的夏牧场在高原北部的萨雷阔勒岭里,那里与塔吉克斯坦相邻;巴娜玛柯家的夏牧场则在高原南面的红其拉甫附近,边界对面是巴基斯坦,相距四百多里路。所以,我要见到巴娜玛柯很难。初夏是白母马发情的季节,所以巴娜玛柯带信来问我,白母马怀上了小马驹没有,我跟那人说,白母马已经怀上了。

我和巴娜玛柯都喜欢骏马,这使好多人觉得奇怪,因为现在很多小伙子小姑娘都是想着怎样把摩托车骑得出神入化。他们在摩托车上装饰了很多小玩意,有能在太阳下像镜子一样闪闪发光的磁盘,有恐龙和各种鲜花图案,甚至还有一些国内外影视明星和歌手搔首弄姿的头像。

在我家萨雷阔勒岭里的夏牧场,我第一次如此思念一个和我家没有任何亲戚关系的少女,高原的夏天如此晴朗,但我心里却没有一个晴朗的日子;慕士塔格雪山如此明亮,我眼里看上去,却蒙着淡淡的阴霾;我无数次梦见我变成了高原上的鸟儿,飞到了巴娜玛柯的牧场里;我常常希望自己变成一股温暖的风,吹到巴娜玛柯的牧场上,让她家的牧场开满鲜花。我每天都要骑上马,登上牧场附近最高的山峰,望着高原南面的群山,希望看见她的身影,为她一首接一首地唱塔吉克族的情歌。

我还听说,县上那个最有钱的沙吾提的儿子阿拉木也喜欢她,他游手好闲,穿着各种奇怪的衣服,一会儿是巴基斯坦的,一会儿是美国的,一会儿"哈韩",一会儿"哈日",一会儿又是流行在内地的东西,他的头发也不停地变幻着各种颜色和很多奇怪的样式——而这些颜色和样式在县城没有理发店能做出来,他都是专程到喀什去做,还有人说他是坐飞机专门到乌鲁木齐去做的。他父亲本来想让他好好学习,以后能上个专门教他如何做生意的大学,但他读完初中后,死活都不读了。他不像我和巴娜玛柯,想读书但家里没有条件送我们,所以我们初中都没有读完就只能回到草原上放羊。阿拉木十六岁生日的时候,他父亲就给他买了一辆路虎牌越野车,他在那辆车上贴了熊、虎、豹子、袋鼠、眼镜蛇、老鹰等动物的图案,还有英文、韩文和日文的字母,看起来像一头奇怪的野兽。

塔吉克人有镶金牙的习俗。这是身份和财富的标志。没钱的人一口白牙,有点钱的人就会想办法镶上一两颗金牙,富裕的人会把所有门牙换成金牙,如果这个人满口金牙,那就是很富的人了。沙吾提全家都是满口金牙,连阿拉木也是。所以他们家的人一说话,就是真正的众口铄金,金光闪烁。

帕米尔高原出产宝石,沙吾提一直想发财,就天天去寻宝。他把找来的宝石卖给一个江苏人,这个肥胖的江苏人有个绰号叫"宝石大王",塔吉克老乡找来的宝石是不是宝石都是他说了算。但很多时候,本来是真正的好宝石,他会说这个东西没用,只是一块山上到处都可以找到的石英石而已,随手就给扔掉了,待老乡走后,他再去把那宝石捡起来,揣进自己的腰包。他就这样骗了不少人,成了真正的宝石大王,最后在上海开了一家很大的珠宝店。

沙吾提还是小伙子的时候,曾经在修中巴公路的工程队里待过两年,学会了说汉话,所以他就成了宝石大王的翻译,很多宝石都是他帮宝石大王骗来的,当然,他也从中得到了一份不错的报酬,攒了一笔钱,更主要的是,他跟宝石大王学会了骗人,然后学会了做生意。他在1993年古尔邦节的时候,终于在喀什装了一颗金牙回来。据说这是1949年以来帕米尔高原上第一个装金牙的人。

他本来要装门牙的,但装金牙的维吾尔族人是个斜眼,所以就把金牙装在了左嘴角附近。他本来就是要炫耀一番的,如果金牙装在门牙处,炫耀时会很方便,他龇牙时人家就会看见了,现在他只有向左咧嘴时,别人才能看见。于是,他一回到高原就装牙疼,老是把嘴角往左扯,龇起左半个嘴巴,装作牙疼时的"丝丝"吸气状,没想久而久之,就成了习惯,他后来虽然装了满口金牙,但好像还是只有那一颗金牙似的,常常龇裂起左嘴角,"丝丝"吸气,生怕别人看不见。

满口金牙的阿拉木在一个偶然的机会看到巴娜玛柯,他看到她的第一眼,就被她迷住了。

三个月前的一天,巴娜玛柯骑马到县城来买东西,正在街上闲逛的阿拉木看到了她的背影,就被打动了,然后他又跑到她的前面,看了她的脸,他就呆住了。他觉得自己的魂被她掳走了。他变成了她的一条狗,她走到哪里,他就忍不住跟到哪里。听说他已开着车往巴娜玛柯家的夏牧场跑了好多次。

所以,我决心要去看望巴娜玛柯,我觉得自己一定要见她一面,不然,我有可能活不下去的。

父亲曾答应过我,让我到喀什城里去玩一趟。于是,那天早上一起来,我就跟父亲说,我要到喀什城里去,您答应过我的。

我长这么大,第一次向父亲撒谎。

父亲看着我,有些不解,巴郎,我们是在夏牧场,从这里到县城去坐班车很不方便的,何况,这些牛羊我一个人也管不过来。到了冬牧场再说吧,那时有的是空闲时间,你想在城里待多久都行。

我就想现在去,我从来没有去过喀什城,他们说夏天的喀什城比冬天好看。我最多四五天就回来。

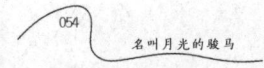

父亲有些无奈地说,那好吧,你长大了,有心事了,我看你出去散散心也好。他说完,从贴身的汗衫里掏出三百块钱递给我。

我换了一身崭新的衣裳。父亲骑马一直把我送到公路边,把装着馕和酸奶疙瘩的褡裢递给我,嘱咐道,你就在这里等着,大概中午的时候,就有喀什到县城的班车经过这里,你先到县城住一晚上,明天一早县城有到喀什的班车。喀什城大得很,你是第一次进城,自己要留意一点,把钱装好,不要惹是生非,我四天后骑马到这里来接你。不要忘了回来时给我带几瓶酒。

我点头答应了,和父亲道别后,他便骑着马回去了。

我看着在午后的阳光下像黑绸子一样的柏油路面,知道我顺着这条路的一端走去,就能走到巴娜玛柯的身边。想起她迷人的微笑,我的心又咚咚地跳动起来。

我在傍晚才等到那辆喀什到县城去的班车,所以到县城后,天已黑透了。我在街上找了一家五块钱一晚上的旅馆住下后,又买了送给巴娜玛柯父母的茯茶和糖。我想给巴娜玛柯也买一件礼物,但我不知道该买什么东西合适,最后把所有的商店都转完了,终于给她挑了一条红头巾。

我还看见了富家公子阿拉木和他的几个小兄弟在街上晃荡,他们把自己打扮得像电视里的汉族节目主持人一样花哨,他们的皮鞋在街上昏暗的灯光里闪光,他们的耳朵上竟然带着明晃晃的耳环。他们手里拿着灌装的青岛啤酒,一边喝着,一边唱着遥远内地的流行歌曲。

可以看出,阿拉木他父亲虽然有那么多钱,但他的儿子还是那么空虚、无聊。和我比起来,我的生活虽然艰苦,但我的心里有无边的爱,能藏下一个巨大的秘密。对于这个秘密,除了我自己,谁也不知道。想到这里，我偷偷地笑了起来。我已有好久没有笑过了。走进旅馆的时候，我咧着的嘴还没有合上。肥胖得像个羊毛纺锤一样的老板娘见了我，问道，小伙子，看你那高兴的样子，是不是在街上捡到宝石了？我仍只是笑着，没有说话。那天晚上，虽然那个房间里睡了六个人，其中有四个人鼾声如雷——鼾声此起彼伏，完全是雷霆的合唱，但我睡得十分香甜。

我一大早就醒了，跑到公路边去等到红其拉甫的便车。县城里的一切都还在沉睡，只有带着寒意的晨风在四处闲荡，把白杨树叶吹得哗哗响。我蹲在路边，一边啃着馕，一边望着天空，月亮已经沉到西边的雪山那边去了，残余的光辉给那几座以深蓝色天幕为背景的雪山勾勒出了一道淡淡的银边。天上的星星还是那么精神，有几颗特别明亮，眨着，像巴娜玛柯的眼睛一样。她在天上看着我呢？我在心里对自己说。

天亮后，不时有经红其拉甫去巴基斯坦的货车呼啸而过，但没有一辆停下，最后，我拦了一辆边防部队的吉普车，他们像是认识我似的，问了我去哪里，就让我上车了。一位中尉军官问我到红其拉甫干什么。我说去看巴娜玛柯。他问就是那个漂亮的小姑娘吗？她家的羊群经常到我们哨所附近吃草。我说是的。他又问她是你的女朋友吧？你可得好好地喜欢她，我们边防连的战士也都喜欢着她呢，还有那个沙吾提的儿子也老开着车来找她。我知道他前面的话是在跟我开玩笑，但后面那句话却是真的。我不笑了，我的心像被人捅了一刀，痛得我眉头紧皱起来。路两边的风景像按了快退键的录像一样，从车窗外飞快地掠过去了，我的眼睛只看到了交替闪现的蓝、白、棕三种颜色——那蓝的是天，白的是雪，棕的是山和荒原。

小伙子,到了,河边那顶白帐篷就是你要找的姑娘的家。我顺着中尉指给我的方向望去,看见那顶毡帐扎在河岸边,很是醒目。帐篷顶上飘着中午的牛粪烟,那烟比天空还要蓝。

3

我的心跳得像敲响的羊皮鼓一样响,似乎整个高原都可以听见。我把那顶白毡帐望了很久。它就是我心中神圣的爱情的宫殿。想起巴娜玛柯就住在里面,我的眼睛就潮湿了,但我却没有勇气靠近它。

雪线还很低,晶莹剔透的雪山似乎伸手就可以触摸,雪山的寒意被风带过来,从我的脸上掠过。洁白的云团在雪山顶上飘浮着,红其拉甫河像一匹蓝色的绸缎,在海拔四千多米的高处飘动,河两岸已有浅浅的绿意。巴娜玛柯家的马和羊群散在河岸边,他的父亲骑着那匹雪青马,跟在羊群后头,牧羊犬无所事事,无聊地蹲在离白毡帐不远的地方,牦牛则跑到了雪线附近。

虽然我已习惯高原缺氧的生活,但我可以感觉到,由于缺氧,空气显得很重,让人的呼吸变得很费劲,加之内心的激动,更觉得呼吸维艰了。

我看到了她妈妈走出毡帐,取了一些干牛粪,然后又进去了,她的两个弟弟在外面和四只小羊羔玩耍了一会儿,被他们的妈妈叫进去了。我等着她出来。我想知道她真的住在里面,好像只有这样,才能确认这就是她在高原上漂移的家。

我在一块长着红色苔藓的石头上坐下来,我想,只要我看见了她的身影,我就有勇气向她跑过去。我觉得那顶白毡帐成了这个世界的中心,一切都围绕着它在飞快地运行。

太阳慢慢偏西,阳光越来越柔和,风越来越硬,风中挟带的寒意越来越浓,雪山被暗下来的天光衬托得更加明亮。这时,我看见巴娜玛柯提着一个白铁皮水桶,到了河边,打了一桶水,又回到帐篷里去了。她走出来时,我没有看清她的脸,我只感觉到她的脚步是轻快的。她往回走时,因为提水时需要用力,她向左倾斜的背影是那么美,她的腰很细,但很有力。她的屁股已像儿母马的屁股一样鼓翘了。

我站起来,她的背影让我觉得自己想飞,我那么快地来到了河边,像鹰从高空俯冲而下。我在河边洗了一把脸,河水清冷,我忍不住趴下去,喝了几口。然后,我找了一个水流平静的地方,照了照自己。我看见自己原本很亮的眼睛蒙上了一层薄薄的雾霾。

我来到巴娜玛柯的白毡帐前,她爸爸已把羊群赶回了家,雪青马已拴在了拴马柱上,牦牛已从雪线附近自己归来,没有听见牧羊犬的吠叫,现在不需要看护羊群,它一定是会自己的伙伴去了。巴娜玛柯和她妈妈的头埋在羊群里,正在挤奶。她的屁股朝着我来的方向,像一轮红色的月亮,我感到有些害羞。母羊柔和地叫着,头抵着头,屁股朝外排成两行,等着女主人把鼓胀的奶包里的奶挤掉,几只高大的公羊在羊圈里无聊地兜圈,十多只半大的羊羔子则在羊圈外欢快地蹦跳着。我叫了一声巴娜玛柯,她没有听见,我又叫了一声,她从母羊屁股后面抬起了头。她看见我,有些不相信,露出了惊讶的神情。她的左手提着奶桶,两只手上都沾着新鲜的羊奶。她的母亲也随之站了起来。羊都抬起头来,面对着我的羊好奇地看着我,屁股对着我的羊,也把头转过来,好奇地看着我。

我走过去,按我们塔吉克人的礼俗,吻了她母亲满是鲜羊奶味的手。

她把奶桶递给母亲,从羊群里走了出来。她的红裙子上沾着白色的羊毛。她的头发兜在黄头巾里,黄头巾上也沾着白羊毛,她的脸上还沾着一根。我从她身上闻到了母羊新鲜的奶味儿——啊,她是一只多么漂亮的小母羊!

啊,是你啊,真没有想到!你怎么到这里来了?她一边走近我,一边问道。

我……我……我不知该怎样回答她。

你是从你们家的夏牧场来的吗?

我点点头。

那可远了,有好几百里路呢。

搭车来的,也没显远。

你走了这么远的路,到这里来,一定有什么事吧?她一边问我,一边用水壶里的水洗手。然后请我到帐篷里去。

我……我是来告诉你,我家的白母马怀上小马了。你带话来问过我,我怕那个人没有把我的回话带给你,所以就来了。我终于找到了这个借口。

啊?没想到让你跑了这么远的路!早知道,我就不带话去问你了。

没有什么的,这里我从来没有来过,我自己也想来看看。

那就在这里多住几天吧。

听了她的话我很高兴,我也想在这里多住几天,甚至想在这里住一辈子,但我不能这么做。我来这里已很冒昧了。我言不由衷地说,如果明天有便车,我明天就回去,家里的羊群,爸爸一个人照看不过来。

她听了我的话,眼睑低下了。她站在白毡帐门口,望了一眼雪山,什么话也没有说。

毡帐里很暖和,她父亲盘腿坐在那里,从毡帐顶上的通风口透进来的天光罩住了他,使他的身影看上去很朦胧。他正在抽莫合烟,烟从那光柱里飘了出来。看清我是个贸然而至的客人后,他连忙站了起来。我吻了吻他的有羊膻味和莫合烟味的手心。我告诉他我父亲的名字,他说他认识,他们年轻时在一起赛过马。

我把我来这里的借口又说了一遍。说这些谎话时,我的心跳得很厉害。她父亲听说我跑那么远的路专门来告诉白母马已怀上小马驹时,非常感动。他请我在烧着牛粪火的炉子前坐下,然后说,现在很难找到像你这么认真对待一件事情的小伙子了,不管你家的母马下的是白马驹还是黑马驹,我到时都买了。我去宰一只羊,我要好好招待你,今天晚上我们可以好好喝几杯。

这样的盛情让我感到很不好意思,我想阻止他父亲,但他父亲已经出去了。一会儿,他牵进来一头公羊,让我过目后,然后才牵了出去。她的两个弟弟也跟出去看宰羊去了。

毡帐里只有我和巴娜玛柯了,我摸了摸贴身放着的红头巾,但我没有勇气送给她。

羊肉在灶台上散发着香气。我和她父亲说了很多话。我还第一次喝了白酒。酒的烈焰在我的身体里燃烧。我感觉我的身体变得越来越轻。我怕自己最后变成一片羽毛,被身体里的火焰烧焦,或随风飘走,我没有再喝,她父亲也没再劝我。

灶台是我们塔吉克人帐篷中最显贵的地方,所以靠近灶台的地方也就是专为客人腾出睡觉的卧榻,巴娜玛柯的妈妈把我安置在灶台边躺好,我在牛粪火的暖意中很快就睡着了。

早上起来,我跟巴娜玛柯的父亲说,大叔,您已知道我家的白母马怀上马驹这件事情,我也就该走了,我得回去帮助我爸爸照看羊群。

巴娜玛柯听到了我说的话,她把头转过去了。她爸爸挽留我,但我已心满意足,我一定要回去了。他最后只好说,我去问一下边防连有没有到县城去的车,这会儿你可以让巴娜玛柯带你转转我们家的牧场。他说完,就骑着光背马到边防连去了。

巴娜玛柯牵出两匹马来,问我是否需要马鞍。我说不用。我们俩便骑着光背马,信马由缰地在她家毡帐后面的荒原上慢慢溜达着。

我们走了好久都没有说话,只有风和马蹄敲击荒原的声音。

这里的雪山漂亮吗?她突然问我。

我又望了一眼涂抹上了朝霞的雪山,说,这些雪山很漂亮,每一座都很漂亮,像我有一次在电视里看到的金字塔,只是这些塔是银色的,好像是纯银砌成的。

她听了我的话,也望了一眼雪山。

我站在我们家夏牧场的山头上,一次次望见过这些金字塔一样的雪山。我接着说。

真能望见吗?

我记得我爷爷曾给我说过,眼睛望不见的地方,心能望见。我在那个山头上,不仅能望见这些雪山,还能望见你。

我的声音很低,但寂静的高原的清晨却能让她听见我说的话。我看见她的脸红了。她用脚磕了一下马腹,马儿带着她一颠一颠地跑开了。我追了上去,重新来到她身边。她转过头去,低垂着眼睑问道,你既然能望见我,还跑这么远的路来干什么?

我摸了摸怀里的红头巾,鼓足勇气对她说,我……我是来送这条红头巾的。我说完,把红头巾递给了她。她接过去,用蓝色的很深幽的眼睛看了我一眼,羞红了脸,又一次骑马跑开了。我正要追上去,她爸爸快马跑了过来,老远就喊道,小伙子,边防连有车到县城,他们马上要走!我只好把马勒住。

我坐上了连队的吉普车,走了好远,当我回头,看见骑马来送我的巴娜玛柯还站在那座小山冈上,我看见她把那条红头巾包在了她的头上。

4

从红其拉甫回来后,我就特别留意白母马的肚子。我希望它能为我心爱的巴娜玛柯也生一匹白马驹。我有好几次一边抚摸着母马的肚子,一边自言自语,一匹白马驹,那可是巴娜玛柯最希望得到的宝贝啊!

白母马终于在第二年五月分娩了,正如我所愿,白母马为我生下了一匹和去年一样漂亮的白马驹。看到白马驹生出来,我激动得好像那是为我生下的孩子。我飞身跨上父亲的马,跑去给巴娜玛柯报信。

春天像是一夜之间来临的,很多地方还铺着没有消融的残雪。但草原在一夜之间铺满了新绿,像是有一位仙女趁牧民们熟睡的

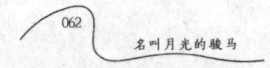

时候,把一床刚织好的绿地毯铺在了草原上。草原上充满了勃勃生机,春天的气息扑面而来,令我陶醉。我的马儿跑得像风一样快,有时候我嘴里忍不住发出"霍霍"的啸叫声,有时又张开嘴,让鲜嫩的牧草的气息和各种花朵的香气灌进我的肺腑里。

马上又是从冬牧场转场到夏牧场的时候了,我的内心又忧伤起来,我自卑地想,我把她当作心中的明月,而我在她心中恐怕连塔什库尔干河里一块能引起她注意的白卵石也不是。

巴娜玛柯家从夏牧场转场到冬牧场后,阿拉木更是三天两头开着他那辆怪兽一样的越野车去找她。

想起这个花花公子,我感到难过。我不担心巴娜玛柯的芳心会被阿拉木打动,但我担心她会被他开的那辆车征服。我的心里流出了一支献给巴娜玛柯的情歌,我在飞奔的马背上忍不住大声唱了起来,我多想让草原上的每一个生命都来见证我的爱情啊——

> 我心中的巴娜玛柯啊,
> 慕士塔格顶上的冰雪一样纯洁;
> 她美丽的黑眼睛啊,
> 卡拉库力湖水一样清澈;
> 我对她的思念啊,
> 圣洁的蓝天一样高深难测……

5

当我挟带着草原好闻的春天的气息来到巴娜玛柯的毡帐后面,刚要下马,却看见她骑着马正从不远处跑来。看到她,我心里顿时充满了喜悦,整个身体好像都被春天的风带走了。我忍不住轻轻地叹息了一声。我不知道自己为什么会发出这声叹息,但我知道这声叹息是从我内心深处发出来的。

巴娜玛柯的怀里抱着一只小羊羔,她像抱着一个宝贝婴儿。她怕颠着了它,所以没有让马跑得太快。

她勒住马,她的脸蛋被春光染上了两团红晕。她说,一只母羊生了一只小羊羔子,我要把它送回毡帐里。

我远远地就看见你了,看到你飞快地向这里跑来了。

她动作优美地从马上跳下来。

她抱着羊羔站在春天的阳光下。她比我上次见到时又长高了一些,变得更加苗条了;她的面孔镀着高原的阳光,变成了淡淡的棕黑色,但却像乍放的花,散发着香气,更加动人;她的屁股已经像母马的臀部一样丰满;她的胸前已有了丰满而优美的曲线……她像一块玉,经过时间这个艺术家的雕琢,已变成一件珍贵的艺术品。

你很少到我们家的冬牧场来过,请到毡房里坐一会儿吧。

我羞涩地说,我家的白母马下了一匹小白马,和月光一样漂亮,我跑来就是要告诉你这个消息的。

真的吗？

真的。今天早饭后下的,我当时心里很紧张,我不知道白母马会下一匹什么颜色的马驹子。我看见母马一点点把它生出来,竟然和月光一样白。

太好了！我要和你马上去看看！她把小羊羔交给八十多岁高龄的奶奶,很快出了毡房,轻快地上了马,向我家的草场飞驰而去。

跑了没多远,就看见阿拉木的怪兽向草原驶来。车轮碾过柔软的牧草,我似乎听到了它们在车轮下的呻吟声。

阿拉木一只手开车,一只手和脑袋一起,伸出车窗,大声喊道,巴娜玛柯,你要到哪里去？他嘴里的金牙随着他嘴巴的开合,金光也一闪一灭的。

看到他,我心里难过起来。我多希望巴娜玛柯不理他,继续跟我往前走。但她勒转马头,跑到阿拉木的怪兽跟前,才勒住了马缰。我要到阿拉木江的草场去,他家的白母马生了一头白马驹,我要买下它,所以我要跟他去看看。她对他说完话,又把笑着的脸——多美啊——转向我,说,他就是马木提江。

阿拉木轻慢地看了我一眼,虽然他是抬头看我的,但却感觉他的目光是自上而下的。他下了车,他昂贵的白皮鞋擦得很亮,穿着一套新的时髦的白色休闲西装,留的不再是那种爆炸式的彩色头发,而是染成了金黄色,梳得一丝不乱,感觉他突然变成了一个很有教养的、电视剧里面的归国华侨的公子。但他稍微离得近一点,我就闻到了他身上那股发情期的种羊的气味。他金口一闪,向我问道,你家的母马这次就下了一只白马驹子吗？

他竟然不屑地把马称为"只",一个不敬重马的人,是不配做草原的孩子的。我觉得他不配和我说话,就没有理他。

他金口一闪，又接着说，回去告诉你的老爹，说我阿拉木要把他的白母马和白马驹一起买下，让他好好想个价格吧！

阿拉木先生，我想告诉你，在我们塔吉克人生活了几千年的帕米尔高原，在这雄鹰高飞的地方，所有人都知道，世界上有很多东西是金钱买不来的。而你，能用你父亲挣下的钱买下什么呢？

阿拉木的脸色一下子变得难看起来，他冷笑了一下，说，我想，我用我父亲挣下的钱买你这样的穷鬼还是没问题的。

但愿有一天，你能把你自己买回去！我毫不示弱地回敬他。

单纯的巴娜玛柯不知道我们为什么一见面就针尖对麦芒地干上了，她还不知道这一切都是因为她。她说，你们这是干什么啊？你们以前有仇吗？说罢，又转过头来对阿拉木说，我在马木提江家的白母马生下上一头白马驹的时候就给他讲了，我要买这匹小马驹，我父亲也答应了，你要买，只有等下一次了。

巴娜玛柯，我不需要买什么破马驹子，我买那破马驹子干什么呢？我早就想离开这个鬼地方了，我爸爸已经在乌鲁木齐买了有花园的别墅，只是我奶奶离不开草原，等她死了后，我们全家就要搬到乌鲁木齐去了，永远离开这个鬼地方，打死也不回来了。他用炫耀的口气大声说完，点了一支烟，摆出潇洒的架势抽了一口，吐出一串烟圈，但你喜欢那白马驹，我就为你把它连同那匹母马一起买下来，送给你！多少钱都无所谓。这样，你就不用担心你买不到那匹马，你也就不用担心他们把小马驹喂不好，更主要的是，你就不用再往马的主人家跑了。

我为什么要你帮我买这匹马呀，我自己骑的马，我自己能买得起。巴娜玛柯说完，转身要走。

好了，不说这个了，不说这个了，我今天来，是专门来看你的。

你要去看白马,你坐我的车,我送你去就行了,半个小时就可以到。

不用了,我喜欢骑马。

听了巴娜玛柯这句话,我心里很高兴。

你上次不是说,你的胆子大得很吗?但我相信,你敢骑着马在草原跑得像风一样快,但你肯定不敢坐我的车。阿拉木知道,他今天一定要把巴娜玛柯请到自己车上来,不然,他今天在我面前会很没面子的。

巴娜玛柯笑了笑,说,我只是个牧羊姑娘,我习惯了骑马,你那样的车,我怕我坐上去会……晕车的。她差点说她坐上去会呕吐。她说完,就用靴子磕了磕马腹,转身走了。

我从来没有这么自豪过。我为巴娜玛柯自豪。我打马跟上了她。我看见阿拉木在喊巴娜玛柯的名字,他的声音被我们抛得越来越远。阿拉木开着车追上来,最后终于在草地里给陷住了。我看着巴娜玛柯优美的背影,我真想把自己在来的时候唱的那首情歌唱给她听。

6

巴娜玛柯赶到白母马的马厩前,白马驹正在母亲的肚子下吃奶。

雪光已经长得很高大了,眼神里有一种烈马的桀骜不驯,像是要在这些来看热闹得人面前显露一手,它跃过马厩两米多高的土坯墙,像一只白色的利箭一样射向了绿色的草原,留下了几声有力的嘶鸣声和一串清脆的马蹄声。

好马！真是一匹好马，人们赞叹道。

哥哥的行为使白马驹松开了母亲的奶头，它像是受到了激励，在马厩里蹶着小蹄子，撒起了欢。

巴娜玛柯看着白马驹，觉得它和月光一样骏逸。她已可以看到它成年后的风骨。

看，它的眼睛和你的眼睛一样清亮，一样干净。这是我成千上万句赞美巴娜玛柯的话中说出的第一句话。我的声音不高，脸也红了，但我很高兴。

巴娜玛柯单纯得和小白马的眼睛一样，她问，是吗？我的眼睛有那么漂亮吗？

我重重地点了点头，用平生最大的勇气说，不仅是眼睛，你每一个地方都漂亮，就像这匹白马驹。

巴娜玛柯听了我的话，脸上绽放出两朵羞红的云彩。她什么话也没有说，转过身去，轻轻地抚摸白马驹，然后回过头来，问我，它有名字了吗？

自从它怀在白母马的肚子里，我就在给它想名字，但一直没有想出来。

月光怎么样？

太好了！你看，你总能给马儿取出动人的名字。

巴娜玛柯很高兴，搂着月光的脖子，亲了亲它，骑上马回去了。我一直把她送到她家的毡帐附近，才骑马返回。我的心里充满了对爱情的美好向往。

没想第二天，阿拉木那辆路虎就停在了我家牧场附近一丛高原柳后面。他躺在车里，听着在内地流行的音乐，看到我骑着马，赶着羊群走远后,才来到我家的毡房门口。家里只有我父亲和母亲在家。阿拉木心里暗暗高兴。他装作很有礼貌地向父亲问好,并送上了自己带来的茶叶和酒。

父亲受宠若惊。人们都知道他是帕米尔高原最富有的人的儿子。平时这个小伙子的眼睛都是看着天上的,今天却这样恭敬,父亲不知道他要干什么。母亲给他烧了奶茶,摆上了干果、馕和糖果,他也没有嫌弃,每样都尝了尝。

他和父亲聊了一会天,说,大叔,我是你儿子马木提江的好朋友,我听说你家的白母马昨天刚下了一匹白马驹,我刚好想买一匹马,就过来看看,不知道大叔这匹小马卖不卖?

我养不了那么多马,当然要卖了。不过,现在小马驹刚生下来,还不是卖它的时候,得像雪光一样,让它满了周岁再说吧。

大叔,那你打算多少钱卖呀?

那得看它长大之后是一匹好马,还是一匹破马了,好马得三千块,破马就贱了。

你们家那匹白母马下的马都是好马。

那倒是,不过,白母马现在老了。

你估计它还能为你下几只小马呢?

最多也就两三匹马吧。

大叔,我想现在就把小白马买下来,我怕别人给抢走了,不管它以后是长成好马还是破马,我都给你四千块钱,我准备把你家的白母马也买了,这样的话,我就可以自己去养,我今天想把小白马和白母马一起带走。我一共按五匹马的价格给你出钱……见父亲不明白,就扳起指头给他算起来,您看,白母马、已经生下来的小白马——你刚才不是说这白母马最多还能生两三匹小马吗?我给你按三匹马算——就是说,我把这三匹还没生出来的马也算上,一共就是五匹马了,当然,老母马和它还没有生出来的小马我可只能给你三千块钱一匹。这一共呢,我给你一万六千块钱,您觉得怎么样?

父亲被吓住了,半天才说,我的阿拉木巴郎,你这是在逗我耍呢,我还从来没有听说过有人这样买马的。

大叔,我今天就这样买马了,我说的是真话。

你花的是你爸爸的钱,这么大一笔钱,应该由你爸爸做主的。

这是我自己的零花钱,你卖给我马就行了,我把钱全带来了,现在就可以付给您。他说完,就把一沓崭新的人民币"啪"地拍在了桌子上。

但是……有个情况我还没有告诉你,那就是塔合曼东边的巴娜玛柯昨天已经来看过这匹小马了,她说她要买的,我已经答应她了。

但那摞钱的确诱人,在这高原上,除了阿拉木这个把钱不当钱的花花公子能出这个价,就是五匹真正的骏马,也不会有人出这个价的。何况有三匹马还没有影子呢。父亲的眼睛很难离开那摞钱了。

大叔,不管谁买你的马,既然是做生意,那肯定是谁出的价钱高,谁最先付钱,这马就卖给谁了。

你说的也对,那好吧,这钱我就先收下。不过,如果你反悔了,你再来把这钱拿走就是了。

好了,我现在就打电话,叫一辆车来把马运走。他说完,就用手机给他的朋友打了一个电话,一会儿,他朋友就开来了一辆卡车,他把母马和月光赶到了车上,然后很有礼貌地和父亲告别,接着,这个胜利者开着车,把车里的音乐轰得山响,吹着欢快的口哨,甩下一长溜烟尘,狂奔而去。

7

我披着一身月光,赶着羊群回到毡房后,我闻到了清炖羊肉的香味。全家人都在等我,每个人的脸上都绽放着笑意,露出过节才有的表情。见我回来,母亲把炖好的羊肉盛到了盘子里,父亲脸上的笑最为明显,像是用力刻上去的,他竟然从墙角摸出一瓶伊力特曲来。这一瓶酒就值三十八元钱,在我们的印象中,这种酒一直是乡上的干部喝的,我父亲一直喝三块钱一瓶的昆仑大曲,从没有喝过这么贵重的酒。但我知道父亲无论如何是舍不得买这么贵的酒喝,肯定是别人送的,就问,爸爸,你又不是乡长,谁会送你这么贵的酒啊?

父亲以喜悦的口气说,毛主席也没有规定好酒就非得送给乡长喝啊!他把酒倒进碗里,喅了一口,发出了很夸张的响声,然后很陶醉地赞叹道,好酒就是不一样啊!你坐下,也喝一杯吧。

我坐下后,母亲递给我一块羊肉,说,在外面累了一天了,先吃点,你爸爸喝的酒是你的朋友阿拉木送的。

阿拉木?他来干什么?我把嘴里的肉囫囵咽进肚子里,把手中的大块肉放下了。

母亲就把阿拉木来买马的事给我讲了,父亲又做了一些补充,然后感叹道,这真得感谢胡大啊,虽说卖给他的是五匹马,但实际上那三匹马是连影子也没有的,谁能想到一匹老母马、一匹小马驹子能卖这么多钱?我开始一直还以为他在说疯话,闲得没事,逗我寻开心呢,没想到人家啪地拍下了一万六千块钱。我这次可是知道什么叫有钱人了!有钱人就是把钱当空气一样花。他说完,又深深地嘬了一口酒——他原来喝酒都是大口大口地喝,这酒他舍不得那样浪费,所以每一口虽然响声很大,但都只喝进去了一点点。那酒在他嘴里窜一阵,剩下的一丁点再缓慢地渗进喉咙里,像一串串火苗,燎得他很陶醉。

我低下了头,我感到自己的心凉透了,那种冰凉从心中扩散开来,我觉得自己的整个身子都被冻透了。我变成了一尊冰雕,坐在那里,屋子里的热气使我身上散发出丝丝热气,但冰雕内部的寒冷使整个外部世界的暖意也奈何我不得。慢慢地,毡房被寒意充满了,草原的气候也像是突然陷入了寒冬里。全家人都不知道是怎么回事。父亲还是那样喝进一口酒,然后说,怎么变天了?是不是要下雪了……

家里人都纷纷找来厚衣服穿上。

母亲见我没有动,以为我累了,就翻出我的羊皮褂子给我披上。她的手无意中触到了我的脸,她觉得我的脸像冰一样冷,但她并没有怎么在意,只嘀咕了一句,这孩子进屋这么久了,怎么脸还没有焐热啊?

我的眼睛里滚出了一串冰珠子,那是我的眼泪。它们落在地上,声音很轻微,很快就融化了。

2007年9月,写于上海西岑

克克吐鲁克

1

我们清晨六点钟从团新兵营出发时,才有一层薄薄的天光,虽然已是四月,但高原上的空气里还飘浮着一股寒冷的味道。自上车后,就没有一个人说话,好像这军车拉的不是新兵,而是一堆冰冷的石头。

军车在雪原上蠕动着,像一只深秋的蚂蚱。高原上的风和飞扬起来的积雪已经把车身上的泥尘打扫干净。十分醒目的草绿色车身像一小片春天,颠簸着,缓慢地移动着。

绿洲上早已春意盎然。可这高原,除了冰峰雪岭,就是冰湖冰河冰达坂。好像我们穿过这个无边的冰雪世界,要去的不是边防连,而是北极的某个地方。

新兵分配完毕。当我听说自己分在了克克吐鲁克边防连,便问新兵连连长,这个地名是什么意思。听到我问这个问题,他觉得很奇怪,他看了我好久——好像我不是穿着军装的军人,而是一只耍把戏的猴子——淡然地说:"克克吐鲁克就是克克吐鲁克,谁知道这个鬼地名是什么鸟意思。"

我想,它肯定不是一个鬼地名。我看了一眼坐在对面,随时都有可能被颠散身子骨的班长,忍不住想问问他。他在这高原已待了十多年,一定知道的。但看看他那张黑得爆皮的脸,我又忍住了,倒不是怕他,而是怕他把这个念着如清泉过幽涧般悦耳动听的名字,解释得和他一样粗俗不堪。我宁愿凭着自己的想象去解释它。

"克克吐鲁克……"我在心中默念着这个地名。我觉得它新鲜,耐读,音节感很强,有宽阔、无边的想象空间,能给人安慰。我想它的意思要么是飞翔着雄鹰的地方,或是有河流奔流不息的地方,再不就是萦绕着牧歌的牧场,或者是塔吉克人的祖先修筑的神秘古堡……

自从军车开始翻越海拔5000多米的奇切克力克大坂开始,我的头就开始痛起来,就像是谁用锥子在脑子里使劲扎似的。这时,班长破天荒地开腔了:"你们都给我听着,虽然你们还是些嘴上没毛的新兵蛋子,但出了新兵营,就他娘的是个军人了,从这个时候开始,你们都要给我撑出个男人样子来!"大家听了班长的话,都忍受着高山反应的折磨,谁也不愿意成为第一个狼狈之徒。但没过多久,就有两个家伙没忍住,趴在后厢板上,像孕妇一样哇哇呕吐了。最后,除了班长,每个人都未能幸免。

我们在新兵营用半年时间训练出来的强健体魄,突然之间变得像玉一样脆弱。大家吐空了早上吃的馒头、稀饭和咸菜,吐掉了在路上吃的压缩饼干、红烧肉罐头,最后,吐掉了胃液和胆汁,只差点没把五脏六腑都吐出来了。大家半躺在车厢里,连坐起来的力气都没有了。

塔什库尔干河两岸的雪要薄一些,河流中间的冰已经融化,可以看到一线深蓝色的河水。偶尔可以看到一个塔吉克老乡赶着在长冬中煎熬得枯瘦的羊群,在河边放牧。

就在我们非常难受的时候,突然听到了一阵动听的歌声——

雄鹰飞在高高的天上,

我心爱的人儿他在何方?
我骑着马儿把他寻找,
走遍了高原所有的牧场……

这是一个女孩子的歌声,那歌声是突然响起的,就在不远的地方。她是用汉语唱的,这样的地方竟有汉族姑娘,我感到十分惊讶。大家都坐起来,高山反应好像一下轻了许多,但行进的汽车很快就把那歌声抛远了。我想,克克吐鲁克,它的意思可能就是情歌响起的地方……

不知道又走了多久,军车"吱"地刹住了。

"下车!"刺耳的刹车声刚刚响过,班长就站起来,大声喊叫道。

汽车篷布被掀开,白花花的、混了雪光的阳光"哗"地扑进来,把大家推得直往后倒。班长已飞身跳进了白光里。有一个瞬间,他被那光淹没了,只剩下了一个影子。

太阳已经偏西,但雪地上的阳光依然很厚,厚得可以没过脚踝。我们从车上跳下来的时候,感觉像跳在棉花上一样松软。我感觉自己的脑子迟钝,像坨榆木疙瘩,身子发飘,怎么也站不稳。

班长铁桩样立在雪地里,招呼我们列队。

几个老兵和一群马在那里等着我们。他们在冰雪中如一组群雕。背景是肃穆的喀喇秋库尔雪山和凝固了的喀喇秋库尔冰河。士兵、军马、雪山、冰河和蓝天、白云构成了一幅深沉而又寂寥的图景。

列完队后,班长给每人扔了一块压缩干粮、一盒雪梨罐头,说:"从现在起,我要看着你们这些娘们儿一样的新兵蛋子,五分钟把这些狗食吃完,然后继续出发!"

大家看着吃食,马上就想呕吐。没有一个人动。

"我操,要他妈的活命,就得吃,这是命令!现在,只有四分钟了!"

大家打开了罐头,和着压缩干粮,往嘴里填。但有人吃下去后,马上又呕吐起来。班长不管,要我们吐了再吃,直到吃得不吐为止。

由于大雪仍然封山,前面四十多公里简易公路军车已不能前行。我们需要在这里换乘军马,才能到达我们要去的地方。

2

大家把压缩干粮和雪梨罐头填进肚子,跨上了军马。虽然在漫漫长冬中苦熬的军马都很瘦,并不是想象中的那么雄健、骏逸,但大家第一次骑马,都有些激动。

分给我的是一匹白马。它是那些马中最瘦的,瘦得只有个骨架,当风敲打它骨头的时候,就能听到金属似的声响。这使我不忍心骑它,觉得会随时把它压趴下去。我打量着它,倒想扛着它走。

雪光映照着雪原,犹如白昼,不时传来一声狼嗥。它凄厉的嗥叫使高原显得更加寒冷,我不由得把皮大衣往紧里裹了裹。

人马都喘着粗气,夜里听来像是高原在喘息。

这儿有那么多狼,那么,克克吐鲁克……它一定是个狼群出没的地方。想到这里,我不由得害怕地向四面的群山望了望。

到达克克吐鲁克已是夜里两点。边防连的营院镶嵌在一座冰峰下面。冰峰被雪光从黛蓝色的夜空中勾勒出来,边缘有些发蓝,如一柄寒光闪闪的利刃,旁边点缀着几颗闪亮的寒星和一钩冷月。

营房里亮着灯,战士们涌出来欢迎我们。这些被大雪围困了五个多月的官兵把我们拥进会议室后,就激动地鼓掌。他们一直在等着我们。我们这些陌生的面孔使他们感到自己与外界有了联系。他们用那因与世外隔绝太久而显得有些呆滞的目光盯着我们,一遍遍地打量,好像我们是花枝招展、风情万种的娘们儿。

因为高山反应,我一夜未能入睡。新兵们大多没有睡好。我们眼圈发黑,眼睛发红。

吃了早饭,连长把我叫去。他最多二十八九岁,但我惊奇地发现没有戴军帽的他,头已秃顶。他黑铁般的脸衬托着他的秃顶,异常白亮。他掩饰性地捋了捋不多的头发,点了支烟,深吸了一口,问道:"说说看,你有什么特长?"

我想了想,摇了摇头。为了不让他失望,我答非所问地敷衍道:"我喜欢马。"

"那好,从今天开始,你负责养马,连队的军马都交给你。"

"什么?"

"就这样吧,"连长用不容置疑的口气说,"记住,军马是我们无言的战友,你要像爱护自己一样爱护它们。"

我虽然不知道怎么爱护自己,但我只得答了一声:"是!"

我就这样成了克克吐鲁克边防连的军马饲养员,成了帕米尔高原上的一个马倌。

临离开连部时,我忍不住停住了,回转身去。连长马上问:"你还有事?"

"连长,能不能请问一下,克克吐鲁克,它是什么意思?"

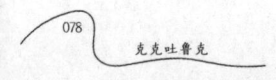

"哈哈,这个……这个克克吐鲁克就是克克吐鲁克,它的意思,到时候你自然会知道的。"

我搬进了马厩旁的小房子里。老马倌带了我一段时间,我从他那里学会了铡马草、配马料、钉马掌、剪马鬃、冲马厩、套马等"专业知识"。

每当我赶着马群出去放牧的时候,我都在寻找着来时在路上对克克吐鲁克的想象,但我没有找到一点与想象相符的地方,连狼嗥声都很难听见。我认为,克克吐鲁克……这个不毛之地,可能就是死亡之地的意思,千百年来,它靠这个好听的名字掩盖着它的荒凉和可怕。

想到这里,我更加迫切地想知道它的意思了。我拽住了一个志愿兵,问他,"老兵,你说说看,克克吐鲁克是不是死亡之地的意思啊?"

他严肃地摇摇头,说:"我们只把它当一个地名,管它的屌意思干什么!"

我又问别人,他们都不知道。别的新兵去问,答案也差不多。

3

五月缓缓地来了,春天已被省略,阳光似乎是一夜间变得暖和起来的。我赶着马群走到雪峰下时,听到了大地在阳光里解冻时发出的巨大声响。

冰消雪融。不久,雪线便撤到了山腰上,营地前那片不大的草原上,萌出了浅浅的绿意。

我每天赶着马群,顺着喀喇秋库尔河放牧它们。

谁都注意到了,我从没把马群赶进营地前那块小小的草原。

没有了冰雪的衬托,营院便融进了那古老的、寸草不生的黑褐色山体里。那块绿色的草地便成了这里全部的美和生机。别的地方,都显得狰狞,它们虎视眈眈,似要把那美和生机吞没。

从偶尔传来的牧歌声中,我已知道塔吉克老乡正骑着马,赶着羊群和牦牛从河川游牧而来。

我看着马群安详地吃草,任由风吹乱它们的长鬃。那匹皮包骨瘦的白马变化最快,它已经长上了膘,显露出了骏逸的风采。

我成了一个自由的牧马人,只是这种自由是由孤寂陪伴的。那时,我便唱歌,从小时学的儿歌开始唱,一直唱到最近学会的队列歌曲。那匹白马听到我的歌声,会常常抬起头来望我,像是在聆听着。有时,它会走到我的身边,停住,眨着宝石般的眼睛。不久后的一天上午,好像是受到了我歌声的召唤,我忽然听到了一个女孩动人的歌声:

江格拉克草原的野花散发着芳香,
我心爱的人儿他在何方?
我骑着马儿四处寻找,
找遍了高原的每一座毡房。

"喀喇秋库尔河怀着忧伤,
我来到了克克吐鲁克的山冈上,
我看到他骑着骏马,

像我心中的马塔尔汗一样。

那歌声是突然响起的,就在不远的地方。她虽然是用汉语唱的,但那声音显然是高原孕育的,那么旷远、高拔、清亮,像这高原本身一样干净、辽阔。歌唱者呼出的每一缕气息都清晰可闻,使你能感觉到生命和爱那永恒的光亮。如果世世代代没有在这里生活,就不可能有那样的嗓音。

我像被一种古老的东西击中了,有一点晕眩,有一些沉醉。

歌声停止了,余音还在雪山之间萦绕。天上的雄鹰一动不动,悬浮在雪山上;两只盘羊偎依着站在苍黑的巉岩上面,好像在庆幸它们中的一个没有远离。它们和我一样,沉醉在她的歌声里。

我循着声音,用目光搜寻那唱歌的人,但她好像在躲着我。我向她的歌声靠近一点,她就会离我远一点。我只能听见她的歌声,却看不见她在什么地方。

4

接连好几天,我都听到她在唱这首歌。

最后,我都把这首歌学会了,才看到了她。正如我料想的那样,她是一个塔吉克姑娘。

我看到她的那天,她站在高冈后面一个小小的山冈上,冈顶一侧有几朵残雪,四周是高耸的冰峰,脚下是一小群散落的羊群。她头上包着红色的头巾,身上穿着红色的长裙,骑在一匹枣红马上,看起来,像一簇正在燃烧的火。她像是早就看到了我。我看她时,她朝我很响地甩了一下马鞭。然后,马儿载着她,一颠一颠地下了山冈,我又看不见她了。

我感到一种与高原一样古老的忧郁,突然弥漫在了这晴朗、空阔的天地里。

那天,她再也没有出现过,她像是被那个山冈藏起来了。

第二天,我也没有看见她,只远远地听见了她的歌声。

第三天,我看见那个山冈侧面的残雪已经化掉了,我忍不住赶着马群向喀喇秋库尔河的下游走去。

第四天,我看见她仍骑在那匹马上,风把她的裙裾和头巾拂起,向我所在的方向飘扬着。

我的心安静了,觉得受了抚慰一般,我坐在河边,看着哗哗东流的钢蓝色的河水发呆。

我不知道白马是多久离开我的,也不知它多久把姑娘那匹枣红马引了过来。它鞍辔齐备,只是没了那个有云雀般动人歌喉的骑手。

白马朝我得意地"唠唠"嘶鸣一声,像在炫耀它的魅力。

而我不知该不该把她的马给她送回去。

红马紧随白马,悠闲地吃着草,像是已经相识了很多年。

一会儿,她的身影出现了,她骑在另一匹光背的黑马上。在离我十几步远的地方,她跳下了马。黑马转身"得得"跑回马群。她微笑着,朝我走来。我看见了她帽子上的花很好看——那一定是她自己绣的,那些花儿正在开放,好像可以闻到花香;看到她背后金黄色的发辫上缀满了亮闪闪的银饰,一直拖到她凹陷的腰肢下;她的臀部那么紧凑,微微向上翘着;她的双腿修长,脚步轻盈;随着风和脚步飘动的裙子,使她看上去像会飘然飞去。我突然想,她要是能飞离这里,飞离克克吐鲁克这个苦寒之地,飞到云朵外的仙界之中,我定会满心欢喜。

她走近了,我看清了她红黑的脸蛋,蓝色的眼睛,薄薄的嘴唇。她看看我,又看看那两匹马,然后害羞地径直向那匹白马走去。

但我仍然蹲在河边,一只手仍然浸在河水里。我都忘记站起来了。

我担心白马认生,会伤了她,才猛地站了起来。而她已在抚摸白马优美的脖颈,白马则温顺地舔着她有巴旦姆花纹的毡靴,好像早已和她相识。

我在军裤上擦干了湿漉漉的、冰凉的右手,走过去,看见她的脸正贴在白马脸上。

那个时刻,高原显得格外安静,只能听见风从高处掠过的声音,一只不知名的鸟儿从一棵芨芨草后面突然飞起,箭一样射向碧蓝的天空,把一声短促的鸣叫拉得很长。

我垂手立在她的身后。

好久,她如同刚从梦中醒来,看见我,羞涩地低下了头。

"这真是一匹好马。"她说。她的汉语有些生硬,但格外悦耳。

我点点头。

"它叫什么名字啊?"

"它没有名字,它是军马,只有编号,看,就烙在它的屁股上,81号。"

她好奇地转过头,看了看缎子一样光滑的马屁股,"哦,真的烙了一个数字,不过,这么好的马,应该有个名字。"她已不像原先那么羞涩了,嫣然一笑,露出洁白的牙齿,问有些腼腆的问我,"那,你是军人,不会只有编号没有名字吧?"

我忍不住笑了:"当然,我叫卢一萍。"

"卢、一、萍。"她像要把这个名字铭刻在记忆深处,把每个字都使劲重复了一遍。

"你是克克吐鲁克边防连的?"

"是的,我是今年刚来的。"

"我叫古兰丹姆。"

"我没想到你会用汉语唱歌。"

"我在县城读过书,前年,也就是我该读高二的时候,我爸爸得了重病,就辍学回来放羊了,不然,我今年都该考大学了。"说到这里,她很难过,"爸爸到喀什去看了好几次病,用了很多钱,但还是没有好转。你看,为了给他治病,我们家的羊卖得只剩下这么一点了。"

我看了一眼她家剩下的三十来只羊,安慰她说:"你爸爸的病很快就会好的,等他的病好了,你还可以继续去上学。"

"我很想上学,但我今年都十八岁了。"她伤心地说。

5

老马倌年底就要复员了,他常常到营地前那片小小的草原上去,一坐就是半天。正是因为大家和我一样喜欢那片草原,所以我从没让马群到那里去吃过草,一个夏天下来,那片草原一直绿着。牧草虽然长不高,但已有厚厚的一层,像一床丝绒地毯。我一直希望那块草地能开满鲜花,但转眼高原的夏天就要过去了,连阳光灿烂的白天也有了寒意,所以,我也就不指望了。

有一天下午,老马倌让我陪他到草原上去坐坐,我默默地答应了。

他用报纸一边卷着莫合烟,一边说:"我看你最近一段时间像丢了魂儿似的,回到连里也很少说话,你是不是有什么事啊?"

我连忙掩饰:"班长,没有,啥事也没有!"

"没有就好,你一定要好好干,干好了,说不定也能像我一样,捞个志愿兵干干。"

"我一定会好好干的,你放心!"

"我相信你能干好。"他说完,把卷好的莫合烟递给我。

我说:"你知道,我不会抽烟。"

"抽一支没事的,你出去牧马,有时候好几天一个人在外面,要学会抽烟,抽烟可以解闷。你就学学吧,抽了,我就告诉你克克吐鲁克的意思。"

我一听,赶紧接过烟,说:"班长,你快告诉我吧。"

他把烟给我点上,自己也慢条斯理地卷好一支,点上,悠悠地吸了一口,把烟吐在夕阳里,看着烟慢慢消散,望了一眼被晚霞映照得绯红的雪山,叹息了一声,嘴唇变得颤抖起来,他又深深地吸了一口,然后终于用颤抖的声音说:"我问过好几个塔吉克老乡,他们都说,克克吐鲁克……从塔吉克语翻译过来的意思就是,开满……鲜花的地方……"

"开满鲜花的地方?"

"是的,开满……鲜花……的地方……"他说完,把头埋在膝盖上,突然抽泣起来。

知道了克克吐鲁克这个地名的意思,我突然觉得这个地方变得更加偏远、孤寂了。我认为那些塔吉克老乡肯定理解错了,即使是对的,那么,这个地方属于瓦罕走廊,在瓦罕语中,它是什么意思?这里还挨近克什米尔,那么,它在乌尔都语中又是什么意思呢?说不定它是一个遗落在这里的古突厥语单词,或一个早已消亡的部落的语言,可能就是"鬼地方"的意思。

因为在驻帕米尔高原的这个边防团,谁都知道,克克吐鲁克海拔最高,氧气含量最低,自然条件最恶劣,所以大家一直把这里叫做"一号监狱"。

"开满鲜花的地方,这简直就是一个反讽!"我在心里说。

我决定去问问她。这里一直是她家的夏牧场,她一定知道克克吐鲁克是什么意思。

没有想到,她的回答和那些塔吉克老乡的回答是一样的。

"可是,这个边防连设在这里已经五十多年了,连里的官兵连一朵花的影子也没有看见。"

"那么高的地方,是不会有花开的,但克克吐鲁克,的确就是那个意思。那里的花,就开在这个名字里。"

6

从那以后,我就好久没有见到她。我曾翻过明铁盖达坂,沿着喀喇秋库尔河去寻找她。我一直走到了喀喇秋库尔河和塔什库尔干河交汇的地方,也没有看到她的影子。她和她的羊群像梦一样消失了,我最后都怀疑自己是否真的遇到过她。

有一天,终于传来了她的歌声,我第一次听到她的歌声有些伤感:

> 珍珠离海就会失去光芒,
> 百灵关进笼子仍为玫瑰歌唱;
> 痴心的人儿纵使身陷炼狱啊,
> 燃烧的心儿仍要献给对方……

我骑马跑过去,刚把白马勒住,就问她:"呵,古兰丹姆,这么多天没见你了,你都到哪里去啦?"

"有一些事情,我爸爸叫我回了一趟冬窝子。"我觉得她心事重重的,正想问她,她已转了话题,她高兴地接着说,"我去给你的白马寻找名字去了,在江格拉克,我给你的白马找到了一个很好听的名字。"

我知道江格拉克离这里有好几个马站的路程,我想到她离开这里,原来是做这件事去了,放心了许多,我说,"那么,古兰丹姆,你快些告诉我,你为它找到了什么好名字?"

"兴干。"

"兴干?它是什么意思呢?"

"这名字来源于我们塔吉克人的一个传说。说是很久以前,这里有一位国王的女儿,名叫莱丽。她非常漂亮,鹰见了她常常忘了飞翔,雪豹见了她也记不起奔跑;所有的小伙子都跟在她身后把情歌唱,不远万里来求婚的人更是没有断过,但她只爱牧马人马塔尔汗。不幸的是,她的国王父亲根本看不起他。

"马塔尔汗的马群中有匹叫兴干的神马,洁白得像雪一样。国王想得到那匹神马,但神马只听马塔尔汗的话,国王想尽了办法也抓不住它。没有办法,国王答应只要马塔尔汗把神马给他,他就把莱丽嫁给她。马塔尔汗信以为真,把神马献给了国王。国王得到神马后,却把马塔尔汗抓了起来,关进了牢房。

"神马知道后,挣脱装饰着宝石的马缰,摧毁了国王的监狱,救出了自己的主人,然后又与国王请来的巫师搏斗,把巫师和国王压在了江格拉克的一座山下,而神马也被巫师的咒语定在了那座山的石壁上。

"马塔尔汗获救后,带着莱丽往北逃去,最后在幽静的克克吐鲁克安居下来,过上了恩爱幸福的生活。他们死后,马塔尔汗化作了慕士塔格雪峰,莱丽化作了卡拉库力湖,他们至今还相依相伴,没有分离。而那匹白马现在还在江格拉克东边的半山上。远远看去,它与你的白马一模一样。"

"这传说真美,这白马的名字也非常美。"我说完,就叫了一声"兴干",它好像知道自己就该叫这个名字,抬起头,前蹄腾空,欢快地嘶鸣了一声。

古兰丹姆很高兴,她走到白马身边,用手梳理着它飞扬的鬃毛,好久,才说:"我很喜欢这匹白马,我可以骑骑它吗?"

"当然可以,它自从来到克克吐鲁克,还没有驮载过女骑手呢。"我爽快地答应了,"不过,我得给它装上马鞍。"

"不用的!"她高兴地跨上了白马的光背,抓着白马的长鬃,一磕毡靴,白马和她如一道红白相间的闪电,转瞬不见了。

过了好久,她才骑着白马返回来,在白马踏起的雪沫里激动地跳下马,说,"兴干真像那匹神马。"她说这话的时候,我看见她的双眸中闪烁着泪光。

7

营房前那块草原已变得金黄,那里依旧没有花开。

有一天早饭后,我正要把马从马厩里赶出来,老马倌突然从外面冲进来,激动地说:"草原上……草原上的花开了,快……你……快跟我去看看!"他的声音都沙哑了。

我想他肯定是想那草原开满鲜花想疯了,我说,"那里草都枯黄了,怎么会有花开呢?"

但他拉着我,硬把我拽到了草原上。我果然看见有一团跳跃的红色!

我简直不敢相信自己的眼睛,我屏住了呼吸,疯了般扑过去,却发现是用一方头巾扎成的花朵。

——那是古兰丹姆的头巾!

我哽咽着说:"这是……这里开放的唯一的花朵……"

老马倌早已泪流满面,"真不知道……这花……该叫什么名字。"

"古兰丹姆,古兰丹姆……这朵花的名字叫古兰丹姆……"我喃喃地说。

这朵用头巾扎的花一定是她今天一大早放在这里的。我把马赶到河谷里,赶紧去找她。

在明铁盖达坂下,我看到她一个人信马由缰,正沿着喀喇秋库尔河谷往回走,我看见她长辫上的银饰闪闪发光。她好像没有听见白马那急促的马蹄声,也没有回头。我赶上去,和她并驾齐驱时,她才转过头来,对我微微笑了笑。

"古兰丹姆,那朵花真好看。"

"但那里只有一朵花。"

"一朵花就够了,我相信,即使是冬天,那朵花也不会凋谢。"

"但就是那样的花,有一天也会枯萎的。"她有些忧郁地说,然后,转过头来,问我,"你喜欢克克吐鲁克吗?"

"还说不上喜欢,也许待久了就会喜欢一点。"

"等你喜欢上了那个地方,那里就会一年四季开满鲜花,但那些花儿是开在心里的。"

"那么,克克吐鲁克应该是一个属于内心的名字。"

"是的。只有开在心里的花儿,才会永不凋零。"她的眼睛有些潮湿,"你知道吗?我的名字是从我们塔吉克人的一首歌里来的,你想听吗?"

"当然想。"

"那我就唱给你听。冬天就要来了,我们不久就要搬到冬窝子里去,这可能是我最后一次给你唱歌了。"她说完,就唱了起来——

　　古兰丹姆要出嫁了,
　　马儿要把她送到远方;
　　克克吐鲁克的小伙子啊,
　　望着她的背影把心伤……

她唱完这首歌,像赌气似的,使劲抽了一鞭胯下的红马,顺着河谷,一阵风似的跑远了。

8

从那以后,我更想见到她。但整个喀喇秋库尔河谷空荡荡的,只有越来越寒冷的风在河谷里游荡。

冬天就在四周潜伏着,这里一旦封山,我要到明年五月开山的时候才能见到她了,想到这里,我觉得十分难受,忍不住骑着白马,游牧着马群,向喀喇秋库尔河的下游走去。我又一次来到了喀喇秋库尔河和塔什库尔干河交汇的地方,但我连她的影子也没有看见,我在那一带徘徊。我常常骑着我的白马,爬到附近一座山上去,向四方眺望。但我只看到了四合的重重雪山,只看到了慕士塔格峰烟云缭绕的身影,只看到了塔什库尔干河两岸金色的草原,只看到了散落在草原上的、不知是谁家的白色毡帐和一朵一朵暗褐色的羊群。

那些天,我感觉自己像个穿着军装的野人。饿了,就拾点柴火,用随身携带的小高压锅煮点方便面、热点军用罐头吃,渴了,就喝喀喇秋库尔河的河水,困了,就钻进睡袋里睡一觉。我把马拌着,让它们在这一带吃草,准备在这里等她。虽然我作为军马饲养员,可以在荒野中过夜,但我是第一次在外面待这么久。

玻璃似的河水已经变瘦,河里已结了冰。雪线已逼近河谷,高原的每个角落都做好了迎接第一场新雪的准备。

头天晚上我冻得没有睡着,我捡来被夏季的河水冲到河岸上的枯枝,烧了一堆火,偎着火堆,待了一夜,直到天快亮的时候,我才迷迷糊糊地睡着了。我梦见一朵白云承载着古兰丹姆和她的羊群,飘到了我的梦里。我高兴得醒了过来。没有太阳,蓝色的天空已变成了铅灰色。我像一头冬眠的熊,从睡袋里爬出来。我先望了望天空,看了看那些快速飘浮的云。我在云上没有看见她。我想,我该归队了。但我不死心,我涉过了塔什库尔干河,骑马来到了靠近中巴公路的荒原上,再往前走,就是达布达尔了。马路上已看不到车辆,只有络绎不绝地从夏牧场迁往冬牧场的牧人。他们把五颜六色的家和家里的一切驮在骆驼背上,男人骑着马,带着骑着牦牛、怀抱小孩的女人和骑着毛驴、抱着羊羔的老人,赶着肥硕的羊群,缓慢地行进着,像一支奇怪的大军。

我骑马站在公路边的堆垄上,看着一家人又一家人从我脚下经过。眼看太阳就要偏西了,我还没有看见她,正在失望的时候,我胯下的白马突然嘶鸣了一声,然后,我听到了远处另一匹马的嘶鸣,我循声望去,看见她和她的羊群像一个新梦一样,重新出现了,我高兴得勒转马头,向她飞奔而去。

她看见我,连忙勒住马等我。我一跑拢,她就问我:"冬天已经来了,你还跑到这里来干什么?"

"我想……"

我突然有些害羞,正想着该怎么回答她的时候,一匹马向我们跑了过来,马鞍两边各有一条细瘦的腿,由于马是昂头奔跑的,我没有看见那人的身子。待马跑到了我的跟前,马被勒住,马头垂下去啃草时,我才看见了那人短粗的上半身。他的脸也是又短又瘦的,一副尖锐的鹰钩鼻几乎占去了半张脸的面积。他在马背上不吭气,只是死死地盯着古兰丹姆。

古兰丹拇指着他,对我说:"这是我的丈夫,我上一次离开你不久就和他成亲了。他们家的羊多,我们需要用羊换钱给我爸爸治病。"

我这才注意到,她的穿着已经变了,她的辫梢饰上了丝穗,脖子上戴着用珍珠和银子做成的项链,胸前佩戴着叫做"阿勒卡"的圆形大银饰,库勒塔帽子上装饰着珍珠和玛瑙。这已是一个已婚女人的装束。我像个傻子,什么话也说不出来。

"天就要下大雪了,你赶快赶着马回连队去吧,这里离连队要走好久呢。"

她说完,想对我笑一笑,但她没有笑出来。她转身去追赶羊群去了。那的确是很大一群羊,至少有三百只。

9

大雪已使克克吐鲁克与世隔绝。有一天,我正吹着鹰笛,连长过来了。他说:"走吧,大家正讲故事呢,你也进去讲一个。"

我讲了古兰丹姆讲给我的关于神马的传说。

有几个老兵听后,"哧"地笑了。

连长说:"你小子瞎编呢。"

我说:"我是亲自听一个塔吉克老乡讲的。"

"你肯定在瞎编,那个传说根本不是你说的那样。"连长说完,就讲述起来,"我告诉你,正版的传说是这样的,说是很久以前,塔什库尔干地面上本没有这么多雪山,到处都是鲜花盛开的草原。

圣徒阿里就住在草原上。他有一匹心爱的白马，那是他的坐骑。平日白马在草地上吃草，悠闲地奔跑。不料心怀妒意的魔鬼设下毒计，使白马在阿库达姆草原误吃毒草，昏昏睡去，未能按时返回，结果误了阿里的大事。阿里很生气，变了好多座大山，压在草原上，并将白马化作白石，置于一座山的山腰，以示儆惩，并将魔鬼藏身的阿库达姆草原化成了不毛之地，然后愤然离去。从此，这里一改原貌，成了苦寒的山区。这才是兴干神马的传说，这里的乡亲一直都是这么讲述的，《塔吉克民间故事集》里也有这个故事，连队的阅览室就有，不信你去看看。"

我听后，愣了半晌，好久，我转身冲出连队俱乐部，冲进马厩，抱着白马的脖颈，忍不住失声痛哭起来。

2009 年 10 月末改定

哈巴克达坂

1

春节跃过千仞冰山,万仞雪峰,一步跨到了天堂湾的大门前。随之而来的,是一个电报通知,要凌五斗在旧年与新年交接之际,通过中央人民广播电台,代表边防官兵,用电话给全国各族人民拜年。要说的话上头已拟好了,并用电报一并发给了连队。

为了保证通讯线路畅通,第七通讯总站沿途各机务站已按上级的要求,踏着能把人掩埋的积雪,冒着巨大的危险,对通往天堂湾的线路进行了检修。非常不幸的是,一个通讯小分队计五人在天堂雪峰下遭遇雪崩,全部被埋。他们的遗体要等到来年开山之后,才有可能找到。所以他们现在只有在冰雪里安眠。

这么重大的任务之所以交给凌五斗,是因为他是新树立起来的先进典型。很多战士都说,那五个战士的牺牲就是为了保证凌五斗在春节晚上和电台通话。那份不足百字的讲话稿指导员已让他演练了好几次,每次都很成功。

但不知为什么,自从他得知那五个战士牺牲,他在去演练的时候,就变得紧张起来,一说起话来就磕磕巴巴的。指导员急得直跳,但他就是做不好。因为之前的演练都非常成功,以至指导员认为凌五斗是在故意和他过不去,气得把他狠狠地批评了一顿,让他深刻检讨。

说到底,凌五斗是因为心里难过。但他知道这样的理由没有用。所以,他找出来的,觉得应该给指导员检讨的缺点是他"自从成为先进典型就变得骄傲自满,自高自大,不谦虚谨慎,高高在上,已没有把自己当作普通一兵"这样的话。

指导员傅献君认为他检讨得还算深刻,以为他没什么问题了。但当他把用作模拟的话筒往嘴边一拿,竟然一句话也想不起来。

"怎么回事?凌五斗!"指导员对他咆哮道。

凌五斗"哇"的一声哭了。

指导员一见,愣住了,连忙放缓语气,说道:"没关系,没关系,你会做好的,会做得和开头一样好的。你说说,你心里是不是有什么事?"

凌五斗哭得更伤心了,"他们……他们……我太对不起他们了……"

"谁?"

"……机务站……那些……牺牲的战友……"

"哦,他妈的,原来是因为这个事啊,毛主席不是说过'为有牺牲多壮志'吗?他们是在执行任务时牺牲的,所以他们生得伟大,死得光荣。"

"可是……他们是……是为了保证我……我能跟电台通话,才……才牺牲的……"

"就是啊,这有什么呢!这是他们应该完成的任务啊!"

凌五斗听完,点了点头,又用力地摇了摇头,说:"指导员,我通不了这个话了。"

"为什么?"没等凌五斗回答,指导员冒着怒火,大声吼叫道,"你通不了也得通!你现在就给我练着!这是命令!我郑重地告诉你,这是个政治问题!它事关连队、事关全团、事关防区、事关军区的荣誉,也关系到你的前途!你不要以为你是个先进典型有什么了不起,我天堂湾边防连,随便那个战士拎出来,也不会比你差!"

凌五斗像一棵被冰雪冻了好久,然后又被烈日暴晒了好几天的向日葵,耷拉着头,没有一点精神气。他坚持说:"指导员,我练不了,更说不了!"

"为什么?你他妈的为什么?"

"我怕我一说那些话就会哭。而您说了,这话是直播的,我这里一哭,全国人民就听见了,您还说了,这新年大节的,要喜庆……"

"可你他妈的就不能笑吗?"

"我想笑,可我笑不出来!"

"那你他妈的还说不说?"

指导员气得怒火把眉毛都烧掉了,眼看就要引燃头发。凌五斗闻到了一股浓烈的、毛发被烧焦的气味,他连忙把桌上的茶水向指导员的脸上泼去。他看到指导员的脸上"吱"地冒了一股白烟,但他还是没有改变自己的想法,他回答道:"不说!"

指导员抹了一把脸上的茶水,举起了手,要往凌五斗的脸上扇去。

"指导员,只要您不生气,您就狠劲儿扇。"

指导员是极少打人的,他想把发抖的手放下来,但凌五斗的话让他的手不得不"啪"地扇了过去。这一掌的力度是与指导员的愤怒程度成正比的。凌五斗被扇得在原地转了三圈,才刹住了。他两眼喷着金星,面对指导员,做好了再挨几巴掌的准备。

指导员的脸已气得青紫,他又抹了一把脸上的茶水,看着凌五斗已经肿起来的左脸和左脸上那道紫红色的巴掌印,怒气总算平息了一些,但他并没有罢休:"先关你禁闭,多久能完成任务了,多久再滚出来!"

凌五斗舒了一口气,像是得到了解放,转过身,昏头昏脑地向禁闭室走去了。

2

连队的禁闭室在连队修建时就有了。它是连队强力的象征，也是荣誉的反面，是为一些调皮捣蛋、违规犯纪的士兵专设的。但这地方用的时候毕竟少，有时一两年也用不到一回。所以平时就成了杂物间，堆些铁锹扫把之类的。它在连部西面的转角处，像连部的一个赘生物。它只有一孔一尺见方的窗户，一道裹了白铁皮的门，代表着军法的冷酷无情。门只是很随意地扣着，打开门，迎面扑来一股灰尘和寒冷的味道。

凌五斗被关进去后，外面的门就被锁上了，也没有派人看守他。禁闭室的一角码着三捆马草。他喜欢马草的气味——那种气味把房间充满了。而门窗、墙壁、地板都结了一层毛茸茸的薄冰。这其实就是一个冰窖。凌五斗把自己的被褥在床上铺好。

禁闭室和所有监舍一样，有它自己的昏暗度。里面的确太冷了。凌五斗哆嗦着，上牙床磕着下牙床。寒冷很快就渗进了他的骨髓里，他觉得自己的骨髓都结冰了，觉得自己肚子里的屎尿都冻成了一大坨砸不烂的冰疙瘩。为了御寒，他只能在里面转着圈儿跑步。

三天过后，指导员想起禁闭室没有生火，也没人给凌五斗送饭。他一拍自己的脑袋，赶紧往禁闭室跑。他一边跑，一边在心里对自己说，"完了完了，这个傻子没有饿死，也被冻死毬了！"他觉得自己已看到凌五斗死在禁闭室里，身体已变僵硬。他越想越害怕，觉得自己都要虚脱了。

他走近禁闭室,听到里面传来断断续续的"噗嗒噗嗒"的跑步声,又放心了些:"妈的,这个家伙还活着!"他一脚踹开门,看见凌五斗还在里面跑动着。由于这样昼夜不停地运动,他的身体已经很虚弱,但精神还没有垮塌——准确地说,他依靠自己强大的精神力量支撑住了自己的生命。

"凌五斗!"指导员看他好好的,暗自惊奇。不知怎么搞的,他显得异常激动,他看了看墙上结满的冰霜,看了一眼铁床上薄薄的被褥,看了一眼已被冰霜封死的小小窗户,又看了一眼因为凌五斗不停地跑动而变得黑亮的水泥地板,一把把他搂过来,紧紧地抱在怀里,像拥抱已三生三世没有谋面的兄弟。他的泪水"哗哗"地涌了出来。

虽然被指导员拥抱着,凌五斗的脚还在不由自主地、机械地小跑着。他感到指导员在哭,感到有两滴温热的泪水滴落在了自己冰冻的后颈窝里,他从指导员充满男人气息的怀抱里挣脱出来,关切地问道:"指导员,您怎么啦?"

"没事,没事……我是高兴!走吧,我们离开这里。"

"指导员,我现在还禁闭着,我的禁闭期还没有结束。"

"已经结束了。"指导员来不及擦掉脸上的泪水,把自己并不厚实的脊背转过来,"来,我背你回宿舍去。"他显得有点过于殷勤。

凌五斗依然小跑着——显然,为了御寒保命,他已这样不停地小跑了三天三夜,他一时停不下来了。"我怎么能让指导员背我呢?我又没有受伤,何况,我还是个犯了错误的战士。我自己可以回连部去。"凌五斗说着,开始小跑着往外走。但他刚跑到门口,像是承受不了禁闭室外寒风的吹拂,眼前一黑,身子一歪,"哐"的一声倒在地上,昏了过去。

指导员把手在他鼻子跟前轻轻地拂动了两下,感到他鼻子里还有冷风在出入,放心了一些。刚才的一番动作使指导员有些缺氧反应。他想呕吐。他依靠在禁闭室的门上,朝连部大声地喊了一声:"嗨,那个谁,过来一下!"

这种时候,通信员汪小朔的耳朵总是最灵敏的。遥闻指导员的声音,他兔子似的跑过来:"指导员,有什么事?"

指导员指了指脚边的凌五斗:"再去叫一个人来,把这家伙赶紧抬到宿舍去。"

"是!"通信员转身找人去了。

指导员舒了一口气,看了一眼躺在地上的凌五斗,叹息了一声,用手背擦了擦眼睛,然后又擦了擦额头上的虚汗,踉跄着往连部走去。

他刚走到火墙旁边,通信员和二班长已经抬着凌五斗进来了。他像一坨冰,身上散发出来的寒气使被火墙烤得暖乎乎的宿舍寒意凛冽。

"用被子把他捂上。"指导员对着火墙说。

通信员把被子抖开,给他盖上。他虽然昏迷了过去,虽然躺在了床上,但他的双脚还在不停地、机械地划动着。这让指导员放心,但也让他心烦。他对二班长说:"把他的腿给我按住,像他妈的在弹命。"

二班长上去把凌五斗的两条腿按住了。

"通信员,让炊事班赶紧给他弄一碗面条,放一个红烧肉罐头进去。"指导员依然对着火墙说。

接着,指导员喊了一声:"军医!"

军医从另一个房间跑了过来。

"你快看看这家伙有没有危险!"

军医给凌五斗把了脉,听了听他的心跳,说:"啥事没有,血液流通正常,心脏跳动有力。"

"你好好看看,我说让这家伙蹲禁闭,他自己就真去了。连里没派人去看着,没派人送饭,里面没有炉子,为了不被冻死,他在那里面不停地小跑。他把自己在里面关了三天,我刚才才记起,你说天下哪有这样的傻逼?"

军医又给凌五斗把了一次脉,又听了他的心跳,然后把他的眼皮翻开看了看,得出了与先前一样的结论。然后,他在凌五斗身边坐下来,一边掐他的人中,一边感叹道:"我们常说,我们革命战士是特殊材料做成的,原来我认为这不过是个比喻而已,但从凌五斗这件事我知道,我们的队伍中的确是有这样的人。"

"你说得极是。"指导员说。

正说着,凌五斗醒过来了。他先长舒了一口气,然后睁开了眼睛。

通信员赶紧把他扶起来,让他坐着。

指导员还是有些担心,问道:"凌五斗,你感觉怎么样啊?"

"有些饿了。"

通信员赶紧把煮好的面条递给他。

"好好吃面,多吃点。"

凌五斗把那个很大的洋瓷碗里的面条很快就倒进了他的肚子里,为了把最后一滴面汤咽进去,他仰起了头,那个洋瓷碗看上去像扣在了他的脸上。他那个贪吃的样子让人觉得他吃的红烧肉罐头面条是世上最美味的佳肴,引得大家都咽起了唾沫。

凌五斗说:"指导员,这碗面条下肚,感觉啥问题也没有了。就

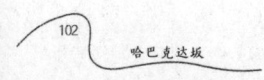

是有些困,就是这双脚老想小跑。"他这样说着,下了床,眼看就要跑动起来。

指导员一看,心马上发起慌来。他用严厉的口气对他说:"立正!"

凌五斗闻声"啪"地站直了。

"你禁闭也蹲了,面条也吃了,现在该告诉我,春节你代表我们边防军人向全国人民拜年问好的事,干不干吧?"

凌五斗坚决地摇了摇头。

指导员怔在那里,他的脸一下子变白了,很快又变紫了,他的嘴唇哆嗦了半天,气得一句话也说不出来。

3

指导员步履蹒跚地回到自己的办公室,整个人似乎都垮下来了,像一条被人打塌了腰的狗。他想找一个很小的地方蜷缩一会儿。他从办公桌前走开了。他连大衣也没有穿,就来到了室外的严寒里。可以摧枯拉朽的风尖啸着,正在把世界屋脊上的这个高原夯实。整个世界都被冰冻住了,他可以感觉到这种严寒像铅块一样沉。这种严寒在猛烈地、不停地撞击他。天依然蓝得透亮。啊,那些雪山!它们从高到低,次第绵延开去,像被定格了的白色惊涛。啊,这如此辽阔的白色海。他强烈地感受到了那永不可战胜的力量。他发现自己有七个月没有想起树这个名词,已有两年多没有看见落叶了。这个时候他竟然想到了树和落叶……他望了一眼天空中发白的日头,发现自己被刚才的抒情搞得忧郁了。他不知怎么来到了禁闭室,坐在了那张铁床上。他觉得自己是那么孤单。他想好好体会一下这种自虐的感觉,但他待了不到十分钟,就被寒冷驱赶得蹦跳着跑进了办公室。

"你怎么了？一副失魂落魄的样子?"连长陈向东问他。

"妈的,我真想一枪毙了他。"

"谁？谁能让你产生如此刻骨铭心的仇恨?"

"在这天堂湾,你说还有谁能把人气成这样?"

"凌五斗！我刚才已听说他的事了。你知道吗？我现在对他的感觉很复杂。他总能干出常人干不出的事情,但他不是刻意的,他干得很自然。"

"春节让他通过电台向全国人民问好,这是多么光荣的事！他开头答应了,把那些话都记死了,说得也很好,但后来就犯了神经病,死活不干了。"

"这是个大事,他不干就他妈的是个政治问题！你得跟他好好谈谈!"

"我他妈的跟他谈了,屁用没有,关了三天禁闭,还是屁用没有!"

"这还真他妈的是个大问题!"连长也感觉到了事情的严重性。

"他如果不干,我们怎么跟上头交代？谁想到会发生这样的事!"

"可再过三天就他妈的是春节了!"连长用有些尖利的嗓音喊叫起来。他拍了一下自己的头,无意中竟拍出了一个办法。他说,"只有这样了,我们来吓唬他一下。"

"怎么吓唬?"指导员一下来了精神,但他马上又蔫了,"这家伙,哪能唬得住啊？你唬他,搞不好他还唬你呢。"

"你看你,灭自己威风,长别人志气!"

"这个家伙,你是知道的。"

"我们这样对他说,如果他不执行这个重大的政治任务,不通过电台向全国人民问好,就跟在战场违命不从是一个性质,就可以将他就地枪毙。"连长为自己这个精妙的想法颇为得意,"他再怎么着,也怕杀头吧。"

指导员想了想:"可以一试。我们两人一起来跟他谈。"

"最好弄得像真的一样,准备一把枪,上几发空爆弹。如果还说不听,就真把他拉出去,看他还敢不敢犯傻!"

"不过分吧?"指导员心里没底。

"又不是真毙他!"

"反正也无聊,就演场戏吧。"

连长把行刑用的手枪准备好了,上了五发演习用的空爆弹。然后叫通信员把凌五斗叫过来。

连长和指导员很庄严地并排坐在同一张桌子后面,脸上挂着军事法庭法官的表情。凌五斗觉得这情形他有些熟悉。那盆面条让他吃得开心,他心满意足,从他的表情就能让人感觉到生活是如此美好。但看到这种阵势,特别是他看到连长的面前还放着一把手枪,他一下就把脸上的表情收敛起来了。他严肃、小心地给连长和指导员敬了个军礼。

连长用手拍了拍手枪,用颇为威严的声调说:"坐!"

凌五斗看了看,发现了那个小马扎,小心翼翼地坐下了。他坐好后,仰望着两位连首长,一下变得规矩起来。

凌五斗浑身还笼罩着被关禁闭后留下的深深倦意,禁闭室里的寒气还没有完全从他身体里消散。他的眼睛里布满了血丝,强烈的睡意已冲破他身体的防线正欲将他扑倒,因为他在内心强力压制着两条还想小跑的腿,致使它们不停地颤动着。指导员有些不忍心了。连长感觉到后,用眼神示意他不要有妇人之仁。

"凌五斗,你知道你犯了什么错误吗?"连长像古戏里断案的县太爷,突然一声断喝。

凌五斗一下坐直了,不知道该怎么回答。

"坦白吧,坦白从宽,抗拒从严。"指导员提示他。

"我被关禁闭了。"凌五斗因为不能确定这是不是连长想得知的答案,回答的时候心里发虚。

"为什么被关禁闭?"

凌五斗想了想:"因为我不想代表大家在电台里向全国人民问好。"

"你知道你这是在干什么吗?"

凌五斗摇了摇头。

"你这是临阵脱逃!你这是抗命不从!"

凌五斗更紧张了。连长觉得效果明显,颇是得意地看了指导员一眼,然后拍了拍桌上的手枪,"你知道你这样做的结局是什么吗?"

"不知道,连长。"

"违抗军令,就地枪毙!"

指导员因为心里依然没底,因此厉声说道:"春节通过电台向全国人民问好,既是你的光荣,也是我们连的无上光荣,这是一项重大的政治任务,此事上级已经决定,不可更改,你说,这个任务你能不能完成?"他怕凌五斗摇头,赶紧强调,"其实呢,这个事情非常简单,你就对着话筒说那么几句话,三分钟不到,全国人民就都知道你凌五斗和我们天堂湾边防连的英名了!所以此事事关重大,也因为这个原因,如果你一旦违命不从,我们别无选择,只能按临阵脱逃来处分你。"

"我知道这是个大事,但我说不了,指导员您也看到了,我语无伦次,结结巴巴,吐词不清,如果非得让我来说,说成那个样子,让全国人民听到了,那可是丢大脸的事。现在这样我都会被枪毙,如果在全国人民面前丢了脸,我就更应该被枪毙了。从我们连、我们边防团、我们防区、我们军区的荣誉来讲,我觉得现在枪毙我比我丢脸后再枪毙我损失要小一些。"

连长和指导员听他这么说,一下傻了。两人面面相觑,相视欲哭。

指导员实难压住心头怒火,拍案而起:"凌五斗,你他妈的真是不想活了?"

连长也是忍无可忍,他把枪在桌上猛地一摔,"你他妈的不要以为我们在跟你闹着玩!说,你干还是不干?"

三天来的困倦和辛劳积蓄在凌五斗身体里,加之刚才那番不短的谈话,使他觉得自己就要沉睡过去。但想到自己即将被押赴刑场,被军法处置,就觉得刚好可以长眠,一次睡个够了。所以,他两眼通红,但依然闪烁着纯洁的光芒。他丝毫也不屈服:"我已经说过了,我的确干不了。"

"那好吧。"连长拿起了枪。

凌五斗站了起来。连长和指导员押着他。三人穿过屋外的严寒,踩着没膝深的积雪,来到了军营后面的七座坟——一个建连以来牺牲在这里、未能进入烈士陵园的战士的一个小陵园。

到了七座坟前,连长说:"凌五斗,你现在答应还来得及。"

凌五斗说:"连长,指导员,我做不到,真的很对不起你们。"

指导员体贴地说:"你有什么遗言就说吧。"

"谢谢指导员!我有三句话:第一句,我是我们连第一个因临阵脱逃被处决的人,我对不起连队;第二句,我是一个被处决的逃兵,虽然没有资格,但我还是希望埋在七座坟。你们可以在我坟前立一个牌子,写清我被枪毙的原因,至少可起到警示他人的作用;最后一句话,我入伍以来,共积攒了46元钱,麻烦连队寄给我的母亲,我母亲叫黎翠香。我家的地址写在我笔记本的第一页上,请代我向她说声对不起,我辜负她的期望了。"

指导员听他这么说,被感动了。指导员示意连长,这个戏演到这里就算了。连长也准备作罢,不想凌五斗接着说:"但我这样做,决不后悔。"

连长一听,气又上来了。"那你个混蛋就受死吧!"一边说,一边打开了手枪的保险,把子弹推上了枪膛。

凌五斗站得很端正。他用平和的眼睛看着连长和指导员。连长受不了他的眼光,把对准他的枪口朝向了天空。

"连长,你不要担心我,你就放心地开枪吧。"

连长一听,火又冒起来,对着凌五斗,"呼"地开了一枪。

凌五斗眨了一下眼睛。他想自己该倒下去了,但他依然端正地站着,有些玉树临风的样子。他都没有低头看自己身上是否有枪眼。他对连长说,"连长,你的枪打偏了,子弹从我右肩上飞了过去,离我肩膀的距离约为3厘米,离我右耳的距离约为2厘米。你不要不忍心,军法无情,你必须严格。"

连长和指导员有些哭笑不得,但他们既不能哭,也不能笑。即使他们心里非常想,这个时候也得板着脸。

连长说:"你以为老子打不中你吗?我这是在给你机会。我现在再问你,你干,还是不干?"

凌五斗坚决地摇了摇头。

"我告诉你,我这枪里一共有五发子弹。现在还剩四发,你如果干,你肯定前途无量,你如果不干,等会儿你就会倒在你站立的地方。"

凌五斗依然坚决地摇了摇头。

连长打了第二枪。

凌五斗发现自己该倒下去了,没想自己依然挺立着。

"连长,您还是有些射偏了,这次子弹是从我左肩上飞过去的,子弹离我肩膀的距离为2厘米,离我左耳的距离约为1厘米,也就是说,它是从我耳边飞过去的。你太讲情义了,你还是干脆一点吧。你们刚才出来连大衣都没有穿,这么冷,你们待久了,我怕冻着你们。我已经感觉到冷了。"

连长和指导员万分沮丧地彼此对望了一样。连长后退了几步,把枪口对准凌五斗,打出了剩下的三发子弹。

4

连长和指导员不知道是怎么回到办公室的,两人都有些站立不稳。几个战士过来,想看连长打到秃鹫没有。——他们以为刚才开枪,是连长又打秃鹫去了。自从连队诞生以后,这群秃鹫就在这里生活,靠连队的垃圾为生。连长无聊的时候,会捕杀高飞的秃鹫解闷。

一个战士问:"连长,打着了没?"

"滚滚滚!"连长用十分厌恶的口气吼叫道。

几个战士自讨没趣,灰溜溜地溜开了。

连长气得脸色由铁青变成了灰白,他对指导员说:"妈的!没想到你我会摊上这么个货!"

指导员的脸色则由灰白变成了铁青:"真他妈的是油盐不进,软硬不吃,死活不怕!这种货色你能怎么办?主要是,上级已经点名让凌五斗说话,这都是层层上报,经过审批,才确定下来的,而我们现在如果说他不愿意发声,谁他妈的相信?还有,一个战士,他不愿做这件事连里就拿他没办法了?如果这样,上头会怎么看我们?"

"就是啊,嘴长在他脑袋上,如果他不愿说,就是撬开了也没用。这可能是老子入伍十几年来碰到的最大麻烦。他们哪里知道,凌五斗是个宁愿被枪毙也不回头的一根筋啊!我们想想看,还有没有其他办法吧。"

凌五斗在原地站了好一会儿。阳光照射在雪面上,反射出来的光很是扎眼,把他的眼泪刺激出来了。眼泪刚滑出眼眶,就被冻住了,凝结在了脸上。他觉得天堂雪山在他眼前变成了很多重,并在不停地晃动。他用了很大的力气,才把自己的眼神稳住。但他眼前的雪山依然是变形的,变得朦胧而又遥远。

指导员恍然在窗户里看到凌五斗在擦眼泪,认为他已有悔意,心里又产生了希望,便喊通信员去把他叫回来。

通信员看到凌五斗时,凌五斗正在倒下去。他看到凌五斗的身体很轻,像一团棉花落在了雪地上,没有声音,也没有雪沫溅起来。

连长和指导员是不是已经毙了他,凌五斗没有搞明白。他觉得严寒把他的身体、主要是脑袋冻僵了,加之困倦,他已想不了这么复杂的问题。但在他看到天堂雪峰的那一刻,他觉得三发子弹应该是打中了自己的。意识到这一点后,他没有悲,也没有喜,只觉得自己的凡胎肉体已经羽化,变得像鸟儿一样轻盈;只觉得自己应该倒下去,把身体横陈,以便灵魂能像鸟儿一样飞走。

因为害怕高山反应,通信员不敢跑步,但增大了自己的步幅。他赶到凌五斗跟前时,发现他好像死掉了。他猜测刚才那几声枪响一定和他有关,一股从未有过的悲伤之情顿时涌上心头。他不顾高山反应可能带给自己的危险,试图独自把凌五斗背起来。但凌五斗像在人世这个蛆虫翻滚的茅厕里被浸泡了上千年的石头,变得非常沉。他抱不动他。他喘着气,跑去叫人来帮忙。

他和文书把凌五斗再次抬进了宿舍。军医过来看了,说啥事没有,就是太困,睡着了。

连长和指导员哭笑不得,连长厌恶地挥了挥手,让大家滚远点。两人唉声叹气,愁眉不展,在房间里转来转去,像两条总想去咬自己尾巴的短尾巴狗。

凌五斗睡觉从不打呼噜的,可能是的确太困了,大家听到了他如雷的鼾声。

"这家伙这一觉睡醒,恐怕就是大年初一了。"指导员绝望地说。

连长咬着牙:"看来要让他干那件事是不可能了。"

"怎么办?你说怎么办?"

"你都无计可施,我能怎么办?总不能把他真给毙了吧。就是毙了,还是没有解决问题啊。"

指导员猛拍了几下自己的脑袋,然后长叹了一声,颓然坐下。他坐了大概有三十秒钟,突然屁股像被针扎了一样,从椅子上猛地弹了起来,惊喜地说:"妈的,老子有办法了!"

"有什么办法?"

"找个人替代他!反正别人只需听到他的声音,他的声音谁也没有听到过,谁知道是不是他的?哪怕就是他的声音,从这里传到北京,肯定也是变了的。"

"好啊,但是……如果露馅了怎么办?"

听连长这么说,指导员又泄气了。

"但这是唯一的办法。"

"尽可能模仿他的声音吧,这事儿通信员在行,他在家学过口技。"

"让他抓紧时间,这事保密,只准你知我知他知。"

于是,指导员把汪小朔叫了进来,对他如此这般的交代了一番。

汪小朔开始有些惊讶,但很快就理解了,欣然接受了这个光荣的任务。他说:"指导员,您放心吧,我保证圆满完成任务!"

"管住你的嘴,此事不能让任何人知道!"

"明白!"

5

凌五斗躺在自己的床上,他做了很多梦。梦境非常丰富,他梦见了奶奶和母亲,梦见了女友德吉梅朵。他梦见他和德吉梅朵被分隔在一列高可齐天的像玻璃一样透明的冰山两侧,彼此只能相望却不能见面。他确认自己已经死了。他不认为那是梦境,而是他死后见到的人世。他觉得自己的灵魂自由了,在一个瞬间就可以去很多地方。

即使醒来,他也不相信自己仍然活着。但他的确躺在自己的床上,的确在宿舍里,的确有一种火墙散发出来的暖意,的确有一种男人捂在一个房间里散发出来的复杂、浓郁的特殊气息。他看到几张从上面俯看他的脸。他确认,自己的确还活着。

他觉得很累。他伸了个懒腰,发现裤裆里黏糊糊的。他梦遗了。他觉得很是难堪,像做了贼。这大白天的,自己竟在寒风浩荡、冰封千里的世界屋脊梦遗,他觉得有些不可思议。他想了想,这好像还是第一次。好在盖着被子,没人觉察。

"凌五斗醒了!"一个战士大声喊道。

"这家伙,一觉睡了这么久!"

雪光映进屋子里,有些发蓝。梦让他变得有些忧郁。他在床沿上坐了一会儿。然后到了洗漱间,把裤头换下来,开始洗那个裤头。

他觉得自己身体有些空,他撒了一泡尿,觉得身体更空了。

他郁郁寡欢地回到宿舍。发现春节已经到来,大家正围坐在一台上海无线电二厂生产的"红灯"牌收音机旁,收听广播电台的节目。收音机里只有噪音。文书亲自调频,也只收到了乌尔都语、印地语、克什米尔语、藏语、维吾尔语,另外就是美国之音的英语。

指导员和连长待在他们的办公室里,等待着从首都北京经过数次转接连通到这里的电话传到这里。但整个晚上,那台黑色的电话都没响一声。就在他们忐忑不安的时候,电话铃突然响了起来,团里预告电台的电话五分钟后准时打过来,让凌五斗做好准备。连长接完电话,一回头,看见凌五斗撑着一张忧郁的脸,在门口站着。

指导员和连长都有些慌乱,像正要盗窃时被人抓住的小偷。

两人尴尬地交换了一下眼神。

指导员说:"你终于睡醒了?"

"报告指导员,我睡得太久了。"

"你醒得真是时候啊,进来吧,正需要你呢!"

凌五斗进来后。通信员关死了门。

指导员说:"凌五斗,你就坐着,不要动,也不要出声。"

"是!"

然后,电话铃再次响起。指导员示意通信员坐到电话机跟前,拿起了话筒。

"请问您是天堂湾边防连一班战士凌五斗同志吗?我是中央人民广播电台节目主持人李小红,我在北京和你通话,你辛苦了!"

"我是凌五斗,感谢你们对我们边防军人的关心!"

凌五斗没有说话,却听见自己的声音响了起来。

"你们在高寒缺氧的世界屋脊、在生命禁区守卫着祖国的边防,全国人民都牵挂着你们。"

"感谢全国人民,我们作为边防战士,为祖国和人民站岗放哨是我们神圣的职责,我们为此感到无比光荣和自豪!"

凌五斗紧闭着嘴,但他还是听到了自己的声音,他觉得有些怪异。

"今晚是大年三十夜,新年马上就要来了,我代表全国人民祝你们春节快乐!"

"我也代表全连官兵祝全国人民新年快乐!祝伟大的祖国繁荣昌盛!"

"你们能吃上饺子吗?"

"能吃上。在大雪封山前,上级不仅给我们送来了饺子和汤

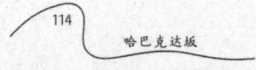

圆,蔬菜和水果,还送来了全国人民给我们寄来的信件和节日的祝福。"

"太好了,有你们守卫着祖国的边疆,我们就放心了!"

"请祖国放心!请全国人民放心!我们一定会时刻提高警惕,守卫好祖国的神圣边疆!"

"好,再见!再次祝全体官兵春节快乐!"

电话挂断了。

房间里沉默了三分钟。然后,通信员小心地把电话挂上,激动地转过脸来,问道:"连长,指导员,怎么样?"

连长猛拍了一下他的肩膀:"他妈的,真是太好了,今年年底,我给你报三等功!"

指导员也很兴奋:"哎呀,真是没有想到啊,你能把凌五斗的声音模仿得这么像!你那个入党的问题,过年后就给你解决!"说完后,他又严肃地看了凌五斗一眼,加重了语气说,"你觉得怎么样?"

"说得比我还像。"

"现在,你们两个起立!"

通信员和凌五斗立正,站直。

"此事部队列为机密,你们不能透露丝毫,这是个政治问题!"

"明白!"通信员满脸是笑,高声答道。

"知道!"凌五斗也回答道。

"凌五斗,大声点!"

"明白!"

"好,通信员,你先出去!我跟连长还有话和凌五斗同志说。"

通信员无比愉快地出去了。

凌五斗还没有完全搞明白。他像还没有睡醒。

"凌五斗同志,你在想什么啊,迷迷瞪瞪的?"指导员问。

"我……我在想女朋友德吉梅朵。"

"好了,不要胡思乱想了。我再问你,刚才那声音真像你的吗?"

"比我的声音还像我的声音。"

连长说:"那就对了。好吧,过年了,连队马上要聚餐,和广播电台说话的任务你已经完成了,完成得不错,等会儿给你敬酒。"

"可我刚才……没有说一句话。"

指导员说:"你看你睡得太多,睡迷糊了,你没有说,难道还有谁用你的嗓子说话不成?"

凌五斗"嗖"地站起来,答道:"是!"他想了想,又接着说,"连长、指导员,你们已经枪毙了我,我已经是另外一个世界的人了,这些事跟我已没有什么关系。"

连长、指导员都盯着他,他的话让他们浑身发冷。指导员小心地走过去,小心地摸了摸他的额头,他的额头是温凉的。他舒了一口气:"那你就先在另外一个世界待着吧,现在这个世界刚好不需要你。"

6

这些带着愤怒的表情,屹立在中亚心脏地区的世界最高的群山,气势磅礴,蜿蜒逶迤。这种惊人的高度足以使任何旅人惊叹不已,维多利亚时代的旅行家将其称之为"世界屋脊",这成了它的别名。它横空出世的雄姿,千百年来与世隔绝的状态,流传广远的神话传说,使其显得更为雄阔幽秘,也更加令人神往。

天堂湾就高踞于世界屋脊之上,更准确地说,它是世界屋脊上的一颗痣,最多也就是一个黑褐色的胎记。

世界屋脊的艰险和遥远让人感到生命的渺小和卑微,这足以使任何生命感到忧伤和绝望。

但凌五斗的到来——虽然他十分谦虚地自认为自己只是一朵无意中飘落到这座高原的尘埃——给这里增添了一种非同凡响的力量。因为这座高原以前从未有过的东西都随着他的到来,第一次诞生了。他像一个人造的分娩器,具有任何真实生命都不可能有的分娩能力。所以,当他爬上天堂雪峰下一个白雪覆盖的小山包,他觉得自己可以远望天山、昆仑、冈底斯和喜马拉雅,而其他万千峰峦只像面团泥丸一般。

这些永生永世的雪,黑褐色的岩石,闪着银光的冰河,就这样无声地进入了他的灵魂。

凌五斗突然感觉那庞大的山脉正大步向前走着,发出"咚咚"巨响,大地震颤,地球发抖,宇宙骇然。这使他很久以后,仍心怀余悸。

他把手伸入阳光中,阳光还是那么冷,但已不那么寒了;天空变得亲切起来,那种蓝色总令人想伸出舌头去舔它;云朵飘动得慢了,像新棉一样松软;没有被雪覆盖的巉岩变得更黑;垂挂在巉岩上面的冰柱闪着光——它想变成水滴了;积雪已开始融化,表面上看不出来,但只要到正午,你把耳朵伏在积雪上听,就会听到水滴在积雪下发出的"嘀嗒"声,这泄露了它的秘密;冰河的表面变得毛茸茸的,冰下也有了流水声;不时可以看到鹰的影子了,红嘴鸦又回到了连队的上空。高原不动声色,万物悄然变化。是的,现在已是农历三月初三,高原下的南方已是莺飞草长,而无边无际的北方也已春暖花开,大地无垠,生意盎然,一片锦绣。凌五斗从山下吹来的风中,已经闻到了春天的气息。

他想,德吉梅朵已经把羊群赶出了冬窝子,正向北方游牧而来。想起了故乡院子里的桃花正灿若朝霞,花瓣如雪,飘落在奶奶和母亲的头上。

就在那天早上,凌五斗决定,从连队院门口开始,向哈巴克达坂挖路,把牺牲的通讯兵的遗体找出来。他说干就干,起床哨响起的时候,他已挖了五米远。

连长裹着皮大衣,强撑着一张睡眠不足的脸,来到他跟前:"凌五斗同志,你又在做什么?"

凌五斗抬起头:"连长,我在挖路。"

"往哪里挖?"

"我想把路挖到哈巴克达坂。"

"为什么?"

"过年前,那些通讯兵就死在那里。我要去把他们的尸体尽早挖出来。我怕天气转暖了,熊啊狼啊把他们从雪里拖出来啃坏了,我也怕秃鹫和乌鸦啄食他们。"

连长一听,愣住了。"你这个鬼脑子每天都想些什么鸟东西!"然后,他用命令的口气说,"你他妈的现在是先进典型,你给我好好待着!"

"我没啥,反正也没事。"

"那你他妈的就一个人挖,我看你多久能把路挖到哈巴克达坂。"连长气得转身走掉了。

7

按照连长的说法,凌五斗这家伙是个贱坯子,他不犯贱就活不下去。他起早贪黑,去挖那条通向哈巴克达坂的路。从连队到哈巴克达坂有十三公里远,那条刚好可以搁下汽车轮子的边防公路缠绕在雪山间的沟谷里。这个穿着绿军装的士兵就像一个蠕动在冰雪里的工蚁。

连队官兵对凌五斗都有些恼火。因为他们觉得这个家伙的所有行为似乎都在和大家作对,他做任何事都使人产生自愧弗如的感觉。他让人既嫉妒又无可奈何。每个人都想看他的笑话,所以,当他一个人与冰雪奋战的时候,大家都在袖手旁观。

指导员担心他的身体受不了,先对他的行为进行了表扬,然后对他说:"你一个人挖这路,多久才能挖通?就是我们全连出动也不行,所以我劝你回去休息算了。"

"我读过毛主席的《愚公移山》,他文章的第三段第6行到第16行里讲了愚公的故事。愚公能把山移走,我就能把路挖通。"他显得有些激动。

"好,很好,你是说,你一直要挖下去了?"

"是的,如果连队有其他任务,我可以暂时停下来。"

"但是,最多再等两个月,雪就自己化了,路自然就通了。"

"我跟连长说了,我怕雪化后,战友的遗体暴露出来,会被狼或秃鹫撕扯了,所以,我要争取在天气变暖之前把到哈巴克达坂的路挖通。"

指导员无话可说了。他回到连部,马上安排凌五斗所在的一排一班负责去哨楼站岗。但凌五斗一换岗下来,又挖路去了。

指导员怕这样下去会出意外,只好将此事报告上级。大意是说,凌五斗自三月中旬开始,即起早贪黑,积极主动地挖雪开路,以期尽早打通天路。连队官兵担心他的身体,多次劝他休息,他依然坚持云云。

电报摆到团政委案前,政委激动得在自己的办公室里转了一圈又一圈。他在嘴里连连赞叹道:"真他妈的是个好同志,真他妈的是个好同志啊……你说,怎么就会有这么好的战士呢?"

他当即把宣传干事叫过来,让他根据这份电报写篇报道,他把题目都想好了,就叫《一个想打通天路的战士》,然后亲拟电文,对凌五斗予以嘉奖。并指示连队:一是全体官兵要向凌五斗同志学习,在他的感召下,连队要有所行动。防区正在调集力量,欲打通天路,从即日起,你们可根据情况,从山上挖路,以作接应,力争在四月十日前将道路拓进至哈巴克达坂;二是高原严寒缺氧,要切实保证全体战士特别是凌五斗同志的安全。

连长和指导员接到回电,齐声叹了一口气。他们不再阻止凌五斗这个"新愚公"。但他们认为如此天寒地冻的,把战士们拉到海拔五千余米的荒原上,没有任何机械,全凭人力,要去挖通道路,非常危险。所以出于对士兵生命的爱护,从政委电报中"根据情况"四个字的要求出发,按兵不动。而他们让凌五斗去干活的解释是这样的:第一,他是自愿的;第二,连队可以承受一个人出意外,但不能拿一个连队去冒险。

凌五斗没有管这些。他拓进的道路离连队越来越远,他在往

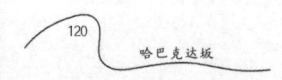

返途中花掉的时间也就越来越多,这自然会耗费掉他大量的体力。但他看上去并不虚弱,他一大早起床,带上头天晚上预备的馒头或罐头,扛上铁锹,来到工地,然后一直干到晚上才收工。他把路挖到两公里远后,连队不再让他站岗,还给他配了一匹马,这样,他就可以骑马往返了。

今年的天气似乎暖得早,凌五斗有些着急,他出去的时间更早,回来的时间更晚了。

有一天,他对连长说:"我把路挖到雪谷口了。"

连长斜着眼睛看了他几眼:"你的意思是说你已经挖通三公里路了?"

"是的,我希望连队的车每天能接送一下我,马太瘦了,只能慢慢走,骑马去我干不了多久的活天就黑了。"

"好,如果你真把路挖到了雪谷口,我们全连会与你一起奋战,我想,最多用二十天时间就可以把路挖到哈巴克达坂了。"

8

天空中的蓝像要流淌下来,而太阳苍白得像牛奶一样,阳光没有一点温度,没有一点力,好像是飘动的。看不到风的影子,只能听到一种愤怒的低噪,可以感觉到它呲着锋利的牙齿。风,撕咬着大家,每个人都恨不能把脖子缩到肚子里去。战士们像一群绿色的乌鸦,紧紧地挤在牵引车的车厢里。虽然被摇晃着,但好像已被冻结到了一起,怎么也摇不散。

战士们被冬天这个牢房囚禁了一个长冬,现在能出来放风,每个人都有些兴奋,眼睛滴溜溜地四处乱转,但大家看到的全是白色。偶尔可看到天堂雪峰黑色的巉岩——那是喀喇昆仑肌体的颜色,它的本意就叫"黑色昆仑"。

　　出了雪谷口,眼前就是天神荒原。一层表面坚硬的积雪覆盖着它,风敲在上面,发出锐响。雪山闪得越来越远。它像一个巨大的广场,看不出一丝生命的迹象。

　　路向哈巴克达坂推进的速度很快。凌五斗自然高兴。因为过不了几天,他就能寻找那些牺牲的战友了。但就在离达坂还有两里多路的时候,连长却以官兵需要休整为由,决定收兵。他是有意这样做的,因为他和指导员都不愿让凌五斗去管那些已经牺牲的士兵。这一是因为雪崩还有可能发生,那里依然危险,他们得为他的安全考虑;还有就是他如果把这些牺牲官兵找出来了,就得把他们运到连队去。连队一下摆放着五个死人,这无疑是件有些惊悚的事情。

　　连长的决定让凌五斗很着急:"离哈巴克达坂只有不到三里路了,连长。"

　　"山下的部队距这里也不远了,我们等等他们吧,我们可不能去抢大部队的功劳。"

　　"但今年天热得早。"

　　"这好啊,如果一夜之间,这冰雪都化了,我们就不用费这些力气了。"

　　"那就请连长把剩下的任务交给我吧。"

　　"交给你?你一个人在这里干?不怕狼把你叼走了?"

　　"没事儿,给我留几天的干粮就行了。"

"你如果实在要干这个事情,我也不阻拦你。好,我给你留一周的干粮,锅灶也留下,再给你留一顶帐篷、一支枪、二十发子弹,我等几天派车来接你。"说完,又扔给了他一支手电,"刚装的电池,有狼啊什么的可以应付一下。"

凌五斗的脸上绽放出了笑容:"多谢连长!"

草绿色的牵引车轰鸣着,拉着其他人绝尘而去。留下凌五斗站在雪野里。这个孤独的士兵身后的哈巴克达坂以及好几列无名雪山显得更为高绝了。

当汽车被黄昏瑰丽的雪夜抹去,凌五斗转过身,继续干起活来。

高原笼罩在夕阳和雪光融合而成的神圣光辉里。

在这个星球上,好像只有凌五斗一个人。铁锹与积雪摩擦的声音特别刺耳。夜幕四合,高原沉浸在乳白色的夜色里。夜晚更冷了,但凌五斗干得很起劲。等他停下来,已是半夜。他看了一眼天空,才发现有一轮很大的月亮挂在一朵白云旁边,正在西斜。

他回到帐篷,钻进被窝。被窝里和外面一样冷,但他很快就睡着了。他梦见了寒冷,梦见自己被冻进了寒冰里,像一条冻进了冰块的鱼,阳光可以透进来。但光影是扭曲的,没有一丝暖意。他透过冰层看到的世界也是变形的,格外模糊。他看到了万千蠕动的生命,他们是人类。而他自己笼罩在一团薄薄的金色光辉里,在人类上空飞翔,像混沌世界的萤火虫。

他睡得很死,虽然他在七点钟就醒了,算一算,也就睡了四个钟头,但他没有一点困意,头脑清醒,像被无数个春天的春风吹拂过。他觉得自己思维敏捷,浑身充满了力量。他一个鲤鱼打挺,站了起来——他虽然穿着皮大衣,看上去笨拙得像一头熊,但昨夜的睡眠使他的身手变得敏捷无比。他的头撞到了帐篷顶上,帆布帐篷冻得和牛皮一样硬,发出了"嘣"的一声响。

凌五斗钻出帐篷,发现不远处竟蹲着一匹狼。他这才发现,帐篷周围留着它密密麻麻的脚印。他一看,不禁有些后怕。它没有钻进帐篷,却像是在周围巡护着,守护着他。看到他出来,它也没有动,只对着天空低沉地嗥叫了一声,像是在问他早安。

"你,早上好。"凌五斗也向它问候。

遥远的东边的天空已有了一道弧形的晨曦。但头顶还有无数的星辰在闪烁。那一轮明月,有一半隐到了雪山的后面。

他开始干活。那匹狼看他那么忙碌,拖着被这个冬天熬瘦了的身体,蹒跚着,往北边跑走了。

他喜欢铁锹切进雪里的声音,像他有生以来,无数的真理切进他的大脑。"整体的谎言……个体的谎言,二者相互支撑、勾结……支撑着人类……"他的头脑从没那么清醒过。他不敢再想了,他不得不把皮帽子脱了,让自己的脑袋暴露在零下三十余摄氏度的严寒里。大脑很快冻僵,麻木,最后只剩下了一股异常清晰的寒意,像一枚锋利的钢针不断地刺扎他的脑门心。

但他的心已经安然。他像个机器人。他挖雪的速度似乎比平时还要快。

9

高原一连五天没有下雪,这真是个奇迹。凌五斗顺利地站在了哈巴克达坂上。因为这已经是海拔很高的地方了,达坂并不比荒原高多少,但显得异常锋利,像一柄新开刃的镰刀,随时可以割掉闯到这里来的任何生命。站在这里,视野更加开阔。他回望自己开拓的路,觉得它像一条白色的蛇,在蜿蜒爬行着。荒原更加坦荡。积雪像蒙在无边死亡之上的一块白布。除了自己身后的冰峰雪岭,其他三面的雪山都显得低矮了。那三面的高原呈一个优美的弧形,像我们在空中看到大地时的样子。他伸了伸脖子,觉得自己一下就能望到天尽头。

达坂海拔5837米,呈马鞍状,一边的雪山显得温和慈祥,另一侧的冰峰则暴烈凌厉,它比周围的雪山要高拔许多——它原是没有名字的,军事地图上标注的是79号雪峰,因为它每年都会发生雪崩,不时有经过这里的军车和人员被掩埋,所以战士们给他取名为死亡雪峰。它和险峻的哈巴克达坂狼狈勾结,从这条道路开通,已先后有24人牺牲在这里。而从山下运来的军马、鸡鸭——以及转场到天神荒原放牧的羊群,也有因过不了这道高坎而死去,被弃尸在这道达坂上的,因此,秃鹫常驻于此,孤狼不时出没。

凌五斗看到了春节前夕那场雪崩留下的印迹。虽然积了新雪,但还是可以看到,有半匹雪峰被撕下来了。倾泻下来的积雪早被风夯实,现在,已开始融化。雪水冲出了一道道深浅不一的雪沟。他看到了两顶皮帽子和一卷倍复线,一只被狼或狐狸撕烂的棉手套,然后看到了一只被咬烂的手。他小心地刨开积雪,他看到了这个战士的胳膊,然后看到了他。他保持了跑开时的姿势,张着嘴,像依然在呼喊,他脸上最后的表情是惊讶和恐惧,由于冰冻着,他的脸色灰白。

凌五斗把他背进帐篷里,从自己的衬衣上撕下一块布,小心地把那只手包好。

接下来的两天里,他在距这个牺牲者不远的地方又挖出了牵引车,在牵引车附近共挖出了四具遗体。可以看出来,他们是在完成任务准备离开时因突发雪崩牺牲的。

从那天开始,他把子弹上了膛。自从死人的味道随着天气变暖,从雪下飘散出来——再加之他这块新鲜人肉的味道随风飘散开去,凄厉的狼嗥声就不停响起,浑身沾满死亡气息的秃鹫一直在天空盘旋。

他的双人帐篷一下挤进五个人来,怎么也摆不下。他只好把他们摞起来。下面垫底的是两个身材壮实的战士,第二层再摞两个瘦一些的,第三层摞了一个小个子。他觉得他们随时会倒下来压着他。他荷枪实弹,刚好能挤着躺下,他的身体把挨着他的人的半边身体都焐暖和了。

狼群在外面奔突,嗥叫,有时候离帐篷近了,他就突然打开手电,朝它们射去,狼群一见,就会吓得跑开。这玩意比子弹还管用。用枪射击,打死一头狼,它们把它吃掉后,仍会在帐篷周围徘徊。

他好几个晚上梦见这五名士兵复活。梦境大致相似:帐篷变宽,大家并排躺着。有三个家伙打着呼噜,有一个家伙屁若裂帛,另一个家伙放屁如打迫击炮。他们嘴里呼吸出的是军用罐头和压缩干粮在肠胃里发酵后的酸腐味……帐篷里被这些味道充斥满了。闻着这些生命的气息,他很是高兴。他把帐篷的门帘拉开,让月光射进来,月光很白,但照不到他们的脸,只能照到他们的头顶。他坐在他们身边,有些痴迷地望着他们。他的脸上一直挂着微笑。他总想去拍拍他们的脸,当他的手挨着了,才发现五张脸都是冰凉的,上面结着一层冰霜……他的心也会随之冰凉。

连长说一周后派车来接他,但现在已经是第九天了,还没有看到车的影子。手电的光已变得微弱,枪里的子弹只剩下了四发。如果不行,他就只能拆掉牵引车上的轮胎,把它点燃后驱狼取暖了。他有些舍不得,他觉得即使那辆车已经毁坏了,但轮胎还能用。

这些狼白天会躲开,但夜幕一降临,就会纠集而来。为了保护自己,凌五斗用冰块在帐篷四周砌了一道高达三米的围墙。他设计了一道活动的开口,只要把那两块冰推开,自己就可以从那里钻出去。他像是待在一口深井里。这样,他就不用担心狼群的袭击了。他还把一只打死的狼抢了回来,埋在冰雪里,已备没有食品时用来果腹。

好在两天后,他听到了另一种声音———一种凶猛的野兽啃噬冰山的声音。然后他看到了一星飘动的红旗,一群绿蚂蚁一样的士兵,几台蚂蚱一样的挖掘机,山下的开路大军已经来到了达坂下,他们就在临近达坂顶的一道山谷后面。他激动得朝他们挥手,呼喊,但没人看见他。

KL防区负责指挥开路的是白炳武参谋长,边防K团则由团长刘思骏统帅。所带兵力除了KL防区直属工兵营一连和三连,还有团步兵营。当他们在达坂下望见一个孤独的士兵站在达坂顶上,所有人都惊讶得张大了嘴巴。

"那不是凌五斗么?"虽然他的胡子、眉毛和头发上都凝结着白霜,但有人老远就认出了他。白炳武从达坂下爬上来,紧紧地握住他的手:"连队其他的人呢?"

"他们前两天刚撤回连队了。"

"就留下了你一个人?"

凌五斗想了想,说:"是我要求留下的,去年在雪崩中牺牲的五个战友需要看护。"

"扯淡,这里野狼成群,怎么能把你一个人留在这里!"

"……首长,嗯,他们前天才走,主要是车拉不下这几个战友,所以要把战士们先拉回去,然后再回来拉我和他们。你看,连长和指导员离开的时候,专门砌了雪墙,把我好好地护在里面呢。"他撒完谎,指了指远处那个像炮楼似的东西。

"这还差不多。"白炳武说着,用满是冰屑雪沫的手把凌五斗脸上的白霜抹去,"走,到你的堡垒里去看看。"

这时,团长也跟了上来。凌五斗为两位首长演示了怎么进去,然后,他从里面把冰块撤掉了;然后,他把那匹死狼从冰雪里拖了出来;然后,两位首长看到了帐篷里面的情景;然后,他们脱帽,默哀;然后,白炳武转过身,向凌五斗敬了一个军礼;团长愣了一下,也跟着向凌五斗敬了一个军礼,凌五斗给他们回敬了一个军礼;然后,他突然大放悲声,痛哭流涕。

2014 年 3 月,北教场

银绳般的雪

1

凌五斗虽然是饲养班班长,但整个班就他一个人。他由士兵升任班长的第二天,就带着一把五六式冲锋枪、二十发子弹、一顶单兵帐篷、一条睡袋、一口小铝锅和一堆罐头、压缩干粮和米面,骑着那匹枣红马,赶着二十五匹各色军马,到离连队四十多公里外的一条无名河谷去寻找有水草的地方。他要在大雪覆盖住整个高原之前,把这些军马喂肥,以使它们熬过漫漫长冬。

凌五斗离开连队,觉得自己一下变得脆弱了。高山反应很快就袭击了他,让他差点没有支撑住。他觉得自己有些发烧,像是感冒了一样。

裸露出来的山脊呈现出一种异常苍茫、孤寂的颜色,没有消融的积雪永远那么洁白、干净,苍鹰悬浮在异常透明的高空中,一动不动,可以看见它利爪的寒光和羽翎的颜色,冰山反射着太阳的光芒——连队的六号哨卡就在冰山后面。由于太晃眼,凌五斗没法抬头去望它。这让他第一次真切地感到了一种莫名的恐惧。

第一天,他赶着马群越过了雪线,雪线下面已有浅浅的金黄色的牧草,第二天,他来到了无名河谷附近。藏族老乡扎西已在那里放牧,他长年穿着那套紫红色的藏袍,看不出年龄,他的脸像一块紫黑色的风干牛肉,似乎一生下来就那么苍老。他每年夏天都会赶着牦牛和羊群到连队附近的高山草场放牧,但时间最长也就两个多月,他们一家人几乎是官兵唯一能在连队附近接触到的老乡。

凌五斗老远就听到扎西在唱那首不知在高原传唱了几千年的民歌——

天地来之不易，
就在此地来之。
寻找处处曲径，
永远吉祥如意。

生死轮回，
祸福因缘。
寻找处处曲径，
永远吉祥如意。

他的声音并不好听，尾音总带着狼嗥的味道，但有一种圣洁的感觉，似乎可以穿透坚硬的石头和冰冷的时间。

凌五斗来放牧的时候，连队通信员汪小朔曾压低了声音对他说，"凌五斗，你知不知道，你去放马时可能会遇到扎西，他有一个像仙女一样好看的女儿。我听曾和指导员一起到他帐篷里去租过牦牛的文书回来说，他女儿才十七岁，不过，今年该十八岁了。她名叫德吉梅朵，文书连这名字的意思都打听到了——就是幸福花的意思。他说她长得真像一朵花。看文书那个样子，好像想把人家含在嘴里。反正他一从那里回来，就沉着脸，锁着眉，要给德吉梅朵诌情诗。"

凌五斗听通信员那么说，突然想起了老家最好看的女孩袁小莲，不禁有些伤感起来。

"哈哈,你看你的眉毛也像文书一样锁起来了,是不是也想给德吉梅朵写诗了?"

凌五斗摇摇头,"文书是文化人,我哪能写!"

凌五斗望了一眼插在白云里的雪山,暗自叹了一口气。"袁小莲……"他在心里喊出这个名字的时候,不禁泪如泉涌。他再也难以控制住自己的情感,伏在马背上,号啕大哭起来。

他记起,他已经好久没有哭过了。想起袁小莲,他就想哭;想起母亲,他想哭;想起奶奶,他想哭;想起老家乐坝,他想哭,他哭得马儿都不吃草了,它们低垂着头,也像是在流泪。他哭了差不多一个小时,才抽泣着收住了。他觉得自己这一辈子从没有这么痛快地哭过,他觉得自己的身体原来就像被阻塞的沟渠,现在都被眼泪冲刷开了,那阻塞在渠沟里的污泥浊水都顺着渠沟流走了。他浑身轻盈、通泰,像是可以飘浮到大团大团的白云上去,像是被高原上遍布的神灵的光芒穿透了。

2

即使到了现在,这座高原的很多地方仍然是无名的,即使是高拔的雪山,奔腾的河流,漫长的山谷。凌五斗身边的河流也是一条无名河,天堂雪峰的冰雪融水静静地流淌着,晶莹纯净,它在这昆仑山、喀喇昆仑山、喜马拉雅山、冈底斯山构架的无穷山峦中,冲突、徘徊,最后没有找到出路,消失在一个没有出口的蔚蓝色湖泊里,去倒映天空的繁星和白云。河两岸的牧草并不丰茂,但不时会出现一片金色的草滩。河岸两侧一年四季都结着冰,衬托得河水呈一线深蓝,中午,河面上会升起丝丝缕缕的水汽,轻烟一般,像梦一样虚幻、飘浮。

凌五斗离扎西的帐篷有一段不远不近的距离。他很想和扎西说话,但扎西第三天就不见了,他家的帐篷、牦牛和羊的影子都看不见了。

在这阔天阔地里,万物自由。几只黄羊抬起头来,好奇地打量他一阵,然后飞奔开去,它们跑起来,雪白的屁股一闪一闪的;藏野驴在远方无声地奔驰,留下一溜烟尘;他还看到过野牦牛、雪豹、棕熊和猞猁,水边有黑颈鹤、白额雁、斑头雁、赤麻鸭、绿头鸭、潜鸭;河滩附近还有藏雪鸡和大嘴乌鸦;几只雪雀突然从金色的草地间飞起,鸣叫着,像箭一样射向蓝天,消失在更远处的草甸里;天空中不时有鹰和金雕悬停着,给大地投下一大片阴影。

自入伍以来,他还没有这么自由过。他沿着无名河游牧,过几天就换一个地方,他支起帐篷,把自己要骑乘的马的马腿拌上,把其他的马放开,到天黑的时候,才把它们找回来,有时候,他两三天才去找一次。他觉得放马应是连队最好的工作。

有一天,凌五斗赶着马儿从喀喇昆仑的大荒之境进入了至纯至美的王国。金色的草地漫漫无边。那是纯金的颜色,一直向望不到边的远方铺张开去。风从高处掠过,声音显得很远。远处的山峦相互间闪得很开,留下了广阔的平原。险峻的冰山像是用白银堆砌起来的,闪在天边,在阳光里闪着神奇的光芒。天空的蓝显得柔和,像安静时的海面;大地充满慈爱,让人心醉;让人感觉这里的每一座峰峦、每一块石头、每一株植物都皈依了佛——实际上它们的确被藏民族赋予了神性。高原如此新鲜,似乎刚刚诞生,还带着襁褓中的腥甜气息;大地如此纯洁,像第一次咧开嘴哭泣的婴儿。

这一切让凌五斗无所适从,他不由自主地呵呵笑了起来。他觉得,只有那样的笑才能表达他对这块土地的惊喜和热爱,才能表达他对这至纯之境的叩拜和叹服。他感到自己正被这里的风和停滞的时光洗浴,它们灌遍了他的五脏六腑、血液经脉、毛发骨肉。

就在这个近乎神圣的时刻,他突然听到了高亢、甜美而又野性十足的歌声。

他循着歌声寻找唱歌的人,却没有看见她的踪影。又转了十多分钟,才看到她骑在一匹矮小壮实的藏马上,放牧着一大群毛色各异的牦牛和羊,一匹威猛的藏獒跟在她的身边。

看见他,她勒马停住了,把粗声吠叫的藏獒喝住。她穿着宽大的皮袍,围着色彩鲜艳但已污脏的帮典,束着红色腰带,有一只脱去的袖子束在腰间。她最多十七八岁。他突然想起了汪小朔所说的德吉梅朵,但他不能确定。

她看他的眼神那么专注。他感到了她目光里的热情。她的羊此时也大多抬起头来看他,那匹藏獒不离左右地护着她。他怕惊吓着她,不再向她走近,只在远处勒马看着。

她笑着,招手让他过去。她笑起来那么清纯,白玉般的牙齿老远就能看见。

当他快要走近她时,她却勒转了马头。小小的藏马载着她,一跳一跳地跑远了,只留下一串清脆的笑声。

那匹高大的藏獒笑话似的冲他吠叫了几声,像头黑毛雄狮一样随她而去。

凌五斗向前方望去,没有看见毡帐,也没有看见炊烟,只有金

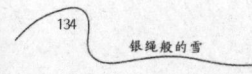

色的草地一直延绵到模糊的雪线附近。她站在一座小山包上,只有一朵玫瑰花那么大一点。她的羊更不起眼了,就像一群蚂蚁,正向她涌去。她的歌声在前方突然响起来,那么动听:

> 不见群山高低,
> 只见峰峦形状。
> 我的白衣情人,
> 缘分前世已定……

凌五斗如果能听懂她的歌声,一定会以为那歌是专门唱给她听的。但他只能远远地、久久地望着她,直到她消失得无影无踪。他有一种恍然如梦的感觉。那天,他再没有看见过她。他不知道她的帐篷支在哪里,不知道她的家在何处,不知道她是否已有"白衣情人",也不知道在那样无边的旷野中,她是否感到恐惧,是否感到孤单。躺在单兵帐篷里,他以一种忧郁而又复杂的心情牵挂起她来,就像牵挂袁小莲一样。

3

马能闻到马的气息。军马很难见到其他同类,就像凌五斗很难见到其他人类一样,他的马循着姑娘的马儿留下的气味,在第三天来到了她放牧的地方。他看见她的时候,她正出神地望着一个无名小湖天蓝色的湖水发呆。

整个天空倒映在湖水里。太阳从水里反射着光芒,与天上的太阳互相照映。但那里并不暖和,湖边散落着发暗的残雪。一阵风吹过,湖里的天空就晃动起来,太阳和云朵被扯得变了形,湖里的阳光顿时乱了。凌五斗忍不住往天上望了望。他看见天上那轮太阳是完整的,天空也是完整的,才放心了。

藏獒对着他吠叫了几声,声音像从一个瓮缸里发出的。她抬起头,看见是他,对狗说了句什么,那狗便不吭气了,摇摇尾巴,乖顺地卧在了离她不远的地方。

他和她隔着那个蓝汪汪的小湖。他看见她望他的时候,有些害羞,虽然寒风劲吹,但他觉得自己的脸和脖子发烫,像被牛粪火烤过。

她的脸红黑、光亮,像一轮满月,众多的发辫盘在头上,发辫上饰着银币、翡翠、玛瑙和绿松石。耳朵上的耳环,脖子上的项链,使她显得贵气而端庄。她的藏袍上有大红的花朵。她笑了起来:"你看你,多像庙里的红脸护法!"

凌五斗听不懂,他傻呵呵地笑着,觉得自己也该说些什么,他看了看自己的马,说:"我的……马把我带到了这里。"

"我叫德吉梅朵,我知道,你是天堂湾的解放军叔叔。"

军马很兴奋,它们和她的马亲热着。他觉得很难为情。"我的马和你的马混到一起去了。"他骑马过去想把它们赶开,但它们很快又粘在了一起。

她看了,忍不住笑起来,她笑得捂住了自己的肚子。她一边笑着,一边说:"解放军叔叔的马欺负德吉梅朵的马了!"

"连队都是公马……"他感到很是抱歉。

她笑着唱了起来——

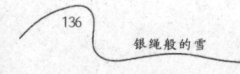

公马母马相爱,
那是前世良缘。
你像狠心父母,
总想把它拆开。

那些马粘在一起跑远了,他又回到了湖边。

"你的歌声真好听,比袁小莲唱得好听多了。"

"天堂湾上的雪很厚,我从来没有去过。我爸爸说,你们住在鹰的翅膀上。"

"袁小莲是我……老家乐坝最好看的姑娘。我喜欢她,柳文东老师也喜欢她。"

"我爸爸说,天堂雪峰很美,但我只能看到它的山尖尖。"

"哦,柳文东老师是我老家乐坝小学的老师,他的书教得很好。"

"我家的冬牧场在多玛,从这里回去要翻越高高的苦倒恩布达坂。"

"我喜欢放马,放马的时候没人管。"

"我有两个弟弟,一个在多玛小学上学,一个还在吃奶。我妈妈生下最小的弟弟后,身体就不好了,所以我爸爸赶回去照顾她去了,我只能一个人在这里放羊。"

"这么大的地方,除了我和你,就只有这些牲口了。"

"你要在这里放多久的马呀?"

"你一个姑娘,放这么多羊,还有马,还有牦牛,真是很能干……"

"你在这里,我们就可以说话了。"

"在这样的地方放牧,你一点也不害怕,真是了不起。"

"我好久没有和人说过话了,我想说话的时候就跟扎西说。"

凌五斗听懂了"扎西"这个词:"扎西?要是我会说藏话就好

了,你可以教我吗?"

"扎西是我们家的狗,它跟我爸爸一个名字。我爸爸最喜欢它,所以把自己的名字给了它。它有时候听我说话,有时它根本不理我。我有时候也跟我骑的马说话,它的名字叫普姆央金。"

"我得去看看那些马,我也会帮着把你的马赶回来。"

"哎,没有想到你这么快就要走了,傻乎乎的小伙子,多谢你陪我说了这么多话。"

凌五斗骑着马,转身要走,但他不想转身。他记得,这是他第二次有这种感觉。这感觉和他当兵走的时候,不想离开袁小莲一样。

他回头看了德吉梅朵一眼。德吉梅朵看着他消失在一个金色的山冈后面去了。

4

那些马撒着欢儿,就那么一会儿时间,已跑得没了踪影。凌五斗骑着马找了半天,才在一个浑圆的山冈后面把它们找到。它们不愿意再返回湖边,好像不愿意再受人管束。凌五斗把它们收拢,赶到湖边的时候,夕阳已沉到西边高耸的雪山后边去了。西边有一大块天空呈玫瑰色,最高的雪山顶上还可以看到夕阳的光辉。

德吉梅朵已把她家的羊收拢,母羊们头顶头、屁股朝外一溜排好,她正撅着一轮满月似的屁股在羊屁股后面挤奶。几只公羊和一些半大的羊在附近闲逛,几只小羊羔子在羊屁股后面欢快地蹦跳。那些牦牛仍散落在四周,它们好像永远都在埋头吃草。听到凌五斗吆喝马的声音,她抬起头,对他笑了笑。

扎西已经认识他,不再对他吠叫了,但也没有迎接他,只是礼节性地摇了摇尾巴。

凌五斗把所有的马拌好。德吉梅朵已把羊奶挤完。她手上还沾着奶汁和羊毛,她拿出随身带着的一个木碗,舀了一碗羊奶,递给他,说:"你来尝一尝,还是热的。"

凌五斗接过木碗,他闻到了一股羊奶的膻味。他不习惯喝这种东西,但他还是喝了。

德吉梅朵的脸上总是带着笑。她笑着看他喝完,自己也喝了一碗,到湖边洗了碗和手。

她把羊赶到一个离湖岸不远的背风的山包下,把它们收拢,在羊群旁边铺了毛毡和羊皮,点了一堆牛粪火,准备睡觉。

凌五斗没有想到,她就是这么度过一个个寒冷的夜晚的,他觉得这太不可思议了。他把帐篷在离她不远的地方撑好,然后走过去,对她说:"姑娘,我不知道你叫什么名字,不知道你是不是扎西家的德吉梅朵,但你不能睡在露天里,这会把你冻死的。"

"扎西?德吉梅朵?是的,扎西是我爹,德吉梅朵就是我。"她指了指自己的鼻子尖。

"你,德吉梅朵?"

火光映照在她红黑发亮的脸上,她像是听明白了这句话,使劲点了点头,再次指着自己的鼻尖:"德吉梅朵。"

凌五斗没想她真是德吉梅朵,"我们连队的文书和通信员都知道你。"

"是的,我家的这条狗也叫扎西。你说的扎西应该是我爸爸吧。人家总把我爸爸和它搞混,我爸爸叫它的时候,好像是在叫他自己,我们总忍不住会笑。我奶奶和我妈都不同意他给这条狗取这个名字,但我爸爸不听她们的话。"

"我要跟你学藏语。我记起了一句话,扎西德勒。"

她听懂了,她高兴的回应他:"啊,扎西德勒!"

"德吉梅朵?"

她点点头,"德吉梅朵。"

"德吉梅朵,扎西德勒!"

"金珠玛米,扎西德勒!"

凌五斗指了指羊,德吉梅朵说了它藏语的发音,凌五斗就跟着她读。他又指了指马、狗、牦牛、火、帐篷、湖泊、天空、月亮、星星、云朵、雪山、我、你、睡觉、醒来……每个单词他重复几遍,便记住了。而德吉梅朵,也跟他学着这些词语的汉语读音。

显然,在这样寥廓而空寂的夜晚,这件事让他们很高兴。德吉梅朵亮晶晶的眼睛活泼地闪动着,像天上的星星一样。

最后,他看夜已深了,就用刚学到的藏语对她说:"德吉梅朵,帐篷,睡觉……"

德吉梅朵一听他的话,害羞得转身低下了头。牛粪火的火光在她红黑的脸膛上不停地跳跃。她说:"我跟羊、睡觉。"

凌五斗听懂了这句话。他摇摇头说:"外面太冷了。"

但她没有听懂这句汉语。他只好去拉她。她用热烈的眼光看了他一眼,顺从地跟着他钻进了帐篷里。

凌五斗看她躺好后,从帐篷里退出来,躺到了德吉梅朵原先准备睡觉的毡子上。

德吉梅朵撩起帐篷的门帘,看着他,"格格格"地笑了。凌五斗听到她的笑声,也"嘿嘿"地笑起来。

5

凌五斗放马离开连队已经有一个月零七天了,这么长时间里,连队连他的影子也没见着。连长陈向东非常担心。因为凌五斗所带的食物最多只能吃 20 天。吃完后,按说他应该回连队补充的。但他自从赶着马儿离开连队后,就再也没有回来过。

陈向东和指导员傅献君做过很多可怕的设想:第一种可能是他犯了傻劲,找不到回连队的路了;第二种可能是他在荒原上迷路后,饿死了;还有可能就是他被狼撕掉了;他们特别担心的是,他赶着马群误入了邻国,他是军人,又带着武器,如果被对方视为侵略,搞不好会引起一场边境冲突。

两人都不敢想他如果真出了事,会是什么后果。他们后悔当初把这个差事交给了他。

连里还不敢把这个事向上级报告,陈向东决定带人亲自去找他,等真找不到了再说。连队还留着几匹用来巡逻的军马。次日一大早,他带了三个人,骑马向无名河谷——在军事地图上,它叫十四号河谷——走去。他们找遍了整条河谷,但除了偶尔能看到几堆已被风化得一塌糊涂的马粪,一群乌鸦,几只黄羊外,就只有一阵阵带着寒意的风了。陈向东抬头看了看天空,也只看到了深邃的碧蓝苍穹和白色祥云。

这条河谷是连队的牧场。让人跟着军马,就是不要让它们跑出这条河谷;但即使没有人跟着,让马儿自由放养,它们也不会离这条河谷太远。

陈向东用了五天时间,一直找到军马曾跑到过的最远的地方,仍然没有看见凌五斗的影子。他不禁越来越生气。他站在一个高冈上,用望远镜往四下里望了好几遍,大声说:"他妈的,这个傻子,他不会把马放到列城去了吧。"

一个战士接话说:"恐怕他赶着我们的马到了新德里也不一定。"

汪小朔这次跟着陈向东出来,名义上是说要好好照顾连长,其实心里想的是能不能遇到德吉梅朵,一饱眼福,为此,他还把文书写的献给德吉梅朵的诗偷偷地抄写了下来,让连队的一个藏族战士帮忙译成了藏语。现在这首诗就揣在他的衣兜里,他想,如果能够遇见她,他就把这首诗偷偷交给她。为了这个想法,他可是吃了苦头。汪小朔当了通信员后,养尊处优,很少骑过马了,所以第二天,他的屁股和裆就被马鞍磨坏了,现在,虽然马鞍上垫着皮大衣,但他还是觉得痛苦不堪,特别是当他连德吉梅朵的影子也没看到时,那种痛苦就更难忍受了。他气哼哼地、有些绝望地附和道:"他说不定碰上德吉梅朵后,跟着她一起放羊、生儿育女去了,早把连队给忘了。"

连长勒住马,很严厉地瞪着他:"你胡说八道什么!"

"我……我……连长,我错了……"

过了好久,陈向东的气才消了一些,他最后望了一样高冈周围广阔的荒原,失望地说:"我们的干粮快没了,前面就是阿克赛钦湖了,他不可能到这么远的地方来放牧,我们先回吧。"

陈向东带着三个人,疲惫不堪地回到了连队。他情绪低落地对傅献君说:"指导员,我觉得,凌五斗有可能是出事了,你看,我们是不是把这个情况向上级报告一下?"

傅献君忧愁地说:"他出去这么久,我心里也没底,我们先给边防营报告,最后该怎么办,让营里定夺吧。"

"哎,也只能这样了,真他妈的!"

营长肖怀时接到电话,说这么大的事,说一个战士这么久没有踪影,现在才跟他报告,简直是扯淡。自然把陈向东批评了一顿。但肖营长最后还是决定,说再找一找,如果实在找不到,再给团里报告。他让陈向东明天带人继续寻找,其他三个边防连予以协助。

这次,连长组织了三个搜寻小组,两个组骑马,一个组乘车,各携带电台一部,进行更大范围的搜寻。他忙乎了七天时间,把天堂湾方圆两百公里范围内的每一片草滩、每一条山谷都找了个遍,最后连凌五斗和军马的影子也没有看见。其他三个连队搜寻了周边的地域,也一无所获。

情况报告到营部,肖怀时长叹了一声:"他妈的,我只有给团长汇报了。"

团长刘思骏一听,说这还了得!他在电话里对营长吼叫道:"你他妈的,这个战士要有个三长两短,你立马打背包回家!你立即亲自组织人马搜寻,活要见人,死要见尸!就是他喂了狼,你们也得从狼屁眼里把他的骨头渣子给我扣出来!"

这次营里把搜寻范围扩大到了毗邻的其他防区,但十天过去了,他们既没有找到一根人毛,也没有寻到一根马鬃。没有办法,团里只能上报防区,电报大意是:"天堂湾边防连饲养班班长凌五斗自8月9日外出放马,计带20天干粮,现已47天未曾归队,连队及边防营先后组织了三次搜寻,寻找了该营及毗邻防区和周边区域,人及马匹均未见踪迹,疑已失踪"云云。

6

而此时,凌五斗正在泽错边——边防连和边防营所有的人即使一起做梦,也不会想到他会赶着军马到那么远的地方放牧去了。

那一段时间,凌五斗跟着德吉梅朵,走遍了藏疆交界处的辽阔地域。他们从红山头到了阿克赛钦湖,然后逆着冰水河到了郭扎错、邦达错,再从窝儿巴错到了松西、泽错,到泽错时,天气已经寒冷,德吉梅朵要赶着她的畜群往南游牧,回多玛的冬牧场去了;凌五斗也要北上,赶着已被喂养得膘肥体壮的马群,回到连队去。

在这自由自在的日子里,凌五斗几乎忘记了汪小朔、连长和天堂湾,他心里只有德吉梅朵,只有她嘴里说出的好听的藏语词句。他学习得很快,他不但已能用藏语和她交谈,还能听懂她唱歌;德吉梅朵也能有汉语和他进行简单的对话了。

这一段时间,凌五斗是个真正的自由汉,他过得无忧无虑,快乐如神仙。干粮吃完了,他就吃德吉梅朵给他的糌粑和肉干——他已习惯了吃糌粑和肉干,习惯了喝刚挤出来的羊奶。他觉得这世界上有德吉梅朵,有一群羊、一群马、十几头牦牛、一只藏獒、一顶单兵帐篷就足够了。

他没有想到自己会和德吉梅朵分开。

那天晚上,他和德吉梅朵坐在牛粪火前,看着蓝色的火苗,不说话。

马有时打一声响鼻,羊有时会叫一声,藏獒沉默地卧在他的身边。天上没有月亮和星星,它们被翻滚变幻的云遮住了,不时有风从山谷里掠过,夜晚寒冷,最后终于飘起了雪花。

"明年我还会来放马的,德吉梅朵。"

"我也有可能会来放羊……如果能来,我会早早地到离你们哨卡最近的河谷等你。"

"我到时再来听你唱歌。"

"我还来听你讲你老家乐坝的故事。"

"我还是让你住我的帐篷,吃我的压缩干粮、茄子罐头。"

"你还是卧我的毛毡、喝我刚挤出来的羊奶,吃我带的糌粑和风干肉。"她说完,盯着他看了一会儿,她看到他和她一样黑了,黑得只有牙是白的了,"我还是让我们家的母马怀你们连队公马的马驹子。"

"是啊,你们家的母马都怀上马驹子了。"

"只有一匹母马一点动静也没有。"

"哪一匹啊?我看都怀上了。"

"你的眼睛被雪山的光晃坏了,没有看清楚。有一匹马只看上了军马中的一匹,但那匹军马傻乎乎的,都没有靠近过那匹母马呢。"

"哦?我可没有看出来。在我们老家乐坝,很多人家都喂牛,很少喂马,所以我对马一点也不了解。"

"你们老家乐坝养出来的恐怕都是笨马吧。"

"那也有可能,我们老家乐坝到处都是庄稼,如果养马,连个跑马的地方都没有,只能像牛那样拴着养,养出来的马肯定和牛一样笨。"

德吉梅朵听他说完,觉得又好气又好笑,最后,她真的忍不住笑了起来。

7

　　雪不停地下着,产生了一层薄薄的雪光。雪把夜晚变白了。羊群卧着,像一堆白石头;马都成了白马,牦牛和狗也变成了白色的,它们都一动不动,像被定格了一样。他们俩也披着一身雪,仍坐在火堆边,好久没有说话,像把所有的话都说完了。只有牛粪火的火苗在不停地飘动着,火光不时爱抚一下他们焦炭般的脸。

　　她终于接着说:"今晚好像比所有的晚上都冷。"

　　"你说什么?"

　　"我说今晚比所有的晚上都冷。"

　　"下雪了嘛,肯定冷啊。来,你把这张羊皮披上。"

　　"不要,我都穿着你的皮大衣了。"

　　"你冷怎么办?"

　　"我挨你紧一点就行了。"

　　"好啊,小时候,冬天冷的时候,我们几个小孩子就靠着向阳的墙,相互挤来挤去,我们把这叫做'挤热火',我们把墙磨得又滑又亮。"

　　"那我们也来挤热火。"

　　"好啊,挤热火!"他说着,把右肩膀轻轻地抵向迎过来的德吉梅朵的左肩膀。

　　他们的欢笑声在这空寂无比的高原的雪夜显得十分突兀,好像整个世界都只有他们的声音了。牲畜都醒了过来,用蒙眬的睡眼看着他们。最后,德吉梅朵挤不过他,倒在了雪地上。他也随着倒了下去,压在她的身上。他们滚在雪地里,像两头熊。

凌五斗想坐起来,但德吉梅朵紧紧地抱住了他的腰。

他看着她的脸(火光只能照亮靠火堆的半边)和不停往下落的雪,她的眼睛从上面看着他,她的一条辫子搭在了他的脸上,痒酥酥的。他们的气息有力地喷在对方的脸上。她和他的脸叠在了一起,她的头发散落下来,把他的脸淹没了。

她学着他的腔调说:"你看,这样多热火。"

就在那个时候,凌五斗突然想起了遥远的乐坝,想起了袁小莲。这一次,他猛地坐了起来。

"德吉梅朵,我跟你说,我跟袁小莲……"

"你也跟她挤热火了?"

"是的,我们小时候一起挤过。"

德吉梅朵不说话了。火光一次次扑在她的脸上。

"德吉梅朵,你可能不知道吧,我们连的文书可喜欢你了,他说他那次和连长到你家的夏牧场租牦牛时见过你,他一见你就喜欢你了,他还给你写诗呢。"

"诗?你是说像《格萨尔》那样的歌?"

"格萨尔?我不认识,但就像你唱的那些歌一样。"

"情歌一样?"

"是的。"

"文书是我们连最有文化、长得最中看的战士。"

"我见过他一面,他老是脸红,可能是他的脸太白了,所以脸一红就能看出来。"

"你觉得他好不好?"

"好,但他跟我有什么关系?我们只见过那一面,不像我们在一起待了这么久。"

"你以后还可以见他的。"

她摇了摇头,"他是文化人,他放不了羊,经受不了这风、这雪和这样的冷,他舍不得把他的脸晒得和我的一样黑。"

"我……"

"我从小就跟着我爸爸妈妈在这里放羊,天天都是这样,就像我爸爸说的,过一辈子就像过一天一样。你不知道,我们不能在一个地方放牧,害怕雪灾一来,会把所有的牲畜都冻死了,所以只能采取走圈放牧的方式,把牲畜分成小群,家里每个人赶上一群,带上糌粑,背一口锅,各奔东西去寻找牲畜可以吃到草的地方,我们往往一分开就是很多天,每个人只能独自应付一切,夜里只能挤在畜群里睡觉。但这次跟你在一起,虽然每天的日子跟以前差不多,但过一天就跟过一辈子一样。我跟你在一起有几十天,我已过了几十辈子了……"她说完,就笑起来,但她的笑却令他感到伤心,然后,她真的落泪了。

他的心口有些发痛。他说:"但我……"

"我们还可以去挤热火,天黑了好久了,我们该到帐篷里挤去。"她说完,牵着他的手,像一头熊牵着另一头熊,钻进了单兵帐篷。

那个单兵帐篷,第一次变成了双人帐篷。

帐篷外面,银绳般的雪猛击着积雪的地面,天地被它们密密地缝制起来了。

8

帐篷里并无暖意,他们搂抱得很紧。她的头埋在他的怀里,睡得很死。他没有睡着。他听着她的呼吸,心软得像融化的雪水。他们的气息和气味彼此混合着,已分不清是谁的了。他们的衣服很久没有洗过了,污垢结在上面,发亮反光,高原上也不可能洗澡。但他觉得他们的衣服是那么光鲜,像新的一样;身体也是那么干净,都有些圣洁的味道了。

雪落在帐篷上,已不是飘飞的雪花,而是雪粒,唰唰地响,很有力,感觉每一粒雪都可以把帐篷穿透。雪在堆积着,像要把整个高原掩埋起来。他知道,这里的雪有时厚得可以把人陷进去。他在心里祈祷着老天保佑,让雪赶紧停下来。

他不知道自己是多久睡着的。

德吉梅朵吻了吻他的额头,不知道为什么,她的眼睛里滚出了一串泪水。她把他搂抱得更紧了。她在心里说:"要是我能把他怀到自己的肚子里就好了,那样,我就可以随时带着他,再也不怕他会挨冷,再也不怕分离。"

德吉梅朵把他吻醒了。他睁开惺忪的睡眼,对她笑了笑。

当他们的目光相遇时,他俩都有些不好意思,脸都有些发烫。

"天已亮了。"她说。

"雪停了吗?"

"停了,雪把羊都快埋住了,把帐篷埋了好高一截。"

他俩从帐篷里钻出来。牲畜挤在一起,相互取暖。太阳还在东边的雪山后面,但已朝霞漫天,雪山顶上已抹上了霞光,然后,霞光浸润开来,给白色的高原抹上了淡淡的羞红。

"昨天晚上热火吗?"她给了他一把风干肉,盯着他的眼睛问道。

他憨憨一笑:"热火,很热火。"

"那我们再挤几天吧,天气变冷了,我想你再和我挤几天。"

"这场雪过后会晴一段时间的,我让我的马再吃几天草。"

那些天,他们把牲畜放开,让它们拱雪下面的草吃。他俩则躲在帐篷里,很少出来。

但分别的那一天还是来到了。

凌五斗把帐篷送给了她。

"德吉梅朵,我没有什么东西送给你,这顶帐篷你留下,有了它,你以后晚上睡觉的时候,就不用和羊挤在一起了。"

"我宁愿和羊挤在一起。"

"为什么啊?"

"因为没有你我一钻进帐篷里,就会冷。"她说到这里,转过了身。

"明年我还会来放马的,到时我们就可以见面了。"

"还有半年时间呢。"

"反正,这顶帐篷你一定要收下。"

他把叠好的帐篷绑在了她的马背上。

9

KL防区司令部接到边防K团关于凌五斗和二十五匹军马一起失踪的报告后,非常震惊,参谋长白炳武当即赶到边防K团,坐镇指挥。经过分析,很多人认为凌五斗已经死了,在这高原,生命是很脆弱的,随便遇到个什么意外——比如肺水肿、脑水肿之类的高原病,还有可能被哪条无名冰河突然暴涨的河水冲走,或者从哪个悬崖上摔了下去,甚至有可能遇到狼群——都可能丧命。也有人认为这个说法不可能,他们说,如果人死了,马肯定在,营里肯定能找到马,但现在一匹马也找不到,所以他最大的可能是遇到了雪崩,雪把他和连队的马匹都掩埋了,但雪崩把人马全部埋葬的可能性非常小。白参谋长听了汇报,说了声:"扯淡!"然后下了一道死命令,"活要见人,死要见尸!"他命令刘思骏团长亲率直属步兵一连、侦察连、工兵连前往高原,会同边防一线的连队,要在大雪封山前做一次更大范围的搜寻。

团里厉兵秣马,但就在部队准备向高原进发之际,凌五斗骑着那匹枣红色的军马、披着一身风尘、赶着一群喂养得油光水滑的马匹、喜滋滋地出现在了天堂湾边防连观察哨的视野里。

这件事已经把连队折腾得鸡犬不宁,把连长、指导员折磨得半死。全连的人都悲观地认定,凌五斗已经神秘失踪,而所谓失踪,只不过是他已遭不测的一种委婉说法。

但现在,连队的哨兵却看见了他。

最先发现他的是建在无名高地上的哨楼里的哨兵。哨兵用高倍望远镜观察到一溜人马从连队前面的山嘴后面冲了出来,以为是敌人偷袭来了,马上向连队作了报告。陈卫东的血一下热了,叫他继续观察。然后通知战斗分队立即进入坑道,准备迎敌。他抓了一把冲锋枪,一边往坑道里钻,一边说:"真要有仗打,老子就战死算逑了,免得有这么多烦心事!"

那群马眼看就要到连队,就要回到温暖的马厩里,都兴奋得一路狂奔,群马奔驰,雪沫飞扬,马蹄得得,凌五斗再也管不住它们,连他自己胯下的马也跟着飞奔起来。

连队官兵都在无名高地和连队周围的坑道里待命,所有的武器都对准了马群奔驰而来的方向,空气既兴奋又紧张。

马群逼近之后,连长通过望远镜终于看清了那是连队的军马,看见凌五斗像个野人似的跟在马群后面。"妈的,闹鬼了!"他狠狠地说,"你个挨枪子儿的凌傻子,你给老子终于回来了!"他使劲咬了咬自己的牙,咬得牙齿"格格"响,好像要把凌五斗一口口嚼成渣。但他紧接着又舒了一口气,对身边的战士喊叫了一声,"他妈的,虚惊一场,撤兵!都到操场上去列队!老子要亲自欢迎这个神人!"

军马的马蹄声引得马厩里的马匹也嘶鸣起来。

大家已知道是凌五斗回来了。除了哨兵,全连的官兵都从坑道和战壕里跑到了操场上,老远就朝凌五斗欢呼。

凌五斗从马上滚下来,咧嘴笑着。他的确变得像个鬼一样了,变得像个长毛邋遢鬼了。只见他胡子拉碴,脸上像抹了油灰,只有牙齿和眼白是白的。头上的头发很长,乱蓬蓬的,秃鹫可以直接在里面下蛋。身上的皮大衣乌黑发亮,已看不出草绿的颜色。他看到连长陈向东和指导员傅献君冷着脸、背着手站在那里,忙跑过去,站好立正,向他们敬了个军礼——他的手像一只放大了的乌鸡爪子:"报告连长、指导员,饲养班班长凌五斗奉命放马,现已返回,人马安全,请你们指示!"他没有注意,自己说出嘴的竟是藏语。

大家面面相觑,以为自己听错了,傅献君问陈向东:"他说什么?"

"他妈的,谁知道他说的是什么鸟语!"

陈向东终于没有压住自己的怒火,对凌五斗吼叫道:"你他妈的说的是什么?你出去放了一趟马,傻到连自己的话都不会说了吗?"

凌五斗还没有意识到自己刚才说的是藏话,他说:"报告连长、指导员,我是向你们报告,我放马回来了。"他这次说的还是藏语。

陈向东、傅献君相互望了一眼,都想发火。

凌五斗终于意识到了:"我没注意到自己说的是藏语。"他赶紧又用汉语报告了一次。

傅献君说:"藏语?乌尔都语还差不多吧。你他妈的还知道回来!"

陈向东没再搭理凌五斗,转过身,冲进连部,拿起电话,使劲摇了一气,然后喊叫道:"我是天堂湾边防连连长,给我接营部,叫肖营长接电话!"

肖怀时接过电话,就说:"陈向东,团部的搜寻部队刚准备出发,你那里不会又出什么事了吧?"

"你马上报告团里,说凌五斗回来了,人马安全,让部队不要上山了。"

"他妈的,你说的是鬼话还是疯话?"

"我他妈的刚见着他,像个鬼一样,但真的是他,他刚回来。"

"你他妈的能确定?老子可经不起折腾了。"

"全连官兵都看到他了,好,指导员进来了,不信你问他。"陈向东说完,把电话递给了傅献君,"营长不相信凌五斗这个傻子回来了,你跟他说说。"

傅献君接过电话,"营长,的确是他,你放心!他没什么问题,军马一匹不少。具体情况我还没有问他,我放下电话就去问他,我会尽快向你报告。"

"那就好,我马上报告团里。"肖怀时说完,就把电话挂掉了。

"通信员,通信员!"陈向东对着走廊喊叫起来。

"到!"汪小朔老远就高声应答道。

"你去把那个凌五斗给老子叫进来!"

10

凌五斗刚把马赶进马厩,关上门,汪小朔就跑来了,"快,连长和指导员叫你去。"

"好的。"

"看你啥事没有似的。"

"我会有什么事呢?"

"哼,等会儿你就知道了!"

凌五斗跟在汪小朔的屁股后面。快到连部门口的时候,汪小朔示意他自己进去。凌五斗来到连部门口,有些忐忑。他觉得自己的腿开始打颤,他求助似的回过头去看汪小朔,但汪小朔已经躲得没有影子了。他后悔刚才没有问一下汪小朔,连长和指导员找他有什么事。

门开着。凌五斗硬着头皮来到门口,喊了一声报告。喊完之后,才发现自己的声音也在发抖。虽然他还穿着放马时的那身衣服,但他觉得真的有些冷。

陈向东和傅献君几乎同时回过头来,死死地盯着凌五斗的脸,然后,陈向东从头到脚把他打量了一番,傅献君从脚到头把他打量了一番。他们的目光像针,穿透了凌五斗污脏厚重的皮大衣和里面已两个月没有洗的军服,扎着他,有一种又酥又麻又疼的感觉。他们的目光在他肚脐眼下寸许处交会,凌五斗感到那里像被狠狠地剜了一刀。他那里被剜过之后,觉得自己自在了一些。他对着连长和指导员笑了笑。他笑的时候,眼睛眯了起来,他的两点眼白看不见了,但露出了一线月牙形的白牙。

凌五斗身上的气味随之弥漫开来,在火墙热气的作用下,连部一下变成了马厩。陈向东和傅献君不约而同地皱起了眉头,屏住了呼吸。

"妈的,你就站在那里说话。"陈向东一边说着,一边把一扇窗户打开了。

"是,连长!"

"怎么这么久才回来?"

"报告指导员,连队只告诉我让我去放马,并没有跟我讲过我该多久回来。我想,把马赶出去一趟不容易,就想着把马喂肥了,等雪把草盖住了才回来。"

"可你只带了二十天的干粮,这些日子你都吃些啥屑玩意儿啊?"

"报告连长,我把自己的干粮吃完之后,就吃德吉梅朵的糌粑、肉干和奶疙瘩。"

"什么什么?谁?"

"报告连长,德吉梅朵。"

"德吉梅朵?扎西的女儿?"陈向东瞪大了眼睛。

"报告连长,她是扎西的女儿。"

"你怎么能乱吃群众的东西呢?"

"报告指导员,我把我带在身上的津贴给了她,但她不要,最后,我想我也不能老吃她的东西,就套了黄羊、旱獭和野兔,我们一起吃。分手的时候,我把连队的帐篷给了她,也算是补偿。赔帐篷的钱,连队可以从我的津贴里扣。"

"你他妈的一直和她在一起?"

"报告连长,开头没有,我出去第七天才碰到她。"

"你的藏语就是跟她学的?"

"是的,指导员,我真的会说藏话了,还会唱藏语歌,都是德吉梅朵教我的。不信我给你唱上一曲?好,我唱了啊——"他说完,生怕傅献君不让他唱,就赶紧唱了起来。他是用藏语唱的,声音高亢,很是动听,不亚于在广播里听到的藏族歌唱家的音色。

凌五斗自从来到天堂湾边防连之后,还是第一次独唱,没想一鸣惊人,把连部的人都吸引到走廊里来了。连队的藏族翻译索朗多吉从办公室里跑出来,问军医程德全:"是扎西到连里来了吗?大雪都封山了,他来干什么?"

"不是扎西,你看,那唱歌的不是我们的凌五斗同志吗?"

"他不但学会说藏话,还会唱藏语歌了,他跟谁学的?唱得这么好!"

"神人嘛,说不定是跟连队哪匹母马学的呢。"

程德全的话引得大家哈哈大笑起来,但想起这是连部,又几乎同时戛然止住了。

"你他妈的神了,真会唱藏语歌子了!说说,你唱的都是啥意思?"

"报告连长,藏话其实很好学,德吉梅朵教会了我,我再用藏语说话,这就像呼吸一样自然。对了,这首歌的意思是,'东山虽然很高,却挡不住日月;父母虽然严厉,却挡不住缘分。你像十五明月,若要为我升起,不分鱼水之情,姑娘我将答应。'"

"哦,是首情歌啊,这就是那个德吉梅朵唱给你听的?"

"是,指导员。她说这首歌是她专门唱给我听的,她还教我唱了另一首歌。"

"你唱唱,我和连长听一听。"

凌五斗于是很认真地唱了起来,唱完之后,他说:"连长,指导员,这首歌按我们汉语的意思就是,'我们之间情意,若能心心相印。岁岁时光流逝,也能再次相会。如果姑娘发誓,永远不变心思;拔掉雄狮绿鬃,送给姑娘装饰。你还想要什么,也请给我吩咐。若要镜中月影,我也设法给你。'我这首歌学会后,德吉梅朵就让我唱给她听。"

"你他妈的!"陈向东很惊奇地盯着他看了很久,像是不认识他了。然后,他大叫了一声,"索朗多吉——"

"到!"索朗多吉一边答着,一边跑到了连部门口。

"这家伙,也就是这个凌五斗,他说他说的是藏语,唱的是藏族民歌。你说说看,他是不是在糊弄我和指导员呀?"

"他说的的确是藏话,唱的也的确是藏族民歌,纯粹的藏北味儿。"

"那你考考他,看他学得咋样了?"

索朗多吉就用藏语和凌五斗对起话来。对话期间,索朗多吉的表情越来越丰富,但主要以惊讶和赞叹为主。他和凌五斗说了一大通话后,抑制不住自己的惊喜,对连长和指导员说:"哎呀,太不可思议了,真他妈的太不可思议了!"

"真有这么厉害?"陈向东还有些不相信。

"真的,连长,指导员,真是难以置信,好像他从小就是在藏区长大的。团里如果缺藏语翻译,马上就可以用他。哎呀,这下好了,我如果回拉萨探家,他可以顶替我了。"

陈向东对索朗多吉说:"嗨,你就做梦吧!你去通知炊事班,让他们烧一锅热水,让凌五斗好好洗一洗。叫大家不要在走廊里堆着,要听凌五斗唱歌,我们元旦的时候,给他搞个专场晚会!"说完,他又对凌五斗说,"你他妈的还真有些神啊,现在,你赶快滚出连部,去洗个澡,把衣服全部给我换掉,你他妈的就是一间马厩,简直要把人熏死了。等你把自己弄干净了,我和指导员再好好审你。"

"但是,连长、指导员……"他觉得自己现在非常急迫要解决的问题是填饱自己的肚子。"我……,连队有没有剩饭?后面这两天时间我只吃了一些雪,往回走的路上,那种饥饿的感觉冻麻木了,感觉不明显,现在我的肚子非常饿。"他的肠胃在肚腹里愤怒地翻腾着,轰鸣着,他觉得眼前直冒金星,觉得饥饿猛然间使他的身体变成了一摊稀泥。"如果我没有一个革命战士的坚强意志,我早就饿得回不来了。"

陈向东盯着他:"饿?他妈的,你还知道饿!好,那就让炊事班先给你弄吃的吧。"

"我想吃碗面条。"

傅献君和蔼地说:"好,那就给你做碗面条。"

11

炊事班做的是雪菜鸡蛋面条,里面还放了一罐头红烧肉。凌五斗觉得那面条真是太好吃了,他吃得汗水"噗噗"直往面盆里掉。汪小朔一边咽着唾沫,一边说,你看你都不用加醋了。吃掉一大盆面条,他撑得都站不起来了。他感到非常满意。他坐在那里,抹掉汗水,脸上堆满了幸福的笑容。

接着,炊事班把洗澡水放进洋铁皮做的浴盆里——连队一共有五个这样的洋铁皮浴盆。他蹲在热水里,感到特别舒服。身上的泥垢一层一层的,搓了一大盆。他感到身体一下变轻松了。他换了衣服,刮了胡须,理了头发。他们说他又是原来那个凌五斗了,只是变成了紫黑脸膛的。一个战士还带他到镜子前照了照,他看见他的脸黑得像煤,都认不出自己了。

凌五斗洗了那身满是马厩味儿的衣服,文书叫他到连部去。

他走到连部门口,喊了一声报告。

陈向东和傅献君坐在办公桌后面,一脸威严。桌前地上放着一个小马扎。

陈向东厉声说:"滚进来!"

凌五斗站在陈向东、傅献君面前。

"坐下!"

凌五斗像个小学生似的在马扎上坐好。

傅献君严肃地说:"凌五斗,你知道吗?你可把连队害苦了,我们两次出去找你都没有找到,最后惊动了防区。你如果晚回来一天,团里的搜寻部队就上山了。你从实招来,你这些天都到哪里去了?"

"连长,指导员,哪里有草,我就到哪里去。我跟着马走,走着走着就走远了。但我记得回连队的路,因为即使我走得再远,也能看到天堂雪峰,我们连队就在天堂雪峰下面。我去的地方有好几个湖,有些湖是咸的,那水没法喝,不过湖水很蓝,跟没有云的天空一样蓝……我听德吉梅朵说,那里应该是羌塘。"

"羌塘?你他妈的,你说你叫我们到哪里去找你?"

"连长,我真的不知道不能去那么远的地方放牧,也的确不知道过上十来天就得回来。"

"凌五斗,你要记住,以后出去放马,不准离开十四号河谷。干粮快吃完的时候,就得回来。连里之所以规定放马的战士出去只带二十天的干粮,就是怕时间久了,在外面有什么意外。"

"指导员,我知道了。"

"你老实跟我说说你跟德吉梅朵的事。"

"报告连长,我先是听到她在唱歌,然后我才看见她,她唱歌的声音传得很远。只有一条叫扎西的狗和她在一起。那些地方,好像只有她一个人,因为那么长的时间,我没有见到别的人,所以看到她我很高兴。我们开始说话,虽然彼此都听不懂,但我们还是说,好像对方能听懂似的。后来我就慢慢能听懂她的话,她也能听懂我的话,我们彼此就能说话了。"

"你们这么长时间在一起,没发生别的事?"

"别的?"凌五斗一脸茫然地望着陈向东。

傅献君盯着他,"我看你这个傻样儿,也干不出别的事儿来。"

"凌五斗,听好!"连长大声命令道。

凌五斗还想说说他和德吉梅朵的事,但只得闭了嘴,"嗖"地站了起来。

"鉴于你擅自远离连队牧场放牧,长时间脱离集体,经我和指导员研究决定,撤销你饲养班班长职务!"

"连长,指导员,我接受处分。"

看着凌五斗出了门,陈向东叹息了一声,摇了摇头,然后对傅献君说:"我们该详细问问他跟德吉梅朵的事。"

"这还用问吗?"

"这事关军民关系,部队纪律,那怎么办?"

"过上一段时间,我来处理。"

12

解放牌汽车在藏北高原颠簸着。天地空阔得可容纳无限悲苦、无限神性。

傅献君带着翻译索朗多吉来到了德吉梅朵家的帐篷前。

看到军车,她骑马远远地跑了过来。但看到车上没有凌五斗,又骑着马跑开了。这辆车在他家的帐篷前停下,藏獒对着军车低吼了几声,她的父亲扎西迎出来,他看上去似乎变矮了。见是连队指导员,很恭敬地献上哈达,然后接过傅献君送给他的盐巴、茶叶和面粉。

德吉梅朵骑着马,站在不远处的低冈上。藏獒也过去了,守护在她的身旁。一大片白云罩在她的头顶。她的身后,无名的盐湖闪耀着蓝色的光芒。

和凌五斗分手后,她就只沿着新藏线放牧了。一见到军车,就会唱起第一次见到凌五斗时唱的歌。但她没有等到她要见的人。

高原上没有真正意义上的春天,但她觉得她和凌五斗相处的那几个暴风雪之夜就是。她由此认定,春天只有两个人紧紧拥抱在一起的时候才会有。

他爸爸站在帐篷门口,喊道:"德吉梅朵,天堂湾的金珠玛米来了。"

她有些不相信自己的耳朵。她问了一句:"您说什么?真是天堂湾来的金珠玛米吗?"

"我说是天堂湾的金珠玛米来了,你耳朵不好使了?"

"风把你的声音吹偏了嘛。"她说着,骑马从低冈跑到帐篷跟前,飞身下马,弯腰进了帐篷。她高兴地笑着,忘了自己眼里还有泪花。

"啊,德吉梅朵已经长大了。"傅献君说。

德吉梅朵害羞地低着头。

"早就是大姑娘了,可就是不懂事啊!"

"天堂湾、现在、冷吗?"德吉梅朵用汉话问傅献君。

"现在还行,有时也会下雪。"然后,傅献君用宣布重大发现的口吻说,"啊,德吉梅朵会说汉话了。"

德吉梅朵说:"我、汉话、会说点,但不见着、你们,我、就、不会、说。"

他爸望着她,对傅献君说:"她去年放羊回来,突然就会说汉话了。"

傅献君"呵呵"一笑,说:"会说汉话好啊!"

"别人都说,她前世肯定是汉地的人。"

"我跟、爸爸说,我的、汉话、是跟天堂湾的、金珠玛米凌五斗学的,但他、不信。"

她爸摇了摇头,跟傅献君说:"她是跟我说过,说她的汉话是跟你们那里一个放马的金珠玛米学的,但我知道,天堂湾的马从来不会放那么远,您说她是不是在做梦?"

指导员听了翻译,笑了,"这样的梦很好啊!"

"我、就是、跟、金珠玛米、凌五斗、学的,他、怎么、没有、再来、放马啊?"

"哈哈,我们连队是有个叫凌五斗的战士,但他已经复员了。"

德吉梅朵不知道复员是什么意思,一下紧张起来,"复员?是、是往生了吗?"

"哦,他没有死,是离开部队,回老家了。"

"他不会、再、回、回来了?"

"不会回来了,他当兵的时间已满,不再是军人了,他回去后给连队来过信,说他马上要结婚了。"

德吉梅朵没有说话,她低着头走了出去,然后,马蹄声响起,越来越急促,越来越远了。

她父亲摊了摊手。"她在梦里面,出不来。"

"慢慢会好起来的,德吉梅朵长大了,你该给他找个好小伙子了。"

"我们牧业大队队长的小儿子看上了她,队长托人来提亲,她就是不愿意,我还不知道怎么跟人家回话呢。"

"这个……这是新社会,父母不能包办婚姻了。"

"她喜欢个摸得着的人也行,但他喜欢的是个梦里的人,你说,咋办?哎……"

"梦总会醒的,你不用担心。"

扎西放心地点了点头,站起身来,要去宰羊招待傅献君,傅献君站起身来,请他坐下:"我们过来执行任务,看到你的帐篷,就进来看看你,我们今晚要赶回兵站。"

"连队军务繁忙,你们还来看我,真是……"

"我们是一家人,等你回到了冬牧场,我再到你的帐篷里去吃肉。"

"我会一直等着。"

傅献君和翻译上了车,扎西恭敬地送他们离开。

汽车开出了很远,傅献君回头望去,看见德吉梅朵站在一座高冈上。当汽车开过高冈,傅献君听到了她的歌声:

> 东山虽然很高,
> 却挡不住日月;
> 父母虽然严厉,
> 却挡不住缘分。
>
> 你像十五明月,
> 若要为我升起。
> 不分鱼水之情,
> 姑娘我将答应。

傅献君的心情变得沉重起来,他对翻译嘀咕了一句:"真造孽啊,你看我他妈的干了件什么鸟事!"

2014 年 8 月,北教场

雷场

1

在全连官兵中，孙南下对凌五斗是最看不起的。

从孙南下这个名字就可以知道他的出身了。他的父母都是革命者（多年以后他们去世，已是"革命家"），他生于这对革命者南下工作期间，所以取了这个名字。而他大哥叫孙突围，是他父母在"反围剿"时生下的，出生后就送给了当地一个老乡，生死不明；他大姐叫孙长征，是过松潘时生下的，送给了当地一户藏族人，不知所终；他二姐叫孙延安，是到延安不久后出生的，现在在东北紧邻边境的某通讯团当团长；他二哥叫孙抗日——这名字老惹人调戏，自然是在抗战时生下的，现在内蒙古某步兵团当副政委；他三哥叫孙战胜，是抗战结束时出生的，现在西藏军区某边防团当参谋长；他小哥叫孙辽沈，是他妈在辽沈战役时生下的，现在福建一个海防团当营长；他还有个小弟叫孙援朝，是1951年出生的，现在阿勒泰军分区一个边防连当副指导员；有一个妹妹叫孙抗美，是在抗美援朝快结束那一年出生的，现在云南边防某部当机要参谋。从他们的名字至少可以看出以下三点：一是他们父母的战斗经历；二是他们的父母虽然在战斗，但还是不断地在做传宗接代之事，所以他的母亲总是在利用革命的间隙生儿育女；三是他们把没有送人的子女养大后，都送到了祖国四面八方的边境一线。在这些名字中，孙南下认为二哥的名字最难听，他自己的名字最背运，哪有在名字中取"下"的？他觉得，这就是他的兄弟姐妹都成了军官，而他现在还是个骨瘦如柴的炊事兵的原因,但他那信奉革命唯物主义的父母根本不管这些。

孙南下很瘦,他的瘦是真瘦,如果不是他出身革命家庭,他这个样子不可能当得了兵。他个子高,什么都细瘦,细腿细胳膊细腰,脖子细得看上去似乎只有一条喉管,看上去真像是活在天堂湾边防连的饿痨鬼。连队照顾他,把他安排在炊事班,他很能吃,但就是不长一点肉。他童年还没有结束,就长成了这个样子。后来有人说,一看他那样子,就晓得他爹妈是个好官,在和我们一起挨饿;再后来就有人开玩笑说,他这个样子是在对他爹妈领导建设的社会主义社会进行"否定之否定"。

他觉得凌五斗来到天堂湾边防连后,就抢了全连、主要是他的风头,使他可能会成为他家兄弟姐妹中唯一一个混不上一官半职就从部队滚蛋的人。所以他去年一赌气,便要求复员。没想连队同意了。他便很悲壮地要求,说自己当兵三年,一直是个火头军,一次巡逻也没有参加过,强烈要求巡逻一次。连长陈向东答应了,亲自带他来到天堂湾山口的边境线上,他勇敢地朝着对方的方向撒了一泡和他身材一样细长的高尿。但最后,上级没有批准他走。他继续留下后,不知为什么,更讨厌凌五斗了。

那天,防区的参谋长白炳武要到连队来检查工作,为了首长能顺利到达,连队要把边境公路积了雪的地方挖通。

天空像一面倒悬的湖。虽是五月,高原的风仍像刀子一样凌厉。风一次次把孙南下吹弯,好在他虽然瘦,但筋骨的韧性很好,每被吹弯,都会像钢丝一样弹起来。连长刚好是个身子骨又矮又宽又壮的家伙,看上去像间土坯房,怕他被风吹走,便喊叫他在自己身后干活。他发了犟脾气,偏偏不听。风每把他吹弯一次,他就咒骂一声凌五斗白痴,当他重新弹起,他也会骂一声凌五斗傻逼。他的声音故意很大——与他的身材刚好相反,他的嗓门很高——想以此来激怒凌五斗。但凌五斗好像没有听见一样,只顾干活,根本不理他。这让他更生气了,他把铁锨往雪里一杀,走到凌五斗跟前,倾全身之力,像个女人似的,猛扇了凌五斗一巴掌。

孙南下的手指跟竹条一样,凌五斗的脸上顿时出现了他竹枝般的手掌印,那五道伤痕特别分明,先是红色的,很快变得乌紫。

孙南下那一巴掌,让凌五斗破相了。想到参谋长马上要到连队来,连长非常生气:"你他妈的,你怎么能这样?"

"你看他那个样子!"可能是激动,孙南下浑身颤抖着说。

"难道你的形象就很光辉很伟大吗?"

孙南下的嘴一下被堵住了。

"今天回去,做出深刻检讨!"由于连长深知孙南下这一巴掌的破坏性,他吼叫的声音很大。吼叫完,他的脸就因为缺氧而变紫了。

2

防区白炳武参谋长在团长刘思骏的陪同下,如期而至。吉普车在连队院子里停住的时候,雪沫冰屑被扬得老高。两位首长回敬了连队干部的敬礼。

连长忙着叫人为他们备饭。白参谋长说,"给我来碗揪片子就够了,我给你们拉来了羊肉,多放几片羊肉就行。"

刘团长说:"我跟首长一样。"

连长故作为难状:"首长,这太简单了,还是炒两个小菜吧。"

"就按我说的弄吧。"白炳武挥了挥手,示意他不要啰嗦。

连长便吩咐下去了。

白参谋长把一大碗揪片子"呼哧呼哧"吸溜进肚子里,咂巴咂巴嘴,说天堂湾的揪片子做得好。然后,趁连队开饭之际,在刘团长的陪同下,对连队进行了首长式的例行巡视——摸摸门框上是不是有灰,营房后面的雪墙是不是也和前面的一样笔直整齐,厕所便池里的粪便是不是也像夏天一样按时清理,翻翻哨楼上的观察日记是否每天都记了,然后,象征性的、亲切地和哨兵握握手,交谈几句——问他叫什么名字,老家在哪里,兄弟有几个,当兵几年了,有什么困难没有,感觉连队怎么样?然后鼓励小伙子好好干!——让他们体会一下首长的关怀和温暖。

一圈转下来,两人总体上是满意的。回到连队,连里已给他们备好宿舍——一人一间,架好了炉子;床单、枕头、枕巾和被褥都是新的,床头边放着两袋珍贵的氧气;文书和通信员分别照料参谋长和团长——他们已备好温热的洗脸水——雪白的洗脸毛巾叠得四四方方,放在脸盆正中央,刷牙缸里的刷牙水水温适中,挤好牙膏的牙刷朝上,端端正正地放在刷牙缸上。白参谋长见了,说:"这个天堂湾啊,就是讲究!"

从绿洲来到高原,两人鞍马劳顿,一躺到床上不久,就打起了呼噜。

连队有两位首长躺着,扯着风格不同的、雷鸣般的呼噜,使气氛有些庄严。

晚点名的时候,连长的讲评也变得格外庄重。讲评结束,他把队列扫了一眼,便问:"孙南下呢?"

雷 场

"报告连长,孙班长晚饭的时候还在。"炊事班一个矮壮的战士回答。

"又他妈的搞什么怪?炊事班的人,去找找!"

炊事班的四个战士兔子一样窜出了队列。

"我看这家伙这几天有些欠收拾!"连长恨恨地说。

四个战士在连队窜了一阵子,先后跑回来报告说,没有找到孙南下。那个矮壮的战士说,他发现了孙班长留在床上的纸条。

连长接过纸条,用手电照着看了一眼,只见上面龙飞凤舞地写着——

我蔑视这个吊(屌)世界,我不和你们玩了,永别!

连长的脸一下子上了霜,结了冰。

"文书,快去叫指导员,军医跟我走,其他人解散后马上就寝!"

指导员跑了过来,压低声音问道:"出什么事了?"

"大事……"连长把纸条递给了指导员。

指导员用手电照着看了,用绝望的声音骂了一句:"真他妈的!他肯定去那个地方了。"说完就往雷场跑去。跑到马厩旁边,他又猛地停住了,转过身低声对连长说,"我们这样子跑去肯定不行。"

"那怎么去?"连长焦急地跺了跺脚。

"对一个要自杀的人,先不要惊动他。如果能悄悄摸到他身边,在不被他发觉的情况下把他控制住,这是最好的。但这得非常小心才行。"

"又不是鬼,谁他妈的能做到?"连长显得更加急躁。

"凌五斗。"指导员说。

"那就把他赶紧叫来。"

文书小跑着叫凌五斗去了。

很快,凌五斗跟着文书来到了连长和指导员跟前。他俩把目光对准了他。凌五斗觉得他们的目光雪亮,跟吉普车灯似的。

"现在,孙南下就在雷场边蹲着,谁都知道他是个什么样的人!这可是人命关天的大事!现在,需要一个心理素质好的人能尽可能悄没声息地靠近他,突然把他控制住,以防他做出极端行为。"连长说完,盯着凌五斗,"我把你叫来,就是要你来完成这个任务,你有把握没有?"

"连长,我行。"凌五斗的声音并不高。

"只能成功,不能失败!"

"我明白。"

指导员问连长:"是不是该给首长报告一下?"

"算了,让首长好好休息,先看看情况再说吧。"

3

雷场是1962年埋设的,迄今没有排除。几乎每年都有动物触雷被炸,轰然暴死。

孙南下因为恨他父亲让他到西北边防当兵的安排,主动要求来到了天堂湾。他要用这个方式来惩罚他父亲。不想父亲收到他的信后,十分高兴,非常欣慰。根本没有管这里有多艰苦,而是说"你待的地方高,视野开阔,看得远,好好干",他还说,"你在那里有吃有住有穿的,与我们当年打仗时相比,是真的生活在天堂里了。"他把父亲的信撕得粉碎,扔到了雷区里。那是他第一次来到雷区。

雷区设在一处通道上。除了连队的士兵,罕有人迹光顾。所以除了当年立的那块木牌(现在已经歪斜)上写有"雷区勿入"(早已模糊不清)四个字外,再没有别的标识。雷区里却有好几副动物已经发白的骨架,一头藏羚羊和一匹狼的尸骨上还附着皮毛。他当时猜想,那匹狼一定是想去吃那只被炸死的藏羚羊的肉触雷而死的。看完父亲的信后,孙南下在那里坐了很久,他当时就有个冲动,想跑进雷区,把自己也炸个粉身碎骨。

从那以后,他一周就至少要闹两次情绪。一般是第一天他会不停地咒骂他父亲:"老狐狸,你这个老法西斯,你个早该喂枪子儿的老土匪……"然后就不理人,乱扔东西,歪戴帽子。第二天他就会跑到雷场边上,盯着雷场发呆,要劝他好半天才能把他劝回来。

有一次,他在雷场边呆坐着,一只藏野驴撒着欢儿,欢跳着冲进了雷场,随着一声巨响,它被一股土黄色的烟尘顶起来,然后又重重地摔下去,压响了另一颗地雷,这颗地雷的烟尘带着血色,把它抛得更高,它的后腿和尾巴不知是在哪个瞬间分离开的,散落下来的时候,感觉像羽毛在飘落。但它并没有死,它还在挣扎着,哀鸣着。不久,秃鹫聚集在了雷场的上空,然后,它们像石头一样从天空重重地落下,开始从容地啄食那头灵魂还没有离开的野驴。

孙南下看到那个场景,变得少有的兴奋。从此,雷场成了他去得最多的地方。指导员问他为啥要那样做?他说他愿意。他说在那里凌五斗就不会藐视他了。他老觉得连队的人、特别是凌五斗在藐视他。

全连官兵都知道他是个特殊人物。一是他父亲曾经战功赫赫,现在是某省军区司令员;二是防区司令员就是他爹的老部下,司令员亲自给团长交代过,说我把这小子交给你了,你要把他锻炼好,也要把他爱护好。团长把这个长得像站立的蛇一样的家伙带到团里,让他在机关当公务员,他死活不干,说要到天堂湾。团长只好把他亲自捎带到天堂湾。他把司令员跟他说的话又给连长说了好几遍。对于这样一个兵,你说怎么能让他出现闪失呢?

连长有一次要到前哨班带哨,觉得把他放在连部不放心,就把他带去。那儿虽然海拔更高,风大,天寒,但没有雷场。为了让他少想事,连长白天给他搞单兵战术,晚上搞政治学习,这样过了不到一个礼拜,孙南下就不干了,面对墙壁,或者通过瞭望孔呆望着连绵的、把天空映照得惨白的雪山,不理人了。

连长很是恼火,他忍着满腔怒火问他:"孙南下,操你妈的,你究竟咋回事情?"

"我妈是老八路呢,你敢操她你看我爹会不会一枪崩了你。"他说完,像个女人似的泪水涟涟。

连长一听,气得直跳:"老子问你究竟是咋回事情?"

但孙南下只是像个女人似的垂泪,什么话也不说。

"你什么时候想说话了,来跟老子讲。"

他只是挪动了两步,从瞭望孔挪到了旁边两尺见方的窗户旁,依然用泪眼盯视着耀眼的雪山。直到晚上,他都像一根套着军装的木头杆子,没有再动一下。叫他吃晚饭,他也不吃,说自己有肝炎,不能和大家一起吃。

"你多久得的肝炎?"

"刚才。"说完,就起身朝连队走。

连长把他叫住。"你他妈的这么晚了,想喂狼啊?"说完,叫另外两个战士把他硬拖了回来。

第二天中午,大家都在午休,他却拿了乒乓球,对着凸凹不平的墙壁,"啵啵啵"地练习起接发球来。大家忍了半天,终于受不了啦。连长把他叫过来,让他休息。他紧握着球拍说:"我就知道你们在蔑视我。"他不睡,坐在床上发愣。大家怕他再跑,当天晚上都不敢睡觉。一直守着他睡着了说起了梦话才躺下。

闹了好几天,把大家都快弄疯了。最后,连长说:"孙南下同志,你要讲清楚,究竟是我还是哪个战士把你亏待了?我们前哨班就这几个人,你一个人闹情绪,大家的日子就会过得很痛苦,你说你这个样子,叫大家怎么活?"

他把乒乓球用嘴咬烂了,然后扔在地上,用脚使劲踩,直到那个破碎的乒乓球被他踩进了泥土里。大家睡不着,只好爬起来。每个人都很恼怒,恨不得把他当作那颗乒乓球。

其他战士走开后,连长平静下心气,让他坐下,说:"孙南下,你有什么话就告诉我。"

"昨天有人一边执勤一边蔑视我。"

"他怎么蔑视你了?"

"他的眼睛只看望远镜,一眼没有看过我。"

"别人在执勤,要求他必须观察边境的情况,他不可能一边观察,一边看你。"

"我爸妈把我生成了这个样子,还给我取了这么个名字;我的兄弟姐妹经常辱骂我长得像根干豇豆,骂我是条干熏蛇,反正,从我一生下来,所有的人都在蔑视我,我的同学朋友,包括全连的人——特别是那个凌五斗,还有这里的屌风!"他的口气很狠,牙齿咬得格格响。

"名字你自己可以改,你喜欢哪个名字就改成哪个名字;长得瘦可以养胖,这就是我让你一直待在炊事班的原因。你在这里只要不再闹事,回去我就让你当炊事班班长。至于凌五斗,你哪方面都比他强,不要和他计较。你说的这个风,我没有搞明白,它怎么会蔑视你呢?"

"昨天我在外面站着,风把我的帽子吹跑了,我追了好远才追上。这不仅仅是蔑视我了,简直就是在欺负我。"

连长一听,又好气又好笑,便决定用他的思维方式来引导他。"孙南下同志,不行的话,我们从哨楼到你站立的地方挖一条交通壕,你走路时就走交通壕里,这样,风就把你的帽子吹不走了,它也就不能欺负你了。"

"好倒是好,但为了挡风就挖一条交通壕,谁会干那样的傻事?"

"那就拉一道铁丝网,它会把你的帽子挡住。"

"哪有那么多铁丝啊。"

"那你就用手把帽檐扶住,风再敢把你的帽子吹跑了,你来找我。"

"这样还行。"

此后他就整天把帽檐扶着,一直到离开前哨班。

4

从前哨班回来,连长在配备了能干的炊事班副班长后,任命孙南下当了炊事班班长。孙南下担此大任后,很是专权,炊事班的工作从不让副班长插手。

孙南下制造了不少独特菜肴,比如椒盐胡萝卜丝炒白萝卜片、清炖洋葱、醋溜红烧罐头肉、冰冻土豆泥,有一个月时间每天都是这几样菜,吃得官兵大倒胃口。连长也批评了他,他自己也做了自我批评,对菜品做了改进,换成了椒盐白萝卜丝炒胡萝卜片、干蒸大白菜、酱炒红烧罐头肉、凉拌土豆片、清水土豆泥汤。这一吃又是一个月,吃得每个人叫苦不迭,战士们纷纷提意见,要求把孙南下这个炊事班班长给撤掉。但那两个月孙南下的工作热情空前高涨,也没有再到雷场边去排解过自己的苦闷。连长觉得这很好,至于炊事工作方面,改进则可。于是,把官兵的意见给孙南下讲了。孙南下说:"这可以理解,即使是美味佳肴、山珍海味,也不能连续吃。只有那些非常特别的人,才会对某种菜肴独有情衷。比如我老爸,就非常爱吃红烧肉,一天三顿必吃。"他于是开始了改革,把那几样菜品进行了穿插。三个月满,全连官兵不再有什么意见,因为他们已经习惯了。

孙南下的自我感觉很好,自认为是个能够创造性开展工作的新一代军人,他觉得自己如果照此继续努力,是能树为先进立为典型的。他把上级要给自己授予的荣誉称号都想好了,那就是"在世界屋脊上创造性开展工作的新一代革命军人"。他已经很多次畅想过自己誉满全国时的情形了。

但到年底,连队连一个嘉奖也没给他,频频被表扬的却是凌五斗。他觉得这简直是对他的侮辱。他更觉得整个连队都在蔑视他了。他原本要创新一道熟胡萝卜丝凉拌生土豆丝的新菜品,最后也没了兴趣。他又开始往雷场跑了。他坐在雷场边想得最多的事就是要好好抽凌五斗一个嘴巴,以泄心中怨气。

但当他当真抽了凌五斗一巴掌后,不知道为什么,内心不但没有感到欣慰,反而变得沮丧起来。他先是觉得那一巴掌扇的力道不够,动作也不漂亮,然后觉得打这样一个人很是丢人。因为凌五斗没有做任何反抗,而只是笑了笑。这笑让他很受伤,这笑把他的心剜掉了半块。这笑让他骄傲的出身,让他头上父辈给予的荣耀的光环一下消失了。他自卑到了极点。自从那一巴掌抽完以后,他就问平时和他相处得好一点的人:"你说凌五斗这傻逼是不是该抽?"有人说当然该抽,早就该抽了,他就觉得这家伙在糊弄、甚至是在嘲弄他;如果有人说凌五斗这么一个人,你抽他作甚!他就会觉得那人背叛了他,和凌五斗是一伙的。有了这个结论之后,他就沉默了。他觉得这个世界已不属于自己,在他眼里,连天空和雪山都变成了铅灰色的。

5

为了伪装,凌五斗披着白布床单,头上包着白洗脸毛巾,像蛇一样无声地向孙南下靠近。他有时匍匐,有时蛇行,即使踩在雪上,也没有感觉到自己发出了一点声音。他觉得自己好像有一对可以带着他飞翔、却没有一点声音的天使翅膀。

他发誓,一定要把孙南下从死亡的边缘挽救过来。

随着离孙南下的距离越来越近,他也格外小心。

孙南下坐在雷区边,夜晚的寒风比白天的更冷。他像一只寒风里的鹤,任何一股风——哪怕是一小股经过那里时,都会把他吹得晃动一下。他的影子一直在月光和雪光混合而成的惨白的微暗的光芒里来回晃动着。

孙南下虽身为炊事班班长,但还是没有给他添上一点膘。其实在他当炊事班班长这段时间里,在他全新菜品的喂养下,全连官兵都集体变瘦了,所以他也比原来更为细瘦。

凌五斗是从孙南下身后靠近他的,离他只有十余米的距离了。他躺下来,平定了一下呼吸。

孙南下一直面朝着雷场的方向,从背影看,一副凛然赴死的样子。仔细一听,寒风中却传来了他"嘤嘤"的哭泣声。乍一听,像女人在偷偷饮泣;仔细一听,的确像。只是这声音经过零下三十九摄氏度低温的冰冻,有些生硬——还有些颤抖,有些悲切。凌五斗听出来了,他虽然绝望,但还没有到决然求死的地步。但如果有外在因素稍微一推动,比如说有人要去劝他,他为了表明自己真的决绝,也可能不惜往雷场一奔。

连长用望远镜在由雪光和月光混合而成的夜光里,观察着凌五斗和他要救的人。他对凌五斗的动作很满意,不停地舒气。但当凌五斗离孙南下越来越近时,他还是变得紧张起来。他眼前总是出现一幅场景:孙南下突然发现了凌五斗,然后不顾一切地飞奔进雷场,然后只听见"轰"的一声响,那个家伙血肉模糊地倒了下去……

凌五斗已来到了孙南下的身后,也就三米远了,但面前有一道雪坎,他如果要爬上去,必然会发出"簌簌"的声响。他只有绕过去。他发现,这道雪坎一直延伸到了孙南下面前。他决定一直顺着雪坎绕到孙南下前面去。这样他就可以突然从孙南下前面冲出来,猛地抱住他,扑倒他,确保万无一失。

风刮得更大了,有无数的声音在尖声呜咽,风像一把把铁锹,不停地把被风夯实的积雪铲起来,扬到空中。雪沫击打在凌五斗的脸上,针扎一样。"但这是个好时机。"凌五斗快速来到了孙南下面前的雪坎下。他吸了一口寒气,无声地伸展了一下手脚,突然站起来。

孙南下看到一个幽灵似的白人突然出现在面前,先是惊叫了一声,然后像鹳一样站立起来,身子随之往后一仰,倒在了雪地里。几乎就在孙南下倒地的同时,凌五斗飞跃而上,把他扑住。

连长一见,叫了声:"上!"说完就向凌五斗跑去。

凌五斗发现,他身下的猎物一动也没动。虽然如此,但他还是像咬住了猎物脖子的猎豹,死死地抱着他,直到连长赶到,才松开手。

"把他弄到马厩里。"连长想一泄心中的怒火,准备在马厩里好好教训孙南下一顿,然后再让指导员好好地开导开导他,做做他的思想工作。

凌五斗背着孙南下走了一段路,觉到他有些异常。就对连长说:"连长,孙班长既不说话也不动呢。"

"妈的,可能是冻僵了吧。"连长没有在意。

"他平时也没说几句话,像个哑巴一样。"指导员说。

到了马厩,凌五斗把孙南下放在马草上。连长和指导员把手电打开了,带着满腔怒气,一齐朝孙南下的脸照去。不想不照不知道,一照吓一跳。他们发现,孙南下的小脸煞白,眼睛圆睁,嘴巴大张,满脸的惊恐已被定格。

"妈的,怎么回事?"连长拍了拍孙南下的脸,着急地问道。

"是不是高原昏迷?"指导员转过头来问军医。

连长把手放在孙南下的鼻子跟前:"妈的,怎么会没气了?"

"不可能啊!"指导员说着,就去掐孙南下的人中。

连长开始听他的心跳。他没有听到心跳声,他赶紧一边按压他的胸腔,一边叫凌五斗给孙南下做人工呼吸。

凌五斗也不相信眼前的现实,他忙着俯下身子。他的嘴唇除了小时候接触过母亲的嘴唇,再没有接触过别人的嘴唇了。孙南下好多天没有刷牙了,嘴里有一股令人窒息的酸臭味。他第一次知道,一个人的嘴可以臭到这个程度。但为了救命,他没管这些。

"还是我来看看吧。"军医陈德全看了孙南下一眼,就知道没救了。但他还是用手电照了照孙南下的眼睛,把耳朵靠近孙南下的鼻子,聆听他是否还有呼吸,用听诊器听到他已无心跳后,又把了他的脉。——他好像在告诉大家,只有走完这些程序,才能让一个人的死亡显得正式些,庄重些,才能体现他对生命的尊重。

"心脏和脉搏都不跳了。"他宣布。

"他妈的,怎么会?"连长喊叫起来。

"从面部表情看,他显然是因为突然受到惊吓而死的,也就是说他是被吓死的,但这么多年来,天堂湾还没有发现过能把人吓死的东西。"

大家盯了一眼凌五斗。

军医接着说:"但如果要向两位首长汇报,应该说成是高原猝死。从某种角度来说,这个说法也要准确一些。这种状况在高原很常见,连队是不会有责任的。但最好把他的眼睛合上,把他弄到宿舍去躺好,把被子给他盖上——在高原,熟睡中猝死的情况也会发生。然后,你们找个合适的时机在连队宣布一下。不然,连队的责任就大了。"

连长和指导员感激地看了军医一眼。连长转过头,问在场的文书和凌五斗:"你们把军医的话都听明白了?"

"听明白了。"两人齐声回答。

最后,连长还是有些不放心,他问军医:"你检查了,他脖子上有没有被卡过的痕迹?"他看了凌五斗一眼,"因为凌五斗和他前几天发生过矛盾,我担心凌五斗是不是会乘机报复。"

"脖子上没有任何痕迹,在死者身上也没有发现任何被击打过的痕迹。他的确是突然遭受惊吓而死的,这一点可以确认。"

指导员看了一眼凌五斗,"你有这么可怕么? 竟把一个活人吓死了?"

凌五斗心里正难过,检讨道:"我也许应该从后面抱住他,而不该突然在他前面出现。不是说人吓人,吓死人嘛。我披着白床单,包着白毛巾,浑身白飒飒的,突然从他面前冒出来,想一想,是挺吓人的。"

"那也不至于把一个活人吓死啊。大家都知道,这个孙南下受父母的影响,是个百分之百的唯物主义者,连鬼神的影子也不信的。"

凌五斗说:"主要是我出现得太突然了。有些人心中可能没有神,但不一定没有鬼。孙南下的死是跟我有关系的,我愿意承担全部责任。"

"你闭嘴吧!"连长呵斥完,强调说,"现在,大家要明白,为了连队的荣誉,我们要统一说法:孙南下是今天晚上躺在自己的床上死掉的。明早起床后,凌五斗发现孙南下死了,让宿舍里的人知道这个事后,就赶紧来向我报告。现在,你先演练一下。"

凌五斗咽了一口唾沫,装出一副紧张的样子:"连长,孙南下出事了。"连长问,"怎么了?""我们都起床了,我看到他还躺着,就去推他,他不动;我以为他还想眯一会儿,没有管他,就去厕所了,回来看见他还躺着,就让李国昌再叫他。我拿了洗漱的东西,往洗漱间走。这时,李国昌在我身后喊叫,凌班长凌班长,孙南下死了。我一听,扔掉手里的东西,跑过去一看,发现他真的死了。"

"好,报告得很好!明天见了我和首长都要这样说。"

凌五斗点了点头。

"大家回去休息吧。"指导员已经放心,语调和气地对大家说。

6

凌五斗把孙南下放到他的床上,没有一个人被惊醒。他安静地躺在自己的被窝里。他侧身躺卧着,头侧枕在自己的右手掌里,左手放在自己的髋骨上。荆条似的手指有些苍白。他的身体还没有僵硬。他没有瞑目,也没有合嘴——把他的眼皮合上,又睁开了;把他的上下颚抵到一起,又张开了。

屋子里的月光和雪光混杂着,凌五斗侧身面对孙南下躺下,他一睁眼,就看见他惊恐的表情。看上去,凌五斗好像不是人,而是令孙南下感到十分惊恐的妖魔鬼怪。凌五斗瞥了他一眼,看到他的眼球反射着这种混杂的微光,他黑洞洞的嘴巴像刚吞下人世间所有的恐惧。他转过身去。但他还是害怕。他觉得孙南下坐了起来,然后下床,来到他的床前,张着嘴,表情惊恐地看着他;这使他浑身都笼罩在他惊恐的目光里。他改为仰躺,但稍不注意,他眼角的余光还是能看见他。他改为俯卧,但他只要看不见他,就觉得他站到了自己的床前,他的脊背一阵阵发凉。他辗转反侧,在床上折腾了大半夜,每次刚要迷迷糊糊睡着,又梦魇了。梦魇中的情景如同现实般真切,但这种现实却被恐惧填满。每次都是这样:孙南下像蛇一样站起来,身影像挂在树枝上的蛇皮一样飘忽,面目浑浊,似是而非,圆睁的眼睛发绿,像罩着好几层薄雾。嘴巴因为深黑而显得格外分明。他飘到他床前,冒着地狱般阴冷的寒气。他的头顶着屋顶,他的目光从上到下看着他,笼罩他,眼睛里混杂着无奈、哀伤、冷漠、恐惧和仇恨。然后,他骑在他的胸口上,用竹枝一样细瘦、锋利的左手卡住他的脖子,用和左手一样的右手不停地抽打他。他很分明地感觉到了自己的害怕,感觉到了自己的挣扎、喊叫、反抗,但每次醒来,都发现自己浑身大汗,躺在床上,根本没有动弹。

凌五斗的脑袋里像填满了被地雷炸过的泥土、碎石、一只人的脚后跟和一颗还没有被引爆的地雷,很沉,很满,随时还要再爆炸一次。他去撒了尿,在清晨的寒意中摇晃了几下脑袋,他听见里面的碎石和地雷碰撞时"咔咔"直响。他不敢再晃荡了。

当他最后一次从梦魇中挣扎出来,已有一丝朝霞抹在了天堂雪峰的峰顶上。终于从魔域逃出,他出了一口长气,感到放心了。他看了一眼孙南下,他安静地躺着,并不令人害怕。

两位首长也起床了,裹着皮大衣,一起去撒尿。在厕所门口,凌五斗机械地向他们敬了军礼,大声问候了首长好。往宿舍走的时候,碰到连长也要去撒尿。连长一副斗志昂扬的样子,他对凌五斗干咳了一声。凌五斗会意地点了点头。

他按昨天晚上预演的做了。只是有一点出入。就是他从厕所

雷 场

回到宿舍时,已有人发现孙南下不对头了,大家正围在他床前。他上前,像军医那样拭了拭孙南下的鼻息、呼吸、听了听心跳,然后说,"这家伙出麻烦了,可能是高原猝死。"说完这句话,就跑出去找连长。连长还在厕所里,刚把尿撒完。两位首长还蹲在那里拉屎。他在连长跟前站定,急匆匆地大声报告:"连长,孙南下好像不行了?"

"怎么了?感冒了?"连长一边提裤子,一边明知故问。

"我刚才回到宿舍,一班的战士伍国庆发现他不行了,我一看,好像真的没有呼吸了。"

"不可能,他昨晚睡觉时还好好的呢。"连长说。

参谋长说:"在这里,没有什么不可能的,赶紧让军医去看看!"

团长急匆匆地揩着屁股:"妈的,不会是高原猝死吧!"说完,提起裤子,跟着连长往宿舍跑。

军医已经在场了。正在用他明晃晃的听诊器听孙南下的心跳。他对团长和紧跟着团长赶过来的参谋长说,"首长,一点挽救的余地也没有了……"

参谋长脸上的肌肉凝结着,他摸了摸孙南下的手,"妈的,都凉了,都死硬毯了。"

"根据推断,他的呼吸最迟应该是昨夜一点左右停止的。"军医用很权威的口气说。

"他这身板,能在天堂湾撑这么久,也该是个奇迹了。"参谋长长叹了一口气,接着说,"唉,这怎么跟老首长交代呢?"

"今天上午本来要宣布他的提干命令的,很遗憾啊,他无缘知道了。"团长用很无奈的口气说,"连队整理一下他的遗物,把情况马上上报。"

"首长,孙南下同志的死因……怎么说?"指导员满脸是泪,用悲痛的声音请示团长。

"军医不是说了吗? 高原猝死。"团长看着他,点了一下他的额头,"你看你这个样子,哪像个连队主官? 要在战争年代,一仗下来,尸横遍野,你还不得哭死!"

"可是……首长……"

"我在这个团呆了十一年了,这高原哪年不搞死我几个战士? 把你的猫尿擦了,不要哭兮兮的,像个婆娘样!"

"是,首长!"指导员掩着脸,把眼泪擦干了。

2015 年 1 月,北教场

最高处的雪原

1

自去年九月中旬以来,风雪就没有停止过。连天空里的一切都被冻住了,高原寂静得连一声叹息也没有。它在暴风雪带来的惊惧中,艰难地度着一段又一段荒凉之极的时光,不敢奢望一丝暖意的来临,因为它知道,这严寒会一直延续到六月初。

大风没日没夜地吼叫,终于觉得无聊,便把地上的积雪如剥皮一样大块大块地揭起来,扔到另一个地方。再掀到半空,在空中把它撕碎,让它飘散得四处都是。最后,它们像是找到了施展淫威的对象,把四处的雪推涌着,堆积在边防连驻扎的高地下,要把这个身处雪山孤岛的连队逼到更深的绝望之中。

半夜里,忽听到"嗞嘎嘎"一声响,大风把马棚掀掉了,11匹军马受惊后,向着黑夜中的雪原狂奔而去。

负责饲养战马的阿廷芳掀掉盖在身上的羊皮大衣,飞跑到马厩门口,但他已看不见马的踪影,连马蹄声也被风声吞没了。他披着一身风雪到了连部,向连长报告后,便要出去找马。

"这样大的风雪,你现在出去,无疑是送死。"连长让他等到天亮后再说。

"可那是连里的军马。"

"这个我知道……你要小心一点。"连长拍了一下他的肩膀,把几把炒玉米装进了他的衣袋里,对他说:"你一定要注意安全,早点回来。"

阿廷芳拉出那匹供自己放牧时骑乘的、因拴在拴马桩上而没跑掉的雪青马，向茫茫雪原走去。

无边无际的白色，单调而冷漠的风暴，构成地狱一样的死亡地带，谁也休想走出去，谁也难以摆脱它。

峥嵘的山势因为积雪的包裹，显得柔和了一些，但看不到任何生命的痕迹。"这样的高原，已很久没有人，也没有任何动物了。"河谷里的雪已过了膝盖，它们如同陷阱，在阴险地等待着他。他尽量沿着山坡行进。

他现在已不知道离自己的家乡有多远了。前面是冈底斯和喜马拉雅，背后是昆仑、喀喇昆仑。它们巨大的峰峦，凶险的隘口，高耸于苍穹之上的身姿，使它自沧海桑田时就隔绝于人世。

在这个星球上，大概很少有一个地区像锁闭的世界屋脊那样引起人们的种种猜想。作为世界的秘密心脏，千百年来，人们只能在流传广远的神话传说中去体会他的幽秘。这始终是旅行家和探险家梦寐以求的地方，但阿廷芳作为一名士兵，却必须常年驻守在这里。

2

一人、一马，在齐腰深的雪地里蠕动着，那么醒目、孤零、渺小，像茫茫宇宙间的两星尘土。他没有感觉自己已在雪原中跋涉了两天。

铅色的长天、冷漠的雪山、沉默的冰峰和无边的荒原组合成了一个大寂大静的世界,它好像刚刚临世,还没有第一次呼吸。

因此,阿廷芳踩进积雪里的脚步声显得十分刺耳,格外分明。它是天地间唯一的、像是从末日里残留下来的声音。

他的胡茬、眉毛和皮帽子上都结上了白白的冰碴,他要不时用手抹去它们,以使自己好受一些。

感觉不到时光在流动。阿廷芳和马都沉默着,任何一点声响都会把人吓一跳。他有些绝望。他感到要在这样的雪原上寻找跑散的马匹,犹如大海捞针。

雪青马只剩下一副骨架,很久以来,阿廷芳牵着它就不是为了骑它,而只是让它陪伴自己。两个虚弱的生命显得微不足道,尘埃一样轻微。

阿廷芳不知道自己走了多久,也不知道自己走了多少路。自清晨出发以来,就是那种晦暗的天光,现在仍然是。它一直压在他的头上,使他感到了一种可怕的眩晕,他渴望倒下去,长睡不醒。但他马上明白,这是一个十分危险的想法,是对大自然的蔑视——让大自然轻易地证实了生命的有限。他想驱走绝望的阴影,想赶走那无边的恐惧,但二者牢牢地攫住了他的心。

这时,他看到了前面雪地里的一点红色像火苗一样跳动着。他急切地想跑过去,却一头栽倒了。他趴在积雪里,喘了半天气,才扶着马站起来。他小心地走过去,跪在雪地里,用手扒起雪来。

那是一绺枣红色的马鬃。

一匹枣红马的尸体露了出来。它是连队的军马。它的头向前伸着,像要挣扎着爬起来;又像一个溺水的人,要努力把头伸出水面,但白色的雪原如海一般,最终无情地淹没了它。

阿廷芳看着军马,待了半天,拔出短刀,按照骑兵的习惯,割下一绺马鬃,放进怀里,然后踉跄着站起来,向战马行了一个军礼后,转身离开。

他感觉天地更加广阔无垠,白色更加深广,永难看到希望。只有死亡无处不在,任何一个时刻,任何一个角落都能触摸到。它如此轻易地闯进了他的怀里,让自己的生命不得不去承受。

训练有素的战马,无论是被敌人射杀,还是老死或病死征途,倒下时都会把头朝着前进的方向,为骑手留下路标。阿廷芳想沿着枣红马指引的方向寻找下去,但他已迈不开脚步。他掏出一把牛肉干,放进嘴里,但他感到自己连咀嚼的力气也没有了。他只想呕吐,最后不得不把肉干吐出来,抓起一团雪,咽进肚子。他吃了几把雪后,感到自己有了一点力气,才又把肉干放进嘴里。

虽然这白昼看上去漫长无际,但黑夜终会到来。他要在黑夜里睡一会儿,积攒一点力气后再说。他牵着马来到一个背风的低洼处,让雪青马卧倒,自己把捆在马鞍上的皮大衣裹上,紧挨着雪青马躺了下去。

阿廷芳想尽快入睡,可怎么也睡不着。身体疲惫不堪,意识却格外清晰,天地间一点轻微的响动都听得格外分明。他觉得自己卧在一团云彩上,天籁之音萦绕在他的周围,让他陶醉。他不由得微笑起来,像身处仙境一样幸福和满足。要是没有囫囵吞下的牛肉干在他胃里翻腾,他会一直陶醉在那种美好的感觉之中,但现在他要努力做到的,却是设法使自己好不容易咽进肚子里的牛肉干不呕吐出来。他大口地咽着冰雪,整个口腔都麻木了,但无济于事。胃痉挛着,扯得他的五脏六腑一阵阵疼痛。然后,胃里的一切,全部倒了出来。

他绝望地哀叹了一声。

良久,他像突然记起了什么似的,把手伸进衣兜里,摸出一粒炒玉米,先放在嘴边,又放到鼻子前闻了闻,玉米的香气直入他的心脾。他张开嘴,却又忍住了。

他又摸出几粒,放在掌心,他从那玉米的香气和金黄的色泽中感到了世界的富足和完美。

可怜的雪青马病人似的喘息着,一天下来,除了啃些冰雪,什么也没有吃。闻到玉米的香味,雪青马的身体竟剧烈地颤抖起来。它小心翼翼地把它们卷进嘴里。

3

第三天,阿廷芳找到了三匹倒毙的战马。

第四天,他怀里已揣了五绺马鬃。

他感到这五绺马鬃是五位兄弟留给他的几件遗物,沉重得难以负担。

他本可以返回连队的,但他没有那么做。他顺着死马指引的方向继续寻找马群,他坚信失踪的、幸存的马群就在前方。他不想承认自己已经迷了路。

那天,他眼前老出现幻觉,要么是幻化后的七色光环;要么是飞速旋转着的马群——那些死亡的马和走失的马从一尘不染的雪谷间风一样掠过,五彩的马群欢乐地嘶鸣着,蹄声得得,不绝于耳。这时,他会兴奋得驻足停步。但每当他停下步子,眼前的一切就消失了,只剩下了寒冷刺骨的冰雪世界。

他一到边防连,雪青马就跟定了他。它来自伊犁,刚跟定他时,才两岁,显得神采斐然,浑身透着骏马良骥的风骨,没想来到高原仅数月时间,就已显得衰老无力,像一匹垂死的老马。

阿廷芳回头看了一眼雪青马,雪青马也看着他。他把手伸进口袋,搜寻着可能藏在口袋缝里的玉米粒子。

他终于摸到了三粒。仅有的三粒。他的手伸出口袋时,在无意识中紧紧地攥紧了它们,好像一不小心,它们就会从他手中挣脱溜掉。他小心地摊开手掌,那三点金黄随即在他眼前幻化出无边无际的金色,那是金秋里田野的颜色……

他那么入神地,长久地看着它们,好像整个世界就只剩下了那三粒玉米。

是的,对于他来说,这的确是最后三粒玉米了。

阿廷芳取出一粒来,放进口袋里,把另外两粒在手中握了握。他听见自己和马的肚子几乎同时发出了那种骇人的轰鸣声。他咽了两口唾沫,伸开手掌,把两粒玉米递到马嘴跟前。

雪青马望了望主人手中的玉米粒,翕动几下鼻子,闻了闻,偏过头去。

"吃吧,伙计。"阿廷芳鼻子一酸,掉下两行泪来,泪落在皮大衣上,马上结成了冰珠儿。"伙计,你该吃了它,吃了,也许能陪我多走一段路。"他声音哽咽。

雪青马抬头看他,他拍了拍马的脖子。马把头靠过来,用它的脸挨着他的脸。

马似乎理解了他的话。

阿廷芳再也控制不住自己的情感,抱住马脖子痛哭起来。最后,他抽泣着,再次把那两粒玉米递到了马的嘴边。

那两粒玉米在手里握得久了,被手上的汗和温度浸润过,在白亮的天光里,显现出一种特殊的金色。它们靠在一起,像两件至美的绝世珍宝。

雪青马又抬头望了望主人,迟缓地张开嘴,用舌头慢慢卷进那两粒玉米。

阿廷芳像得了安慰似的,破啼笑了。

4

阿廷芳从小就梦想当一名骑兵。他记得入伍时,白发苍苍的奶奶问他:"你是去当骑兵吗?"

阿廷芳说:"要到了队伍里才知道。"

"我们蒙古人可是天生的好骑手。"奶奶说完,把家中那匹别人要用三十七匹肥羊交换的黑马牵过来,"你把这匹骏马带上,骑着它,保你纵横疆场,成为像江格尔那样的英雄。"

"我还不知道自己能不能成为一名骑兵呢,如果我成了一名骑兵,部队会给我配战马的。"阿廷芳握着奶奶筋骨毕露、辛劳一生的手说。

老奶奶哀叹一声:"好骑手会越来越少的,好骑手会越来越少的。"她预言似的说完,竟然老泪纵横。

"奶奶,不要伤心,我如果能成为一名骑兵,我一定像我们的英雄江格尔那样。"阿廷芳安慰着奶奶。

没想他到的这个边防连真要骑马巡逻,兴奋得他好几天没有睡着。他觉得一个人只要一心去做一个梦,那梦迟早会变成现实。他写了一封信,把这个消息告诉了奶奶。奶奶非常高兴,找人回信说如果他需要大黑马,她可以从塔尔巴哈台亲自给他送去。老奶奶已年届八十,又在北疆的边陲;而阿廷芳则在南疆的边境,山脉横隔,相距五六千里路。他就回信说,部队有马,连队给他配了一批雪青马,黑马就留在家里陪奶奶吧。

现在,他不知道自己能否从高原上走下去。如果说永恒的大自然有许多办法使人类认识人生有限的话,这里无疑更加明显。海拔五千多米的高度随时可以致人于死地。即使是铁坯一样的汉子,也会在不知不觉中被高原锈蚀。

想到这些,他对死亡、对神灵、对宇宙的恐惧再次萌生,这使他不由得靠紧了身边的战马,似乎想从它那里获得力量。

马低垂着眼睑,好像在为自己吃了那两粒玉米而愧疚。

心怀愧疚的马对生命一定充满信心,阿廷芳感到放心了。

"这本来是你们的饲料,它本该是你们吃的。"阿廷芳对雪青马说。

这个冬天来得特别突然,冬天的给养还没有拉上来,冰雪就把连队变成了雪海孤岛。到了四月,连队只能以马料充饥了,到现在,即使马料也快吃完了。

因为雪青马不吃羊肉干,连长给他的炒玉米他全喂了它。

在这让人恐惧的、空寂的天地之间,任何生命都是平等的,都相互需要,都需要从对方汲取勇气和信心。

5

第五天中午,阿廷芳终于在一条山沟里找到了幸存的六匹军马。他激动地在心里说:"可把你们找到了……"当时,他已累得连马都骑不住了。他的身体已虚弱得承载不了任何一点失望,甚至一点兴奋、希望和幸福了。天地突然旋转起来,他轻轻地叹息了一声,从马上栽下来,飘在雪地里,失去了知觉。也就在这里,雪青马的前腿也猛地跪下,然后倒在了他的身边。

不知过了多久,他的手感到了一点温热。他恍惚回到了温暖的营房里,正烤着暖烘烘的煤炭火。待他慢慢睁开眼睛,才发现是雪青马在用舌头舔他的手,它在用生命残存的一点热度,温暖着他,使他那只裸露在零下四十多度气温中的手没有冻坏。

眼泪无声地从他脸上滑落。

他挣扎了半天,终于站立起来。但当他去拉雪青马时,雪青马已站不起来了,它用无神的眼睛最后看了主人一眼,把头埋进了积雪里。

"你……终于……先走了……"阿廷芳喃喃地、哆嗦着说。

他慢慢地跪了下去,抚摸着雪青马冰凉的身体,然后站起来,割下一绺马鬃,放进自己怀里。他虽然已没有多少力气,但还是用冰雪掩埋了雪青马的尸体。他把那粒玉米从衣袋里摸出来,放在雪青马的坟冢上。

作为祭品,它应是最丰厚的了。

阿廷芳把剩下的几匹马赶到一起。他心中充满了忧虑,不知道自己能否把它们赶回去。他已感知了自己生命的脆弱。他挖了一个雪窝子,裹好羊皮,蜷缩进去。他尽可能多地咽些肉干,积蓄些力气。

冰雪和肉干嚼得他满嘴是血,但他还是尽力吞咽着。然后,他爬上一匹最健壮的马,赶着马匹往回走。

马群识途,他们帮他找到了返回连队的路。他赶着马群走了两天后,再也支持不住,从马背上掉了下来。他悲哀地想:"我完了,唉,这回是真的……完了……我连马都骑不住了……"

好在离驻地已经不远。他想重新爬到马背上去,但他连续爬了五次都失败了。他躺在雪地里,把那匹马的缰绳拴在自己腰上,以防自己再也抓不住它。然后,他贪婪地啃食起地上的冰雪来。只有冰雪能够充饥,能给他一点力气了。他的脸早已麻木,嘴不停地往外渗血,但他还在啃食着……

最后,他扶着马硬撑起身子,爬到了马背上。他觉得自己搭在马背上的身子如一条空空的袋子,灵魂、血肉全都漏光了。

雪山缓缓地移动着,最高处的雪原仍然那么广阔。

他在心里说:"奶奶,我……很快……就要……回来了……快让那匹黑马……来……来接我……"

他的一只手死死地抓着马缰,另一只手却摊开了,那只手努力地想抓住什么,但除了零下四十多摄氏度的严寒,他什么也没有抓住。

1998年6月,塔什库尔干

快枪手黑胡子

1

由于当时那个叫快枪手黑胡子的土匪还没有被捉住,所以前往索狼荒原的路上杀机四伏。政治处的姜干事和警卫连的十多个战士全副武装,紧张地注意着公路两边的动静。驾驶室顶上架着一挺机枪,机枪手的食指一直扣着扳机。

他们是护送女兵柳岚到索狼荒原去的。柳岚和姜干事坐在驾驶室里。她看姜干事一直握着那把卡宾枪,忍不住问道:"姜干事,快枪手黑胡子是个什么样的人?"

姜干事说:"没有人见过他,只听说他骨子里有白俄的血,骑快马,使双枪,枪使得出神入化,他和他的近百人马在南天山一带的绿洲靠劫掠为生,已经有十三年了。"

"那为什么不给我一支枪?"

姜干事笑了:"有我们这些男人,哪用得着你使枪。"

姜干事不太爱说话,除非一定要让他说。他坐在她身边,像一尊雕像。但不知为什么,柳岚一见他,就喜欢亲近他。所以,快枪手黑胡子留在那条路上的恐怖感虽然和他们如影随形,但她一点也不害怕。她看着他腰上那把手枪,说,"黑胡子来了,你把你的手枪给我使。"

姜干事笑着答应了。

他们颠簸了九个多小时后,终于靠近了那个叫三棵胡杨的地方。这里沙丘连绵,柳岚很注意地用目光搜寻,但她只看到了两棵胡杨树。有棵胡杨比较年轻,枝繁叶茂;另一棵已快枯死,但有一根枝桠上仍然顽强地撑着伞大的一片绿色。

姜干事对她说:"快到快枪手黑胡子的老窝了。"他说完,把头伸出驾驶室,对车厢上的战士喊道,"大家做好准备,保持警惕!"

他重新坐回到驾驶室后,尘土也乘机扑了进来。他把卡宾枪的子弹推上了膛。

"你真会打仗?"柳岚惊讶地问道。

"不会打仗部队要我干什么?"

"我以为你带着枪只是给自己壮胆儿的。"

那个外号叫"刀疤"的驾驶员接过话头,用炫耀的口气对柳岚说,"你不知道,姜干事当干事之前,在七一七团侦察连干过排长、副连长,他当排长的时候,曾带着他那个排端掉过敌第九旅的指挥部。"

听了刀疤的话,柳岚看姜干事的眼神就不一样了。

那辆破烂的"道奇"牌汽车下了公路,顺着一条模糊的车辙,向金色的大漠开去。车子更加颠簸。柳岚不时撞到姜干事的身上。她想坐稳一些,但根本做不到。每撞一下,她都觉得很不好意思,都要抱歉地对他一笑。

突然,一溜烟尘从远处升腾起来,抹在了蔚蓝色的天幕上。

刀疤说:"那不会是快枪手黑胡子的人马吧?"

"不会。"

"你怎么能看出来?"柳岚好奇地问。

"那片烟尘腾起的速度不快,没有杀气,所以不会是。"

"你竟然能看到烟尘中有没有杀气?"柳岚吃惊极了。

姜干事谦虚地笑了笑。

"听说这帮土匪已经顺着天山、昆仑山逃亡到克什米尔去了。"刀疤说。

"但前几天那家伙还在这里劫了我们往喀什运送粮食的车队!"

柳岚问:"难道我们就剿不了他?"

"这一带沙丘延绵,又靠近天山峡谷,整个就是一个迷宫,那家伙快枪快马,熟悉地形,七一六团派部队来围剿了好几次,他都溜掉了……"

"那是谁?"柳岚突然看到远处的沙丘上立着一个穿着黑衣、骑着白马的人。她看到他的时候,他正抬起自己的双臂。

姜干事还没来得及回答她,就听到了两声枪响。

随着两声枪响,姜干事已跳出驾驶室。车上的战士也都跳了下去。

汽车发出两声刺耳的嘶叫,冲到一个沙堆后面,不动了。驾驶员说:"妈的,是快枪手黑胡子!"

柳岚再望那个沙丘,沙丘上什么也没有了,只留下了一溜黄色的烟尘。她看着那溜烟尘,似乎真的看出了一股杀气。

姜干事有些沮丧地回到驾驶室里,说:"那家伙的确是快!"

"我们为什么没有开枪?"柳岚问道。

"我们的枪还没来得及瞄准,那家伙已跑到沙丘下面去了。"

刀疤下了车,看了看车轮胎,回到驾驶室,心有余悸地说,"这家伙打爆了汽车的前轮胎,看来,他只是来和我们打个招呼的,他的枪要是对准我们,我们今天肯定有两个人活不成。"

柳岚不禁打了个寒颤。她看到那溜土黄色的烟尘已经飘散开了,远处的天幕上只留下了一片浅淡的痕迹。

2

　　索狼荒原原本是平静的,现在可好,一听说要来女人,整个荒原就变成了一匹发情的种马,骚动起来了。大家虽然还说粗话,但已有些顾忌;有些人已开始刷牙,开始剃胡须,开始对着能照人影子的地方照自己了。

　　大功营营长王得胜那年30岁,在当时,这个年龄就算老光棍了。他还没有醒事的时候,就到队伍里讨饭吃。到了队伍里,就是行军打仗打仗行军,连个囫囵觉也很少睡过,根本没有心思想女人。过去经过打仗的地方,碰到中看的女人,大家闲下来的时候,也会在嘴里吧唧几句。但说过那话,说起那姑娘的家伙可能就在下一场战斗中牺牲了,所以他说的话、见过的姑娘也就扔在了那里,没人再想提起。

　　仗打完了,这个话题就被大伙说得多了。他对男女之事才醒悟了一些,就觉得自己该有个女人了。没想来到新疆后,一头扎进了石头都长那活儿的索狼荒原。他就想,女人和他们这帮光棍肯定绝缘了,他戏称自己是光棍营营长。

　　为了去接这个女兵,王得胜骑着马,一大早就出发了,他从索狼荒原的腹地出发,要穿过一片九十多里路的沙漠去三棵胡杨。那时候,汽车只能开到那里。为了防止流匪快枪手黑胡子的袭击,他不得不带着二十多位弟兄们跟着他一起吃苦。

　　他觉得快枪手黑胡子就在他的周围出没。那家伙显然是想调戏调戏他。他一直想找个机会把那家伙给干掉,想和他比试一下谁的枪更快。但黑胡子像一股携带着马汗味的漠风,来去无踪。即使他偶尔在沙漠里留下了蛛丝马迹,但转眼间就被流沙抹得一干二净。

他远远地看见那帮兵蹲在沙包下,袖着手,抱着枪,沉默得像石头。

那些兵看到他们,都站了起来,向他们喊叫。柳岚也跟着姜干事跳下车来。王营长看到姜干事还是那副秀才样子,他和那个女兵站在汽车的背风处,正和她说着什么。他知道,这些娘们儿都喜欢那些干事,他们读过书,能写会画,一张嘴能把活玩意儿说死,死玩意儿说活。她们嫌他们这些营连军官粗糙,除了会打仗,就只会说脏话,他在这种时候,总会骂上一句,"妈的,老子就是为打仗活着的,不会打仗算个屌!"

柳岚没想到这里的风会如此坚硬,它刮过来时带着钢铁的鸣响,像铁棍一样敲打在她娇柔的身上。她感觉自己一从车上跳下来,风就想把她刮走,她的脚一挨地,风就把她刮得往前飞跑了好远,她感觉自己像一只风筝,要被刮到天上去。她把脚使劲往地上扎,同时把身子弓起来,才站住了,但她的脚还是有些发飘,她像一棵漂在水里的植物一样晃荡着。

王营长走近后,柳岚才发现他左边的袖管是空的,但作为独臂的他从马上跳下来时,却能像铁桩一样稳当地站住。有几个战士看她一走路就飘动的样子,咧着大嘴"嘎嘎嘎"地笑了起来,但笑声一出口,就被风像用袖子抹去嘴上的油星子一样抹掉了。

两边的战士都认识,免不了一番推搡拥抱,原来还会叫骂的,可能因为有女兵在场,大家都变得文明起来了。

年轻的女兵柳岚有些兴奋,她被风刮得在风里打了一个旋,觉得好玩极了,就笑了起来。她的笑声那么动听,那帮男兵根本不知道该怎么来形容。那些开始还袖着手,咧着大嘴"嘎嘎"笑着的士兵,听到她的笑声,内心深处的某种东西像突然被触动了,他们的笑声戛然而止,眼睛突然有些潮湿。

"怎么啦?都他妈的在死人堆里白爬了?眼睛里进沙子了?"王营长看着他的士兵,大声武气地对他们吼叫道。

那几个士兵不想惹他,背过身去,抬起污脏的袖子,擦了擦眼睛,望着空阔低沉的天空。

王营长看清了她。她长得很是中看,看上去年龄很小,像柳树条子一样柔弱。虽然被一路的风尘吹刮着,但还是很白净。他觉得自己看到她后,心里很是欢喜。

姜干事过来给王营长正儿八经地敬了个军礼。两人表面上都很客气,但姜干事嫌他粗莽,他嫌姜干事文吊吊的,一副娘们儿样。两人骨子里都相互瞧不起,但姜干事毕竟为送这个女兵走了这么远的路,王营长就假装客气地说:"姜大干事辛苦了!

"哪有王营长在这塔克拉玛干大沙漠腹地战天斗地辛苦啊!"他说完,指着王得胜,对那女兵说,"这就是我团战功赫赫的大功营营长王得胜同志!"然后接着说,"王营长,这就是分到您营的女兵柳岚同志。"

柳岚闻到他身上有一股老公羊的气味,忍不住屏住了呼吸。然后,她看到了他那身打着补丁的军装,补丁补得很稀拉,用了各种各样的布片,膝盖处用的竟是帐篷布,一重叠一重的,使他的衣服看上去厚得像一套棉衣。她看了他一眼,她有些怕他。她看清了他的脸。他的脸很黑,很粗糙,像一块生铁;她看到他的右脸上有一道紫红色的伤疤,微微有些发亮(后来柳岚知道,那个伤疤是1938年在三井镇围阡日军千田大队拼刺刀时留下的,那一刀如果稍偏一点,他就成了烈士;他的左臂则是1943年在林南战役中丢掉的),加之他胡子拉碴,柳岚觉得这家伙就是那个快枪手黑胡子,但她还是给王营长敬了个好看、但不很标准的军礼。

他很标准地用独臂给她还了个军礼,说:"哈哈,还真姓柳啊,难怪长得跟柳条儿似的。什么战功赫赫啊,你别听他瞎吹。"

柳岚听到他的声音,下意识地往姜干事背后躲了躲。王营长心里很不是滋味,他狠狠地盯了她一眼——这个刚从战场的血火里冲出来的男人,眼睛里还残留着一股杀气,他的眼光锋利得像一把带着血迹的刺刀。他问她:"我的样子是不是把你吓住了?"

她点点头。

"他们都叫我王阎罗,不吓人就不会有这个外号,你多看几眼就顺眼了。"

姜干事转身向道奇车走去,柳岚像个小孤女似的跟着他走了几步,很无助地说:"姜干事,你们这就走啊……"

姜干事说:"车胎还没有补好呢,哪里走得了?"

她像是有了依靠,又变得高兴起来了。

3

这一路走下来,柳岚觉得嘴里都是泥沙。她冲着那帮男人喊了一声,"给我水!"她刚一张嘴,一股风又把一团沙土塞进了她嘴里。她赶紧背过身去,蹲在地上,"吭吭"地咳起来。她咳了半天,觉得嘴里还是涩得很。

王营长回转身,走到她跟前,习惯性地咬了咬右侧的牙根,好像他被刺刀刺中时的疼痛还撕扯着他的神经。他把自己的水壶递给了她。

柳岚闻到了他身上的气味,强忍着,站起来,小心地接过他的水壶,有些迟疑地旋开壶盖,闻了闻——那水的味道的确不敢恭维,但她还是强忍着喝了一口,漱了漱口,然后吐了出来。正要喝第二口,那人已把水壶抢了过去,对她大声喊叫道:"这不是在你的老家,水多得成灾。记住,以后所有喝到嘴里的水,即使是马尿、人尿,都要吞到肚子里去,不然就不要喝!"

柳岚站起来,想解释几句,她说:"我吐的都是泥沙……"

"泥沙怎么啦?我们五脏六腑填的都是泥沙,我们的血管里流动的都是泥浆!"他那只空袖管被风一会儿刮到胸前,一会儿又刮到背后。他说完,转身就走,他的每一步都很有力。风把他的空袖管刮起来,直直地指向前方,好像在给所有的人指路。

她站在那里,嘀咕了一句:"哼,不就是一口水吗?"

一个绰号叫"三指"的士兵用充满自豪的口气告诉她,"我们营长就这样。"

"有什么了不起的!"她不屑地说。

严格地讲,"三指"应该叫做"三趾",因为他被弹片剁掉的是脚趾而不是手指,但大家故意这么叫,他也没有办法。他笑着对柳岚说:"你不知道,沙漠里水就是命,所以我们营长才那么凶。"

突然,远处传来了一种令人心惊胆战的声音,像有一百万头雄狮在吼叫。天空猛地变得昏暗了。

"跟我走!"不知道他是多久回过身来的。风把他的那只空袖子递过来,柳岚想抓住它。他却用另一只手抓住了她的手。他的手很大,像一把铁耙;很硬,像一柄铁钳;很粗糙,像胡杨枝桠。她的手在他的手心里像一朵鲜花。她跟着他,这么大的风,他的头虽然向前钻着,背却依然挺得很直,他那只空袖管不时拍打一下女兵的脸,像在抚摸,又像是在扇她的耳光。她看见他留在荒原上的脚印比她的深得多。她在心里想,这个人如果立在一个有水的地方,比如说她的老家湖南,他很快就会长成一棵枝繁叶茂的大树。

他拉着她,风再也吹不跑她,但好像更容易把她吹起来,她感觉自己就像他拿在手上的一套军装。她跟着他学,想把脚踩得稳实一些,但她做不到。她只有紧紧抓住他的手,他的手把她的手割疼了。

他把柳岚塞进驾驶室。不知道他本来就是这样,还是因为风把他脸上的表情凝固了,他紫黑色的脸膛像冰山一样难以接近。

她想说些什么,但他已"哐"地关上了车门。

她发现姜干事也坐在车上。她从已被风沙打磨得模糊的汽车后视镜里看到,他的几名老兵咧着嘴看着他,坏笑着,有两个老兵油子还捶了他一拳。然后他们蹲到了车的一侧,背对着那传来让人心惊胆战的声音的方向,袖着手,望着黄褐色的天空,好像望到了一个迷人的天堂。这一帮家伙像兄弟一样,那些刚刚过去的战斗岁月已使他们血脉相通,即使是一千个人,一万个人,身体里流动的也都是一个人的血。她和姜干事坐在驾驶室里,感觉有些孤单。

穹隆形的天空在黄昏里显得很低,似乎伸手就可以触摸到。由于天空中积满了漠风扬起的沙尘,荒原的边沿与天空的边际一片混沌,天空和荒原是一色的,天空好像不是空的,而是悬着的另一个荒原。

那种吼叫声越来越近。大地开始颤动,道奇车摇晃着,车里发出了"丁丁哐哐"的响声,沙尘像水一样从驾驶室的缝隙中流泻进来。

那两棵孤独的胡杨被风一直按倒在荒原上,被风强暴着,偶尔挣扎着站起来,但很快又被按倒了;那些白色的闪光的碎片是死亡的牲畜的骨架,他们的灵魂不知被大风带到了什么地方;往西边铺陈开去的戈壁石被数十万年的阳光和风打磨得乌黑,像墨玉一样光滑润泽。但这一切很快就看不见了。

王营长带着一把步枪,伏在最高的沙丘上,用那只独臂抱着自己的头。

"他要干什么?"柳岚不解地问姜干事。

"他在等待快枪手黑胡子。"

"这样的沙暴,那个土匪还会来吗?"

"你知道冲浪吗?"

柳岚点点头:"在书里看到过。"

"这就像冲浪,只有在有风浪的时候,才能体会到激流中的狂喜。听说那家伙常在沙暴肆虐的时候,出其不意地袭击他看上的目标。他曾在这种时候袭击过王营长的营地。有一次,掳走了王营长的七匹马。"

柳岚无助地望了一眼低沉的天空,她感到很害怕。

等她再往外面看的时候,只看到了昏黄的一片,沙暴携带来了万钧雷霆。沙尘倾倒下来,正在把他们活埋。

4

　　沙丘像是自己长了脚,在沙漠里跑来跑去。柳岚是第一次看到这种不可思议的景象。道奇车被大风摇晃着,她好几次差点倒在了姜干事的身上。密集的沙石敲打着道奇车,敲打掉残存的油漆、铁锈,然后像在琢磨一件艺术品,那么精心、细致。玻璃已不再透明,变成了灰白的颜色,像后来她年岁已大的时候,在她儿子刚装修好的房子里看到的磨砂玻璃(看到那种玻璃时,她有些惊讶,她突然想起了那场留在她记忆深处的沙暴。她的眼睛突然间涌出了泪水)。

　　突然,姜干事屏住了自己的呼吸,然后使劲推了她一把。就在那个瞬间,柳岚借着微弱的天光,看到汽车的挡风玻璃上出现了一朵菊花似的孔洞。殷红的血迹从姜干事的右臂上渗了出来。他根本没有去管它,而是飞快地把手上的卡宾枪的子弹推上了膛。

　　"怎么啦?你怎么受伤了?"柳岚用手捂住他的伤口。

　　"快枪手黑胡子来了!"

　　"可我什么也没有看见。"

　　"他们在沙暴里裹着。"

　　"我也没有听见枪声。"

　　"沙暴淹没了所有的声音,包括枪声。"

　　"他们会不会突然出现在我们跟前?"她盯了一眼他腰间的手枪。

"不要害怕,王营长在等着那家伙呢!"

"可他只有……一只手臂。"她想看见那个独臂营长,但她什么也没看见。

"对王营长来说,一只手臂就足够了!"

"这……这真是……太不可思议了。"

"你不知道你刚才有多危险,我如果不推你一把,那颗子弹就刚好穿过你的喉咙。"

柳岚一听,浑身顿时凉透了,她感觉自己的脖子好像不在了。

世界很快就沉浸在了黑暗中。柳岚和姜干事好像待在沉船里,四周都是浑浊不堪的惊涛骇浪。

姜干事从自己的军装上撕下一块布,布的撕裂声吓了柳岚一跳。

"你在干什么?"

"刚才那颗子弹划伤了我的右臂,我要包扎一下……"

柳岚刚才吓坏了,这才记起姜干事为她刚受过伤。她说:"我帮你!"

"不用,我简单地包扎一下就可以了。"

柳岚隐隐约约地听到了一声枪响。她吓得缩了缩自己的脖子。

"那是我们的子弹,王营长好像打中那家伙了。"

"你怎么知道?"

"打仗打多了,自然能听出来。"

柳岚不再去想刚才那粒差点要了她命的子弹。她想和姜干事说话,只有说话能让她少一些恐惧。她说:"我感觉整个沙漠都在跑。"

他说:"沙暴就是这样,你这个季节在塔克拉玛干常常可以看到这种景象。天黑了,你休息一会儿吧。"

"我哪能睡得着。"

暮色正在往下沉,自从上路以来,她就不喜欢夜晚,她对路上的夜晚有一种莫名其妙的绝望和恐惧,她觉得路上的夜晚是最折磨人的,觉得那些夜晚自从她上路以后就变长了。

她不知道自己是多久睡着的。她一直在做梦,她梦见自己在沙漠一样黏稠的波涛里没命地奔逃,躲避一颗追击自己的、金黄色的、灼热的子弹,那颗子弹带着尖啸声,有时候无影无踪,有时候又显得格外灼热分明。在这个梦里,这个夜晚过得出奇地快。柳岚醒来时,已有了一丝天光。她发现自己的头靠在姜干事的肩膀上,她的脸顿时红了。

沙暴还没有停下来。被子弹击中的挡风玻璃的孔洞里射进来了一股沙。不久,挡风玻璃就开始像冰一样碎裂。那碎裂的声音被风声掩盖。那无数的裂纹……软得像揉碎的纸。她是第一次见到。

然后,只听"咔嚓"一声,像谁在挡风玻璃上狠劲砸了一榔头。玻璃"哗"的一声,全碎了。顷刻之间,风和沙石浇注在一起,成为一个整体,像一块钢筋混凝土,猛地砸进驾驶室里。也就在那个瞬间,姜干事喊了一声"蒙住脸,抱住头",他一边喊叫,一边倾过他有些单薄的身体,挡在了柳岚面前,把那些沙石和风挡住了。这个刚受过伤的军人,虽然看上去有些文弱,动作却快得可以抓住飞到柳岚身上的子弹。

"转过身,背朝风!"他一边喊叫,一边用那只没有受伤的左臂使劲撑住驾驶室的后壁。

那些沙石携带着浓烈的泥腥味和一种生铁似的寒意猛然间堆进了驾驶室,每一粒沙都像箭簇一样锋利,好像都可以把人射透。柳岚觉得有一万支箭在瞬间穿透了她和他。她想看一眼他,但她不敢睁开眼睛,她怕自己一睁开眼睛,自己那双黑亮的眼睛就会被沙子啃噬得像那汽车玻璃。她像个听话的孩子,抱着头,转过了身子。而姜干事,就那样用背对着风,左臂用力撑着驾驶室的后壁,挡在柳岚身后,护着她。

沙暴停歇下来的时候,天已亮了。能被风刮跑的东西——包括一些石头——都被刮跑了。

有一小块天空慢慢变蓝了,沉淀在荒原上的晨光越来越浓。柳岚已经麻木,她耳朵里灌满了那种恐怖的声音。

弧形的荒原袒露在那里,朝霞铺在上面,荒原显出了几分柔和,像是为了安慰柳岚,要把那无边的孤寂和荒凉驱赶走。

"嗨,风停了。"姜干事提醒她。

她回过头,望了一眼他,她看到他的眉毛和露在军帽外的头发都附上了金黄色的沙尘,不禁笑了。"嘻嘻,你看你眉毛头发都变黄了,像个洋人。"

他抹了一把自己的脸,说:"你也把脸上的沙子抹掉吧。"

她看见驾驶室里已经堆了两尺厚的褐黄色沙尘。

柳岚想看到他们。她想他们不是被沙埋掉了,就是被这像英吉沙小刀一样锋利的风挑剔得只剩下发白的骨架了。

黄沙已把车门堵住,他没能推开。她跟着他从驾驶室里爬了出来。

汽车的油漆和锈迹已经没有了,好多地方已被风沙打磨得锃亮。风沙创造了一件特别的艺术品。

"他们呢?"柳岚问姜干事。

"在沙里面。"

柳岚看到了一堆抱着头的军人的轮廓,像一组沙雕作品。他们坐在地上,躲在汽车的一侧,紧紧地靠在一起,虽然那一侧背风,但黄沙还是把他们埋了半截。

她竟然听到了鼾声。

他们在沙暴中睡着了。

柳岚感到很惊奇。"他们可真是风雷不惊,睡得甜美酣畅啊!"

"这都是常年行军打仗练出来的,越是这样的阵势,他们睡得越香,他们都有这个本事。"

"你呢?"柳岚希望姜干事给她一个肯定的回答。

"我也能行,但功夫不如他们老到。"

他走过去,对着他们大声喊叫了一声:"兄弟们,快枪手黑胡子又来了!"他话音刚落,只见一阵沙尘腾起,那些人已直接扑倒在地,出枪,拉开保险,子弹上膛,向前瞄准——整个动作干净利索,只用了三五秒时间。柳岚惊讶得张大了嘴巴。

姜干事哈哈笑了:"王营长,沙暴停了。"

"哈哈,你个姜秀才!我正梦见自己骑着快马去追那个土匪呢,眼看就要追上了!"

"刚才营长干掉了那家伙的白马,可惜那家伙真像传说的那样,还备着两匹马呢,他骑着一匹枣红马跑了。"说这话的是一个脸像是被烤焦了的老兵,大家叫他"鬼脸"。他把步枪的保险关上,趴在沙漠上,吧唧了一下嘴,说,"哎,真他妈的可惜!"

王营长已翻转身,一个鲤鱼打挺,站了起来,朝鬼脸的屁股踢了一脚,"快起来吧,有什么可惜的,恶狼再会跑,猎人早晚也会逮着他!"

"真的是那个土匪啊?"柳岚不愿意相信,她觉得自己的脖子又发凉了,"姜干事为了保护我,被他打伤了。"

王营长走过去,看了一眼姜干事的伤口,把一颗子弹的弹头用牙咬开,把子弹里的火药撒在姜干事的伤口上,说,"秀才,你忍着点啊。"说罢掏出腰上的火镰,给他点着了。

姜干事的伤口上"哧"地冒出了一股火焰,他"哟"地叫了一声,然后向王营长道了谢。

王营长说:"看把你的冷汗都烧出来了,谢个鸟啊。走,我们去看看那土匪的马。"

"你的枪那么快,那土匪是怎么跑掉的?"

"妈的,这屙沙暴太猛了,又是晚上,到处黑得连自己的屁都摸不着,我什么也没看见。但我听到了那声射过来的枪声,我只是凭感觉向一团沙暴开了一枪。然后我看到一匹白马从沙暴里窜了出来,但跑了没多远,就一头栽到了。然后,我看到一溜模糊的人影像鬼魂一样,转眼间消失在了沙暴中。"

那匹白马已被黄沙埋葬了,只剩下了几缕粘着黄沙的白马鬃还露在沙子外,像草一样飘动着。

几个战士过去用手把白马刨了出来。大家看到,王营长那粒子弹是从白马的两眼间穿过去的。

"可惜这匹好马了。"王营长蹲下身子,用那只大手抚摸着马脸,惋惜地说。

三指说:"好久没有闻到肉味了,刚好弄回去,给大家打个牙祭。"

"这么好的马……你他妈的就知道吃,谁都别想,马上给我埋了!"

鬼脸咽了一口唾沫,说:"营长爱马我没有意见,但你爱土匪的死马可不中,你知道的,我们的肚子里半个月没有进过油星子了。"

营长一时不知道该说什么。他骂了声:"你们真他娘的是饿痨鬼投胎的。"他说完,转身走了。

他刚转过身,那帮战士就像一群饥饿的土狼,哄地围了上去,很快把那匹白马剥了皮,三下五除二就把它变成了一堆马肉。

姜干事问驾驶员,车胎补好了没有,得到肯定的回答后,他招呼自己的人上车,他要返回团部了。柳岚过去,向他道了谢。

鬼脸把一条马腿和几件马杂碎扔到车上,说,"你们也尝尝土匪的马肉吧!"

那帮兵嘻嘻哈哈地喊声谢谢,跳到车上,那辆锃亮的、好像瘦了一大圈的道奇车摇晃着,扬起漫天沙尘,迎着一轮硕大的太阳,颠簸着开走了。

5

目送他们走远,王营长牵来一匹预先备好的马,让柳岚骑上,说:"走吧,我们还要走好半天路,才能回到我们的'一杆旗'呢。"

正午的太阳毒辣地炙烤着大地,沙漠灼人,使人难以睁开眼睛。队伍一直往南,一直往塔克拉玛干沙漠的深处走去。除了黄沙,什么也没有。只有一阵阵热浪迎面涌来,让人窒息。汗水湿透了柳岚的衣服,很快又被太阳晒干,只留下些白色的盐粒。她觉得自己像要被烤干了。远处的沙丘上,不时传来几声沙狐忽高忽低、单调凄厉的怪叫。

这支小小的队伍一直走到太阳向绵延的沙山斜过去的时候,柳岚才听到鬼脸用安慰她的口气对她说:"你不要难过,我们马上就到了。"

柳岚骑在马上,她早就有些绝望了。听到鬼脸的话,她长长地舒了一口气。她站在沙山顶上,急切地向四下里望去,希望看到绿洲、房舍和炊烟,但她却只在茫茫荒原上看到了一根旗杆,那根白杨树做的旗杆上飘着一面被漠风撕碎的红旗(索狼荒原也就是从那时起,开始用"一杆旗"这个最新的名字的,若干年后,这个地方成了"一杆旗镇")。稍远处,就是新开垦出来的土地,但还没有播种,还没有看见新生命的萌芽。

看不见一个人。过了一会儿,才看到几个潜伏的哨兵站了起来。有个哨兵大喊了一声。"同志们,营长回来了,女兵到了!"他的声音刚落,像变魔术似的,突然从地下冒出上百人来,他们一下子站满了旗杆周围的空地,一起向他们欢呼。

"他们……他们是从哪里冒出来的?"柳岚惊讶得张大了嘴巴。

"哈哈,他们都是土行孙,是从地下冒出来的。"王营长和她开玩笑。

柳岚说:"营长,我真的想知道,他们是怎么从地下冒出来的?"

"那就告诉你吧,我们有一个地下城堡,修建时几乎不需要任何材料,里面冬暖夏凉,舒服得很,你马上就可以住进去。"

柳岚还是不大相信。

营长向他的士兵们挥了挥手,说:"这些家伙,以往我们回来,哪受过这样的欢迎?他们是冲着你来的!"

当柳岚走近之后,他们自动站成了两列,夹道相迎。扬起的沙尘味、泥土里的盐碱味和人身上散发的汗臭味混合在一起,形成了一种新的气味。柳岚骑在马上,像一朵花似的笑着。而在战士们眼里,骑在马上的柳岚无疑就是一位下凡的仙女。

柳岚走到了那块空地上,果然看到了一排排整齐的洞口,但他不相信这些人就住在那里面,她以为那可能是什么军事工事。

营长骑在马上,挥了一下他那只大手,部队顿时安静了。他让柳岚往前站了站,清了清嗓子,指着她,大声说:"我给你们这帮屌人介绍一下,这就是你们天天都想看到的女兵,我营的编制里,第一次有了女兵,她是第一个来到我们索狼荒原的女兵!她叫柳岚,柳岚同志,从此以后,她就是我们中的一员,现在,我们对她的到来,表示热烈的欢迎!"

每一个战士都"哗哗哗"地鼓起掌来,王营长示意了三次,想让他们停下来,但他们根本不管他,只管使劲地鼓掌。王营长张着嘴,"呵呵"笑着,说:"这帮屌人!"

这次鼓掌长达数分钟之久,柳岚激动得眼泪差点掉了出来,她只有不停地向战士们敬礼。

"好了!"王营长大喊了一声,掌声终于停了下来。他接着刚才的话说,"柳岚同志是有文化的人,为了欢迎她的到来,今晚我要用快枪手黑胡子的骏马为大家打牙祭!"

他说完,大家又是一阵欢呼,然后解散了,三五成群地消失在了一个个地窝子里。

6

营部的通信员把柳岚扶下马,把她带到一眼地窝子跟前,对她说:"这是我们营部的战士今天刚挖好的,是我们营长去接你之前,要我们专门为你挖的,里面暖和得很。"

"这是什么?"

"这是我们住的地方,叫做地窝子。"

"就住这里面?你们都住这里面?"

"是啊,不过,听我们营长说,我们就是临时住一住,再过几年,这里就是'楼上楼下,电灯电话'了。"通信员说完,就提着她的行李一头钻了进去。

那时候,柳岚还不知道,地窝子是新疆垦荒部队当时的主要居所。它是在地面以下挖一个深约两米、面积十来平方米的方坑,顶上放几根椽子,铺上树枝苇草,抹上泥,再盖一层泥土就成了。她是女兵,所以地窝子门口特意挂了一块旧毡布,权作门帘。柳岚迟疑了一会,也硬着头皮钻了进去。一股新鲜泥土味和麦草味迎面扑来,她深深地呼吸了一口。通信员点亮了马灯。灯光照在黄色的泥土墙壁上。她打量了一下自己这个地下的居室,看到里面有一个土台,有些像北方的炕,上面铺着金黄的麦草,那就是她的床了。靠墙处还有一个窄窄的土台,那就是板凳。为了地窝子里能通风,地窝子的顶上还开了个天窗。土台的一侧,凿了两眼小小的壁橱,可放些日常用品。

"怎么样？是不是很特别？"通信员问她。

"的确是很特别，只是……要有个后门就好了，这样……假如那个快枪手黑胡子从前面进来了，我就……可以从后门跑掉……"

通信员笑了。"你不要害怕，那个土匪就掳走过几匹马，还没有伤过我们的人呢。"他说完，就往外走。走到门口，他又回过头来说，"这里就你一个女兵，营长让我告诉你，让你放心休息，他会在你的地窝子附近加派岗哨。"

"谢谢你！请你代我谢谢营长。"

通信员刚要走，营长进来了。他一屁股在土板凳上坐下，说："不用那么客气，我们这地方条件很苦。"

"没什么。"

"你会打枪吗？"

"我们在西安休整时训练过几次。"

"那好，"他说着，解下自己腰上那把精致的手枪，"先借给你用，你拿着壮壮胆！"

"我训练的时候打的是步枪，还没有打过手枪。"

"杀人的玩意儿，用起来都简单得很。"营长说完，就跟她演示了一番。

通信员在旁边用崇拜的口气对柳岚说："你不知道，我们营长原来是用双枪的，是那种二十响的盒子炮，他左右开弓，弹无虚发。"

柳岚望了营长一眼。

营长看她有些不相信，就说："这小子没有吹牛。"

"你知道吗？盒子炮平时就插在腰带上，为了能快速出枪，以免准星勾挂腰带，影响拔枪速度，我们营长使的盒子炮都是锯掉准星的!"通信员继续炫耀。

"哈哈,这有啥了不起的,啥玩意儿使熟了都可以做到。"营长很随意地说。

"我们营长最喜欢的就是手枪和马。他缴获过好多手枪和马,就连我们师长和军长配的手枪和马都是我们营长从敌人那里缴获的。听我们师长说,营长留下的这支是1911式、45英寸口径的勃朗宁军用手枪,就是我们营长1947年从敌整编二十七师师长那里缴获的。"

"你小子记性不错,还知道什么1911式,知道45英寸口径,知道什么屌勃朗宁。"他说完,把枪递给柳岚。

那是一把银灰色的手枪,散发着一股古典的、机械冷而硬的美感。枪上还留着他那只大手的余温。

柳岚第一次拥有一把枪,很是激动,她把手枪紧紧握住,连着跟营长说了好几声谢谢。

临离开之际,王营长又嘱咐道:"记住,平时一定要把保险关上,如果有坏人,你就是打不中,能打响就行,听到枪声,我们的哨兵就会像狼一样,立马扑过来。"

柳岚把那把枪在手里掂了掂,心想:"这个营长看上去那么粗,没想心还挺细的。的确,正如他说的,多看他几眼,他也没有那么可怕了。"

晚饭有土豆炖马肉,但人多肉少,每人只有一小块。即使这样,在这索狼荒原,也算是很丰盛的晚餐了。柳岚发现王营长碗里只有土豆,而自己碗里的马肉却比别人的多,她夹起一块肉,放进了营长的碗里。

营长把那块肉看了看,夹起来,说了声:"谢谢! 不过,我从来不吃马。"他说完,把那块肉夹到了通信员碗里,"你小,你吃吧。"

吃完饭,柳岚问营长:"营长,这里有没有河?"

"有一条塔里木河,但离这里有上百里路。"

"我知道了。"柳岚有些失望。

回到地窝子,柳岚简单地洗漱了一番,把那把手枪的保险打开,放在枕头边。她这才意识到,她离老家已实在太远了。她想她再也回不去了。看看从通气孔漏进来的月光,觉得这已是异乡的月光了;闻一闻空气中的气息,也觉得与故乡的完全不同,干燥的荒原散发着一种她以前从没有闻到过的、特殊的、泥土的腥味。

7

王营长不知道这个女兵为什么会莫名其妙地问起这里有没有河。他想了半天,才知道她是想洗澡。他想,以后这里还会有别的女兵来,有了女人,就该有个澡堂了。

他看着通信员给他端来的热气腾腾的洗脚水,觉得应该给那个女兵送去,她在路上走了这么久的路,到了索狼荒原,不能洗澡,至少也该烫烫脚。

他喊通信员,通信员不在。他便自己端着那盆水,向柳岚的地窝子走去。

端着那盆水走在路上,他的心突然剧烈地跳动起来。说句实在话,他的心只有在1937年10月23日参加王董堡伏击战、第一次向屌鬼子搂火的时候,才那样跳过。狠劲儿跳动的心牵扯得他的膝盖有些发软。他有些后悔自己刚才那个冲动的决定了。但他是个做起事来腿肚子从不向后转的人，所以，他还是决定硬着头皮把这件关心战士的好事做完。

他那只大手端着水盆，用头拱开了柳岚地窝子的帘子。但他一下愣住了。他看见柳岚正在换衣服。他看见了她半裸的上身。地窝子里灯光昏暗，但还是把她赤裸的上身照亮了。她的身子很白，白得闪光，她觉得女人身体的光在那个瞬间照射进了他像地窝子一样昏暗的身子，穿透了他的心，然后拐了个弯，直冲他的脑门子。就在那一瞬间，他听到她像被他捅了一刀似的尖叫了一声。他变得像个傻子，傻站在那里，不由得闭上了眼睛。他想转身逃开，但他的腿像在那里扎根了，怎么也挪不动。然后，他听到了一声枪响，觉得自己的脸上流下了一股热糊糊的液体。

他的手上仍端着那盆冒着热气的洗脚水，嘴里不由得骂了一句，"他娘的，老子又中枪了！"

柳岚一下傻掉了，"我……我以为是快枪手……"

她盯着他，盯着他那只紫黑色的手，她发现他的手比她以前看到的还要大，比所有战士的手都要大，好像是要弥补他只有一只手的不足。

他朝他笑了笑，"你的反应够快的，像我大功营的兵，只是以后分清了敌我再开枪。"说完，把那盆热水放在地上，转身走了出去。

哨兵听到枪声，立马扑了过来。王营长站在柳岚的地窝子门口，用异常平静的声音问那几个哨兵，"是屄快枪手黑胡子又来偷袭了？"

"我们连他的影子也没有看见，可能是谁的枪走火了。"

"娘的，如果那屄土匪没有来，谁有那么好的枪法，一枪打来，能刚好打穿我的耳朵?"

那几个哨兵听他这么说,转身扑进了黑暗里。

王营长隔着门帘,对柳岚说:"趁那水还热,烫烫脚,好好睡一觉。"他说完,就大步离开了。他的双脚非常有力,走路的声音很响。

营地里的战士都持着武器,从各自的地窝子里钻了出来。他们看见,他们营长的左耳上端有一个小指头那么大的孔洞。

卫生员跑过来,一边为他包扎,一边说:"这个屌土匪,枪法真他娘的准!这粒子弹如果稍向右偏一点,我们营长就成烈士了。"

三指说:"这是因为我们营长昨天干掉了他的白马,他才摸过来报复的。这个快枪手黑胡子,我们走着瞧,等哪天逮着你,老子一定用锹把子把你的牙一颗颗敲下来!"

王营长早就想笑,但他一直忍着,听鬼脸这么说,他终于忍不住哈哈大笑起来。

战士们看着他,开始都有些莫名其妙,但看他笑得那么爽朗,受他感染,也都跟着他大笑起来。

2008年12月,乌鲁木齐东风路

七年前那场赛马

一

马木提江的朋友卢克离开这里时,是塔合曼边防连的中尉军官,所以草原上的人都叫他卢中尉,马木提江也一直这么叫。他是马木提江见过的第一个在塔合曼草原能和得过金马鞍的塔吉克骑手一决高下的汉族骑手。他走了七年了,草原上的人还会偶尔提起他。

卢克说他最近要回塔合曼草原来,马木提江早就在等着这一天了,马木提江想把七年前那件事情的真相告诉他。但现在,马木提江却不想让他来。萨娜和他的想法一样。——卢克曾爱过萨娜,也许现在心里还爱着,但因为他在那场赛马中输掉了,萨娜后来成了马木提江的妻子,成了卢克的妹妹。现在,他们三个人彼此爱着,像兄妹一样。马木提江的孩子们没有见过他,但孩子们知道他们有这么一个汉族舅舅。

卢克离开这里后,已有好几次说要回草原来看看,想和马木提江以及海拉吉大爷再赛一次马。他常常写信给马木提江,草原上闹雪灾那一年,他给马木提江和萨娜寄了一大笔钱来。他们也常常给卢克写信。但说的话都没有他说的好听,他们无非是告诉他,草原上谁死了,谁搬到城里去了;草原上有电灯了,可以看电视了,谁谁谁买摩托车了——人们叫它电毛驴;或者就是萨娜怀了孩子了,萨娜生了,萨娜又怀上孩子了,萨娜又生了……都是一些家长里短的琐事,不像他信里的那些话儿,读起来比鸟儿的叫声还要好听。他们虽然不是亲人，但比亲人还要牵肠挂肚。卢克说这里的羊肉好吃，马木提江就养了一只最肥的羊给他留着，前年那只羊已经老了，马木提江不得不把它卖掉。现在马木提江又给他养了一只年轻的羊。

马木提江之所以不想让他来，是因为草原上再也不赛马了，他不知道还有什么办法来满足卢克再赛一场马的愿望。现在，年轻人都喜欢飙车。但马木提江不能告诉他，他不能让卢克还没有踏进草原就感到失望。七年前，他离开这里到乌鲁木齐后，他们就再也没有见面了。马木提江和萨娜是多么想见到他啊！

萨娜几天前就把毡房收拾干净了，毡子和被褥都已被她拿到河里清洗过。孩子们不停地问马木提江，我们的汉族舅舅哪天来，他现在走到哪里了？

卢克当年骑的那匹叫烈火的军马已在去年退役，马木提江现在养着它。昨天中午，趁天气暖和，萨娜用温水把它洗刷干净了，她还给它梳理了鬃毛，使这匹老马看上去一下年轻了许多，皮毛闪着绸缎一样的光泽。

烈火退役的时候，北疆那个哈萨克马贩子又来了。他长着一个鹅卵石一样的大脑袋，有一张扁平的脸，红脸膛，宽额头，阔嘴巴，朝天鼻，没人记住他的名字，人们一直叫他"老狮子"。其实他才四十多岁。牧民每年快离开夏牧场的时候，他都会带着两个小眼睛的伙计，开着一辆"哐哐"响的大卡车，来到高原上，收购养肥了的老马和公马，贩到高原下杀了做熏马肉。哨卡里退役的军马也大多是被他买走的。烈火是马木提江硬从老狮子手上买过来的。

马木提江现在还记得当时的情景。他听哨卡的军官对他说过,烈火这两年就要退役了,所以他一直惦记着它。他那天刚从夏牧场迁到冬牧场,帐篷还没有搭起来,连队那个放马的维吾尔族战士买买提就骑着一匹枣红马赶过来了。他说他到处找马木提江,说老狮子要把烈火买去做熏马肉,哨卡的战士都舍不得,但也没有办法,他想让马木提江把烈火买下来。马木提江一听就急了,赶紧骑马跑到哨卡。他勒住马缰的时候,又高又壮的老狮子和他的伙计已把烈火赶到了卡车上,正准备离开。

烈火像受了侮辱似的,在车上徒劳地又咬又踢。

马木提江跳下马背,把车拦住,对老狮子抚胸施礼后,说,朋友,差不多有一年没有见到你了。

老狮子把鹅卵石一样的大脑袋从车窗里伸出来,用闷雷似的声音说,这不是我的朋友马木提江吗?你是不是有马要卖啊?

马木提江说,我没有马卖给你,我想请你把你刚赶上车的那匹红马卖给我。

为什么啊?

那是一匹好马。

老狮子哈哈大笑起来,笑得路边干河床上的石头直蹦跶,车上的马也惊慌地哀鸣起来。他笑完后,从驾驶室里挤出熊一样的躯体,说,我十几岁就跟我爹贩马,我看到的马都是带着烟火味儿的、香喷喷的熏马肉。

我想把烈火买来骑,你多少钱买的,我把钱给你。

朋友,你难道没有看到我已经把它装上车了吗?我这一车不装满,从这里到喀什噶尔再到乌鲁木齐要浪费多少汽油啊!

那你出个价。马木提江仍然拦着他,变软了口气,说,那匹好马的名字叫烈火,它原来的主人是我的好朋友,在赛马时它为它的主人夺得过一副银马鞍,现在它老了,我实在不忍心让这么好的一匹马去做熏马肉,所以我要买下它。

老狮子听马木提江这么说,就说,我们哈萨克人也是喜欢骏马的,你既然这么说,我就答应转卖给你,我买的时候是两千五百块钱,我现在得增加三百块钱了。

能救下烈火,马木提江当即答应了。它从此就成了马木提江家的马。当马木提江把它赶到他家马厩的时候,真的很高兴。他第二天就到乡上的商店里给卢克打电话,把这件事告诉了他。卢克在电话那头哭了。

马木提江想到这里,又往公路上望了一眼。每一辆汽车从公路上驶过时,都会把他的目光扯过去。但萨娜的眼睛却只盯着手里的活儿,好像早就把卢克忘掉了。

二

萨娜知道卢克这么多年不回来,就是要等到自己能把她真的当做妹妹的时候。他已经花了七年时间做这件事情。而萨娜也一样。把一个自己最爱的男人变成哥哥很难,她只有恳求时间来帮忙了。草原上的人很少感觉到时间这个东西,它对牧人的用处只有一个:那就是让他们的孩子慢慢长大,让他们自己快快变老。但这七年,萨娜感觉到了它每一天中每一秒的存在。咔,咔,咔,每一秒钟走过的声音都那么清晰。有时急,有时慢。急的时候,无数个声音成了一个声响,像炸雷一样可以惊动世上的万物;慢的时候,那声音拉得很长,像萨娜唱歌时拖的一个尾音。

马木提江和卢克都爱萨娜,所以萨娜是个幸运的女人。但萨娜只能嫁给其中的一个。用赛马来决定,是两个男人自己商量的。他们本来就是好朋友。他们同时想到了草原上这个古老的办法。

人们都说那是草原上最精彩的一次赛马。他们几乎同时抵达终点。他们的距离只有一个马头那么远。就那么一点距离,对萨娜来说,却是两个人生。但那个距离是必须的,他们不能同时抵达。爱可以一起往前走,但肯定有一个人不会有目的地。他们两个人中,注定有一个人要在路上做一个爱情的流浪汉。

萨娜只能默默地看着卢克离开这里,目送他越走越远,当他消失在达坂另一边的时候,萨娜流着泪叫了一声哥哥,就伏在马鞍上,当着那么多人的面哭了起来。因为萨娜在那个时刻意识到,她这一辈子恐怕再也见不到他了。

萨娜做着手里的事。她知道班车什么时候到。她也想往马路上望,但她是个女人,她不能那么做。她只能偶尔装作不经意地瞟一眼班车开过来的方向。

她和卢克在那场赛马之前就认识了。他那时还不是军官,而是克克吐鲁克边防连前哨班的班长,萨娜家的夏牧场就在哨卡附近。

萨娜初中毕业后,就回到了夏牧场帮爸爸放羊。她那年十四岁。她不想再坐在教室里,连做梦都想着披着白雪的慕士塔格雪山和清凉的夏牧场。离开学校后,她如愿以偿地做起牧羊女,骑着马,指挥着牧羊犬,在四周都有雪山的夏牧场放牧家中的七十多只绵羊、十二头牦牛、三峰骆驼和七匹马。前哨班在高高的达坂上,站在那里,可以摸到柔软的白云。

萨娜每天都看见他骑着马,全副武装地带着几名战士沿着边界线巡逻。他有一张黑红而文气的脸,他骑在马上的时候,看起来很轻盈。他巡逻回来后,总穿着皮大衣坐在哨卡右侧的大石头旁边看书。那块石头长满了铁锈色的苔藓,像一幅画。那里氧气很少,很多汉族人来到这里后,都会头疼,没想他还能看书。萨娜有时候骑在马上,可以呆呆地看他半天。她老想着他,想知道他来自哪里,他的家离这里有多远,他想不想念自己的爸爸妈妈,他以后会去做什么,在他的老家,有没有一个姑娘爱着他;她还想知道他看的都是什么书,书里有什么有趣的知识。她有好几次忍不住想跑到他身边去,但这样的想法让她脸红心跳,她当时并不清楚那是为什么。但只要这样一想,她的脸就会腾地红起来,心中像有一群狐狸在乱跑。

萨娜希望每天都看到他。她总在哨卡周围放牧,周围的牧草都被牛羊啃光了,到最后,牛羊啃上一天草,连肚子都填不饱。这让她爸爸感到很奇怪,他问自己的女儿,草场那么大,你为什么只让牲口在那一小块地方吃草呢。萨娜的脸一下红了,但她没法告诉爸爸。她爸爸还说,如果都像她这样放牧,牛羊怎么能够长膘呢。没有办法,萨娜只好把牛羊赶到离哨卡远一点的地方去。

有一次,萨娜一个人跟在羊群后面,望着蓝得扎眼的天空,感到天地空得让人难受,就唱起了当地的一首民歌——

> 塔合曼草原的姑娘长大了,
> 她的心儿飞走了。
> 她要寻找一个小伙子,
> 但没人知道他会在哪里。

她刚唱到这里,就有人把她的歌声接了过去——

雄鹰高飞在蓝天上,
雪莲花盛开在冰雪里,
姑娘啊,你要找的意中人,
肯定和烈马在一起。

萨娜一听就知道,那个唱歌的人是个汉族人,因为他是用塔吉克语唱的,他的歌声里有一股很特别的汉族人说话的腔调。循着歌声望过去,萨娜瞪大了眼睛,她不敢相信卢克正骑着军马向她走来!

卢克离萨娜还有一段距离。他身后的雪山和天上的云一样白,反射着太阳的光,雪山下的岩石是褐色的,或深或浅的牧草从褐色岩石的边缘铺下来,沿着他走的路,越过那条发亮的小河,一直铺到她站立的山冈上。这使他显得很小,他骑在马上,像一个奇怪的小动物在不慌不忙地向前移动。他的声音就是从那么远的地方传过来的。萨娜是第一次听到他的声音。她没有想到的是,他会说塔吉克语。她觉得她的心在那一刻跳得特别快,她感到自己像要晕过去,要从马背上滚下去。

卢克从前哨班回连队必须经过这个山冈。他穿着迷彩服,一边走,一边往萨娜所在的地方望。他走着走着,提了一下缰绳,他的马小跑了起来,他胯下那匹马真黑,像一团墨。萨娜慌忙整理了一下自己的衣服,她后悔自己今天没有把最漂亮的衣服穿上。他的脸越来越清楚。他的脸和高原上的塔吉克男人一样,像铁一样黑亮。他老远就向她笑着,他的牙齿很白。他在山冈下勒住黑马,用塔吉克语对她说,小姑娘,你的歌唱得太好了。

萨娜见他用长辈一样的口气跟她说话,有些愤愤不平。因为萨娜知道,这前哨班里的兵,也不过就是十八九岁的男孩子,比她大不了几岁。萨娜用汉语说,你唱得也不错,这首歌塔吉克人已唱了几千年,但我还是第一次听一个汉族人用塔吉克语唱它。

我的塔吉克语是跟我们连队的翻译学的,就会一些很简单的对话,你刚才唱的那首歌,我们连队的翻译刚好教我唱过。唉,我发现你的汉话也说得挺好的。

我在学校学过,天天在这里放羊,没人说话,有些话已经不会说了。

你为什么不上学呢?

我不想上学了,但我喜欢读书,我认识很多汉字,我还可以看汉文书呢。

嗯,不错嘛小姑娘,骑在马上,可以一边放羊,一边看书,这可是件挺美的事儿啊。

我看见你总坐在哨卡旁的那块石头上看书,你读的是什么好看的书啊。你能把你看的书借给我看看吗?

好看的书很多,我可以把我看过的书送给你。

好啊!你说的是真的吗?

我回连队去拿点东西,马上就回前哨班,到时顺带把书带给你。他说完后,打马要走。走了几步,又回过头来,说,哦,小姑娘,能不能告诉我,你叫什么名字呢?

他又叫了一声小姑娘,真可恶!萨娜在心里说完,撅起嘴挺不情愿地对他说,我叫萨娜。

萨——娜——他把这个名字在嘴里念了一遍,点点头说,嗯,这个名字很好听。

你以后不许叫我小姑娘,你必须叫我的名字。萨娜很认真地对他说。

他笑着答应了,然后说,我的名字叫卢克。说完,黑马就驮着他飞快地跑远了。

萨娜记住了这个名字。她哪儿也不去,就站在那个山冈上等他。她记得很清楚,有一个瞬间,她觉得自己比脚下一棵刚刚钻出地面的草还要微小,但又觉得整个高原和高原以外的地方——包括天空——都在她的周围运转。她是一个微小的中心,一个璀璨得像宝石一样的中心。

三

卢克从军校毕业后,回到了帕米尔高原,被分配到塔合曼边防连当排长。他是在这里认识海拉吉和马木提江的。海拉吉那时已是个六十九岁的老人,马木提江还是个没有留胡髭的尕小伙子。他们是在一次草原赛马会上认识的。

卢克记得当他跨上烈火时,看到一个留着一部泰戈尔式白胡子的老头骑着一匹并不起眼的黑马,一边用塔吉克语叫着"还有我海拉吉呢!还有我海拉吉呢",一边向骑手们跑来。

看到他那么大年纪还要赛马,卢克忍不住笑了起来。但其他骑手一听到他的声音,都把胸膛挺了起来,他看到每个人都用目光向海拉吉致敬。

挨着卢克的骑手才十七岁,高鼻深目,面色黑亮,骑着一匹本地产的白马,他用装出来的很老成的声音和卢克搭话,朋友,我叫马木提江,很高兴看到你和我们一起赛马,你会说塔吉克语吗?

卢克点点头,我叫卢克,刚分到塔合曼边防连当排长,这是我第一次参加草原赛马。

马木提江目光看着前面的草原,问他,你听说过海拉吉吗?

卢克看了一眼草原尽头的雪山,有些不以为然地说,在帕米尔高原,人们都说海拉吉是最好的骑手。我刚才看到他了,我是第一次见到他,他不过是个调皮的老头儿。他这么大一把年纪了还来赛马,非得把一把老骨头颠散不可。还有,你看他的马也是一匹破马。

马木提江保持着骑士般的风度,没有在意不知天高地厚的卢克对他崇敬的骑手的轻慢,说,我们塔吉克人只有发现自己不能骑着光背马飞奔时,才会承认自己老了,你看他还能参加赛马,怎能说他老了呢?他玩弄着手上的马鞭,接着说,还有一点我不得不告诉你,一个好骑手是不依赖马的。

出于对长者的尊敬,卢克没有再说什么,只在心里说,赛马赛马,不依赖马怎么能叫赛马呢,马重不重要,等会儿跑下来就见分晓了。

当二十多匹各种颜色的骏马伴着烟尘、嘶鸣着,像流星一样掠过草原的时候,欢呼声轰然响起,但又"轰——"地被甩在了身后。在卢克眼里,雪山像一块突然向后撕扯开的白布,他仿佛能听见布匹被撕裂开后那种尖利刺耳的声音。成百上千的观众骑着马在赛道两侧跟着飞奔,喊叫着,打着唿哨,为自己喜欢的骑手加油。金色的草原剧烈地震动着,像个充满生命力的巨大载体。前面五公里赛程骑手们几乎都是并驾齐驱,不分胜负,但没过多久,卢克的烈火就冲到了最前面。它冲破高原坚硬的风墙,四蹄好像没有沾地,他感觉它不是在奔跑,而是在飞翔。他们的血液在一起奔涌,他和自己的骏马已成为一个整体。它可以感觉到它撼人心魄的俊逸昂扬之姿。有一会儿,整个世界屏息静气。他知道人们都在惊叹;然后,声音轰然而起,人们都在赞美它——啊,看,火一样的天马!他听到了忽远忽近的雷鸣般的欢呼声。

十公里赛程眼看就要到终点了,这时,卢克感觉有一黑一白两匹马像黑白两面旗帜,从他的一侧"刷"地招展而过。他没想到还有比烈火跑得更快的马,他轻轻地磕了一下马腹,示意它超过他们。烈火立马就明白了,大概就几秒钟时间,它就超过了那匹白色闪电,然后又很快超过了那匹黑色闪电。离终点大概只有四五百米远的距离了,卢克心里充满了自豪感,他认为烈火必胜无疑。但转瞬之间,那黑白两匹闪电相继划破高原,到了他的前面。烈火马上意识到了,它的头和脖子几乎拉成了一条直线,恨不得变成一支利箭,把自己射向目地,但那匹黑马已经冲过了终点。在最后的关头,马木提江的白马的马头也越过了终点,虽然仅有微毫之差,但烈火还是落后了。

当卢克勒住马缰,他不得不承认,马木提江刚才对他说过的话是对的。

马木提江向他祝贺,说,在这高原上,这么多年来,还没有一个汉人成为你这样厉害的骑手。

卢克说,如果我相信你刚才的话——好骑手是不依赖马的,我也许不会落后。

这话是骑了一辈子马的海拉吉大爷感悟出来的。草原上的赛马不仅仅是赛你胯下的骏马,也不是赛你这个骑手的骑术,而是在赛你和你的骏马是否一直是一个整体。人和马的力量要合而为一,这样,你才能一马当先。但我们常常只依靠马,也有某个瞬间,你感觉人和马成为一体、血脉相通了,但只能是一个瞬间。这也是海拉吉告诉我的。他是赢得过三副雕花金马鞍的骑手,最主要的是,他赢得了草原上最美的姑娘阿曼莎那颗像花儿一样芳香的心。

四

从喀什噶尔开往高原的那趟班车从达坂后面冒了出来,车头上顶着正在偏西的太阳的反光,像照相机闪光灯那样很亮地闪了一下。萨娜的心也随着闪了一下,心里充满了奇特的亮光。

正在码牛粪饼的马木提江把一团牛粪啪地摔在牛粪堆上,一下跳起来,高兴地说,萨娜,班车来了,这个破班车今天走得太慢了!说完,就往公路上跑。

你看你高兴得那个样子!你一手的牛粪,快洗洗手!

没事,我抓一把土搓搓就行了!

孩子们也跟着他往公路跑去,叽叽喳喳的,像三只麻雀。马木提江把最小的孩子抱起来,让他骑在自己的头上。

萨娜把衣服抖了抖,把自己周身打量了一下,追上马木提江,问他,你看我穿这样的衣服去接他行吗?

马木提江笑了,故意逗她,又不是相亲,屋里有一面镜子,你自己去看。

你就是我的镜子。

你今天就是穿着乞丐的衣服也是最漂亮的。

那辆破旧的班车装着一车疲惫的人,穿过孤独的高原,孤零零地开过来。在慕士塔格雪山的映衬下,那辆车显得很小,像卢克寄给马木提江的孩子们的、玩旧了的玩具车。萨娜老远就看见卢克把头从车窗里伸出来,微笑着,向他们招手。班车拖着一道白色的烟尘,在路边停住了。有一个瞬间,他和卢克的微笑被烟尘淹没了。

萨娜的心在那个时刻跳得特别快,像有无数匹顽皮的马驹在里面奔跑。时间在那个时刻发挥了神奇的作用。它让那七年的时光消失了,只留下了一道浅浅的刻痕。恍然中,她看到的他不是坐在班车上,而是骑在烈火上,向她疾驰而来。她再也忍不住自己的眼泪,但她马上背过身去,把眼泪擦掉了。她要笑着来迎接他。

他从车门里走出来了。这里只有他一个人下车。他还是那个瘦高瘦高的样子,只是皮肤比过去白了,人也显得文气了好多。他先和马木提江拥抱,然后又和萨娜拥抱。她闻到了他身上那种城里人的气息。孩子们好奇而羞怯地望着他,他走到他们身边,伏下身子亲了他们脏兮兮的小脸蛋,说,快,快叫舅舅!他们叫了,于是,他在每张小脸上又亲了亲,亲得最小的孩子格格格地笑起来。

这时,一阵马蹄声由远而近响了起来,烈火从一个高冈上跑下来。卢克马上呼喊起来,烈火,烈火!

马木提江说,它迎接你来了,你看它跑得多美啊,跟当年一样。

烈火来到卢克跟前,嘶鸣了一声,前蹄腾空,在他面前来了一个漂亮的直立,然后才掉过头来用嘴蹭他。他一直忍住没有流下来的眼泪,在那个时刻再也忍不住了,他抱着它的头哭了。

卢克来到房子里，把箱子打开，像变魔术似的拿出了好多东西：他给马木提江和萨娜及孩子们每人买的新衣服；还有糖果、冰糖、茶叶、城市里的糕点；给孩子们买的玩具和童话书。孩子们看到那些玩具，马上争抢起来。他看着他们，教他们玩那些玩具，他一直开心地笑着。

五

马木提江昨天晚上没有睡好。他昨天晚上和卢克喝酒时就想把那件事情的真相告诉他。七年了，他一直想着那件事情。它压在他的心里，把他压得很难受。

他用手枕着自己的头，眼睛望着天窗外有三颗星星的一小块蓝布一样的夜空发呆。睡眠像马一样在眼前跑来跑去，但他就是睡不着。最后，这些睡眠真的变成了马，他眼前的星星的夜空变成了宽广的草原。这些骏马从往事中跑过来，又跑到往事里去，就这样来回奔跑着。他感到很累。萨娜躺在马木提江的身边，她的三个孩子像三只小牧羊犬一样挨她躺着。春天刚来不久，晚上还很冷，怕冻坏那些小牲口，所以在房子的一角还挤着七只羊羔、两头牛犊、两匹马驹和一峰前天才出生的小骆驼。它们现在都很安静，像刚出生不久的孩子。它们一直要和主人居住到天气完全转暖为止，主人也会像照顾自己的孩子一样照顾这些可爱的小家伙。

卢克躺在灶台边——那是马木提江家房子最暖和最尊贵的地方，他坐了那么久的车，又和马木提江一起喝了那么多的酒，显然是累了,他的有些霸道的鼾声把马木提江的房子填满了,好像他是这房子的主人。想到这里,马木提江忍不住笑了笑。

马木提江怎么也不会想到,他和海拉吉这两个得过雕花金马鞍的骑手,现在会成为这么孤独而又不合时宜的人。人们原来对骑手是那么尊敬,现在人们常常用半玩笑半嘲弄的方式对待他们,人们对海拉吉还要尊重很多,因为他已是个胡子和雪一样白的老人。对马木提江,他们就不客气了,有人跟他打招呼时,常常在老远就对他喊,啊,我们尊敬的骑手马木提江先生来了!或者是马木提江先生,你要骑着你的骏马到塔什库尔干城吗?你的骏马跑那么快,能跑过县长刚换的越野车吗?要么就是,哦,这不是我们得过雕花金马鞍的骑手马木提江先生吗?我以为你会骑马到喀什噶尔呢,没想到你也会坐班车啊……对于这些拌了石头和沙子的问候,马木提江大多数时候都只以骑手的尊严对他们点点头,抱以礼貌而又不易觉察的不屑,从不用言语搭理他们。

除了因在前年的雪灾中遭了灾还没有缓过劲来的几户人家,塔合曼草原上的牧民现在放牧都骑摩托车了,年轻人更是早就不骑马了。他们骑着摩托车像狼群一样在草原上奔突,现在有些人还买了小四轮、吉普车。

原来,塔吉克人、柯尔克孜人在塔合曼草原生活了数千年,成千上万匹骏马在草原上奔跑了数千年,草原还像地毯一样平展,现在,这些橡胶轮子从草原碾过后,就像刀子划过母亲的身子,留下了纵横交错的伤痕,只要这些车还在草原上跑,这些伤疤就只会溃烂,不会愈合,无数的车辙留下了蛛网般的、不再长草的"马路",一有风,白色的尘土就飞起来,整个草原尘土弥漫,把蓝色的天和闪着银光的雪山都染黄了。草原变得难看了,像一个年轻的母亲在一夜之间变老了。马木提江每次看到草原，心里就会异常难过。这哪里还像牧人的家园啊，他觉得原来那个美丽的草原再也不在了。

原来这个草原有成百上千匹马，现在马已经很少了，可能连两百匹还不到。叶尔汗爷爷和哈丽黛奶奶原来每年都会从喀什噶尔城返回到草原上来听马蹄声，那时，他们还能听到马群像风暴一样从草原上掠过，幸好他们在八年前去世了，如果他们现在回到草原上，看到这个样子，不知道该有多么难过。

夜越来越深了，高原上只有风的声音。天窗上再也看不到星星，星星像是被风刮跑了，只有一小块灰黑色。

马木提江叹息了一声，睡意终于爬进了他的眼睛。他跟自己说，我得睡了，明天一大早，我还得给卢克备马呢。

六

卢克不知道那阵风是什么时候掠过草原的。那是他熟悉的尖啸声，像一声凄厉的狼嗥。他在这高原共计待了八年，听惯了这种风的声音。今天，它唤醒了他。

夜色笼罩着草原。那一方小小的天空已经变黑。屋子里很暗。只能听到马木提江野兽一样的鼾声。在他鼾声的间隙里，可以听到萨娜和孩子以及那些小牲畜的呼吸声。牛粪火、泥土味和大家的气味混杂在一起。这种气味卢克并不陌生。那匹小马驹不知是多久卧到他身边来的。它舔了舔他的脸。他在黑暗中抚摸着它。它安静了,显得更加乖顺。

屋外马厩里的烈火嘶鸣了一声。它知道卢克醒了。

夜风一定扬起了烈火的鬃毛。它的鬃毛像火一样,可以把夜晚点亮。今天就是它火一样的鬃毛点亮的,黎明已经降临。

风也把卢克的记忆带到了萨娜的夏牧场。他想起了那个骑在马上,老向前哨班眺望的少女。她红色的衣裙在海拔四千多米的高原十分醒目。她像一朵永不凋零的花,一朵开放在马背上的不知名的花。

那天,她在卢克眼里就是一个小姑娘。虽然他只比她大四岁,但他已是一名下士班长,已在边防待了两年。边防的生活是孤寂的,哨所周围只有到了夏天,才会有几户牧民前来放牧。他原来也不知道,哨卡附近的夏牧场是萨娜家的。卢克知道她爸爸阿布杜拉的名字,但不知道他有一个长得像雪莲花一样的女儿。

这些牧民是卢克在那个时节能见到的除军人之外的其他人类。每一个来到前哨班附近的人都让战士们惊喜,更何况萨娜是一位穿着红裙子的少女呢。从发现她的那天起,战士们就喜欢远远地看她。她看不清他们,但前哨班的七个人已在高倍望远镜里无数次地看过她。她不知道,她细长的眉毛、黑而深的眼睛、高高的鼻梁、帽子上绣的纹饰、裙子上的花朵,还有她望哨卡时那种专注的神情,他们都能看得一清二楚。她是个迷人的姑娘。自从她出现不久,她就成了那个哨卡里说不完的话题。

卢克那天向她走去的时候,他知道他身后的兄弟们的六双眼睛一直跟踪着他。他们说,班长,你去把她搞定。卢克说,你们这群粗人要注意用词啊。他们"呵呵"笑了。他走到路上,听到了她的歌声。她的声音在坚硬的风里显得那么清凉柔软,让人总想从

七年前那场赛马

马背上滚下来。

　　当他从连队返回的时候,她还站在山冈上,见他骑马返回,她从马背上跳下来等他。卢克打马来到了山冈上。他的黑马喷着响鼻,跑得很快。他把一大捆书递给她。她接过时,腰弯了一下。她肯定没有想到,当轻薄的纸张印上文字,装订在一起,再捆成一捆的时候,会变得那么沉。

　　这都是些小说,有我们国家的作家写的,也有外国的作家写的,你慢慢看。

　　萨娜的眼睛望着卢克。从她的眼睛里,他发现了忧伤和孤独。但她的眼神像羔羊和马驹的眼神那样纯洁、清澈。

　　她后来跟卢克说过,她曾试着到离哨卡更远一些的地方去放牧。但哨卡却牵扯着她,好像她的魂儿已经留在那里了。她一天看不见哨卡,就感到身子都空了。她爸爸非常生气。她只好跟他撒了一个谎,说自己胆小,害怕没人的地方有狼。

七

　　天刚刚亮,萨娜就醒了。马木提江和孩子们睡得很死。她记起她昨天晚上又做了那个梦,她梦见她和卢克骑着马在草原上跑。那个草原牧草丰茂,鲜花盛开,无边无际,他们怎么也跑不到草原的尽头。卢克每次都让萨娜跑在他前面,当她跑着跑着,回过头去,他都会没了踪影,只有那匹马独自兀立。当她急得要哭的时候,那匹马总会跑到她的身边,说,萨娜,你不要难过,我就是卢克。

自从卢克离开高原,萨娜过上一段时间就会把这个奇怪的梦做上一次。梦境当然是有差别的,但主要的情景却差不多。

萨娜从梦境中回过神来,往卢克睡觉的地方看去,他已不见了踪影,只有那匹小马驹像个孩子似的卧在那里,样子憨憨的,和她的孩子一样可爱。天哪,她真害怕那匹小马驹会突然对她说,萨娜,我就是卢克。她想到这里,忍不住笑了。

他一定是看高原的清晨去了。他喜欢高原的清晨,他跟萨娜说过,他喜欢那种带有寒意的风景。他就是喜欢这些草原上的牧人们看似平常的、或者根本不在意的东西。

但萨娜一大早起来看不见他,还是很不放心。她的心空空的,像那些只有石头的山谷。她穿好衣服,拢了拢凌乱的头发,喝了一口昨晚没有喝完的茯茶,漱了口,拿起马木提江的羊皮大衣,低着头,出了门。

天还没有大亮,草原上空气冰凉。萨娜看见卢克牵着烈火,在草原上溜达着,在薄薄的晨雾中,他和烈火的身影显得很模糊,像一个小小的影子。

有一阵风差点把萨娜推倒,风声像刀子一样尖利。他的衣襟和烈火的鬃毛都猛地向西边飘去。风推着她,让她踉跄着跑向他。风使他听不见她的脚步声,但烈火知道她正向他们走去,它扬起头来,回头望了她一眼。它的眼神和他的那么相似,有时像卡拉库里湖的湖水,有时又像炉子里的火。

卢克曾对萨娜说过,他希望做个塔合曼草原的牧羊人,每天跟她骑着马,赶着一群羊,到草原深处去放牧。有一次,他们牵着马,跟在她家的羊群后面,像在云上漫步,直到夜幕降临。那是他们恋爱的时候。那是萨娜最美好的回忆。

卢克和马木提江是完全不同的两个人,卢克希望时间能停留下来,恨不得把一分钟变成一辈子;马木提江则和他相反,他总爱骑着烈马,带着她在草原上狂奔。他希望萨娜因为害怕而紧紧地搂住他的腰,但她的骑术并不比他差,即使马跑得飞快的时候,她的身体也可以不挨他。

卢克那么专注,她不知道他在想什么。她把皮大衣披在他身上,他才回过神来。他回头看见是她,惊喜地说,萨娜,你怎么这么早就起来了?

你比我起得更早啊,你看,这么大的风……

卢克把大衣取下来,披在萨娜身上。他把衣服披好后,打量了她一番,笑着说,这么多年了,你怎么还是那个小姑娘萨娜啊!

我的哥哥,你不要安慰我了,你看这高原上的风和太阳,就是萨拉日·胡班塔吉克民间传说中的唐公主,一位有天仙般容颜的女子,塔吉克语意为"群芳之首"。来到这里,要不了几年,也会变老的。萨娜执意要他把皮大衣披上,她说,你从城里来,那经得了这样的风啊。

卢克说,萨娜妹妹,你的哥哥什么样的风都能经历。你快回去,我遛遛烈火就回来,我有七年没有跟它在一起了。

听他那样说,萨娜就披着马木提江的羊皮大衣往回走。她有些伤心。她想对他说,我也有七年没有见到你了。她有些羡慕烈火,她想自己能变成烈火就好了。

卢克考军校走的那一年,因为不能再见到他,萨娜没有回她家的夏牧场去。她知道,卢克已把她的心拿走了,她不想拿回自己的心,她想让他把自己的心霸占着,一直霸占着。她在塔合曼——她家的冬牧场照顾奶奶。

萨娜想念卢克的时候,就读他送给她的书。那些书里写的生活离她都很遥远,她开头读不大明白,但读过很多遍后,那些生活就离她很近了,她觉得那些恋爱的少女就是自己,那里面写的人物都生活在她身边。啊,那些可怜的少女,虽然她们的结局都不太好,但她们的爱多么让人羡慕。她从她们那里看到了自己。她也用她们那样的眼神看过他,也用她们那样的爱爱过他,用她们那样的思念思念过他,她也有过她们那样甜蜜而悲伤的心情。

想起这些,萨娜的眼睛潮湿了。她回头望了他一眼。草原上的晨霭已弥漫开了,她只看见了他和烈火那有些飘忽的影子。他们像刚刚走出她的梦境。

八

马木提江醒来后,萨娜正在灶台前忙碌。他看了一眼萨娜,有些自豪,又感到愧疚。他突然用带着几分苦涩的、满含歉意的声音对她说,萨娜,你跟着我吃苦了。

萨娜坐在炉子前煮奶茶,她虽然已是三个孩子的母亲,但身上还充满了青春的气息。她比马木提江显得年轻。炉子里的牛粪火映在她的脸上,把她的脸映照得像一朵红花。可以看清她眼睫毛上的火光。她鼻翼处的几粒雀斑像是在随着火光跳动。她带着几分羞涩,抬头看马木提江时,她的眼波像荡漾的蓝色湖水,马木提江看到自己和多半个屋子一起,在她的眼波里荡漾。她听了马木提江的话,什么也没有说,只露出白玉一样的牙齿,微微笑了笑。

她的一举一动还时时拨动着马木提江的心弦。他多么爱她啊,但他从来没有跟她讲过。很多时候,他只会带着她,在马上狂奔,或者唱那些古老的情歌给她听。但她随时都可以感觉到他的爱。他爱她就是这样简单——无非是希望自家的羊能多剪一些羊毛,希望母羊们多下一些羊羔,多产一些羊奶,希望家里不缺吃不缺穿,希望孩子们都能到县城去上学,希望他们长大后能成为他们汉族舅舅那样有文化的人。这就是马木提江对萨娜的爱。

马木提江从萨娜身上闻到了新鲜露水的味儿,你出门去了?

她点点头,把挤好的牛奶倒进铁锅里。

孩子们的舅舅呢?

他和烈火去看清晨的草原了。

让他好好看吧,他有七年没有看到清晨的草原了。哎,我一直没有想通,那有什么好看的。外面冷得很,你该给他送件皮大衣。

每个清晨在我们眼里都差不多,但在他的眼里却是不一样的,所以他才看不够。她说完,让马木提江把被子给孩子盖好。孩子们躺在马木提江身边,像三只羊羔子,他们浑身也散发着好闻的羊羔子的味儿,他忍不住在每个小家伙的脸上亲了一下,然后从被子里钻了出来。

奶茶煮好没有多久,卢克回来了,他身上带着清晨的寒意,带着清晨草原的味道,那种味道和萨娜刚才带回来的一样,有一股香气。

一走到草原里面,我就想赛马了。卢克对马木提江说。

马木提江不知道该怎么回答他。他只是说,只要是骑手,一见到草原都会这么想。

七年过去了,草原上肯定有好多新骑手呢。

那是当然。马木提江回答他的时候,眼睛没有看他。他的心像被什么东西揪了一下。

九

卢克一眼就看出来了,马木提江想跟他说什么,但每次都欲言又止。喝了奶茶,吃了青稞馕,他终于说了,他说,你知道吗?你应该去看看海拉吉。

卢克忍不住笑了,他在心里说,你原来就是想告诉我这个啊,这有什么不好开口的呢。他笑着说,我肯定要去看他的。

马木提江一边把馕掰成小块,泡在奶茶里,一边对卢克说,老人快八十岁了,他一直念叨你,等会我带你去找他。

卢克说,算了吧,还是我自己去找他,我熟悉塔合曼草原,你陪你的萨娜吧。

他笑了,我天天都陪着呢。说完,几口把馕吃到肚子里,就去给卢克备马。

配了雕花马鞍的烈火焕发了更加骏逸的光彩,卢克骑上去之后,恍然觉得自己是一位在这个清晨诞生的古代骑士。

配上了雕花马鞍的烈火显得有些激动。它前蹄腾空,引颈长嘶一声,把还沉睡着的草原唤醒了。几只牧羊犬睡意蒙眬地吠叫了几声。

配上了雕花马鞍的马总想奔跑,卢克不得不紧紧勒住马缰。时隔七年之后,再次骑着烈火走进草原,他想走得慢一些。

地处帕米尔高原的塔合曼草原,天黑得晚,也亮得晚。远处高耸的山脉只有覆盖了白雪的部分能够看出来,其他部分仍是深黑的颜色。雪山像是浮在天空中的,显得更加高远和圣洁。虽然是无月的夜晚,但草原上洒满了雪光,发白,坚硬,带着寒意。可以看到几匹马伫立在草原上,偶尔可以看到一顶毡帐,几株树,都像剪影一样。

愈往草原深处走,天光愈浓,雪光渐渐消退,山脉越来越清晰,高原在黑夜中像一个婴儿,被无声地、慢慢地分娩出来了,给草原带来了新的活力;河流和沼泽发着光,青草和鲜花的香气开始在回暖的天光中复活,在空气中飘散、升腾、弥漫开来。深绿色的草原变得一片迷蒙,五颜六色的小花像星星显现在天幕上一样,渐渐变得明亮。然后,从雪山后面的遥远的东方升起的太阳,慢慢地将这些大地的气息吸纳,草原上铺上了金色的朝霞,天地瑰丽,有那么几秒钟,生灵万物屏息静气,整个世界庄严神圣。草原四周的白色的毡帐里冒出了乳白色的牛粪烟,羊群像一片片白色的水,从草原四周的毡帐里涌出来,各种牲畜的叫声伴着牧歌声从四面八方传来,向草原里汇集。草原上一片喧哗。

海拉吉已经醒来了,他坐在毡房门口的羊毛毡子上喝奶茶。

他大声说,小伙子,我听见了你,你过来吧!

卢克在海拉吉的毡房后面下了马。

海拉吉站了起来。卢克看见他的背已经弯了,显得很矮小。

卢克以塔吉克人的礼节吻了海拉吉的有马汗味和奶茶味的手,又吻了吻阿曼莎祖母一样的脸颊。

骑着你配了雕花马鞍的骏马的小伙子,我一直等着你回到这草原上来,我以为你再也不回这个伤心地了,啊,快到这毡子上来坐下吧,喝一碗奶茶暖暖身子!他说话时,下巴上那部漂亮的络腮胡子一翘一翘的。

卢克挨着他坐下后,说,尊敬的海拉吉大爷,我肯定会回来的,这些年,我一直牵挂着您,我常常想起当年和您一起赛马的情景。您现在比当年显得还要年轻、漂亮。

哈哈,我也觉得我比原来年轻了好多!他笑着说完,又指了指身边的老伴,自豪地说,你原来没有见过,这就是塔合曼草原最美丽的姑娘、一直住在我心里的阿曼莎!他说到这里,满含深情地看了阿曼莎一眼,阿曼莎已满脸皱纹,但每道皱纹都被幸福填满了。听了他的话,她露出缺了牙的嘴,笑了。然后,她给卢克倒了一碗热气腾腾的奶茶。

卢克和海拉吉像一对父子,坐在草原上的阳光里,坐在变得越来越暖和的高原的风里面交谈着。卢克有时用已经不太熟练的塔吉克语和海拉吉交谈,海拉吉也能讲半吊子汉话。草原上不时传来他们爽朗的笑声。

十

海拉吉记得,马木提江来向他讨教他能否成为骑手的问题是在他家的黑母羊的肚子鼓起来的时候。它是海拉吉的羊群中一只年轻的羊,它是第一次怀羊羔。他和阿曼莎原以为它没有怀上,一直为它会错过最好的产羔时节而遗憾。遗憾一阵,就把它忘了。没想那天早上,海拉吉起来赶着羊群到草原上去放牧的时候,发现它的肚子鼓了起来,他高兴地把阿曼莎叫出来,说你看这只黑母羊怀上羊羔子了,你看它多像你怀第一个孩子的时候啊,又害羞,又骄傲。

他的话把阿曼莎逗得笑弯了腰。

这时,海拉吉远远地看见一个人骑着一匹白得像雪一样的马,飞奔而来,由于那人是从太阳出来的方向飞奔而来的,太阳光不停地在后面追他。那人的马跑得那么快,海拉吉以为他一定有什么急事需要他帮忙,就赶紧勒住马缰,跳下马来等着。

那人到了他面前,他才看清是小伙子马木提江。马木提江飞身下马,右手扶胸,礼貌地向他鞠躬后,又吻了他的手心。海拉吉看见他的脸色有点发灰,眼睛里布满了血丝,就知道这个小伙子已有好几天没有睡好觉了。

海拉吉说,小伙子,你有什么事就快说。他像不知道该怎么讲了,有些害羞的样子,看着手里的马缰,吞吞吐吐地说,尊敬的海拉吉大爷,我……我……没有什么事情,我只是想让您看看我……我能不能成为塔合曼草原最好的骑手。

海拉吉摸着自己那部已经有些花白的胡子,十分爽朗地哈哈笑了,看着他说,马木提江,你也看到了,现在草原上很多年轻人都骑那个突突响的、屁股后面冒烟、一溜烟就可以跑到县城去的电毛驴,连马都不骑了,你还来问这样的问题,是不是耍弄我海拉吉老汉来了?

我是真的想成为草原上的骑手,但我不知道该怎样做,我想让您告诉我。

那你是拜师来了?

马木提江点点头,有些激动。

好哇！太好了！你不但喜欢骑马,还要做一名骑手,我真的很高兴！我还以为我是塔合曼草原上最后一个骑手了！他让马木提江坐下,接着说,但我教不了你什么。草原上的赛马不是洋人搞的那种赛马,草原上的骑手之所以成为骑手,是因为他热爱草原,热爱马。你要了解马,马是个性很强的动物,它的外表温顺安静,但内心深处有一种强烈的竞争意识。它们在与同类的竞争中,就是累死也不肯认输,战争中的许多马其实并不是受伤倒下的,而是由于剧烈的奔跑累死的;还有,你必须能够驾驭自己的骏马,这仅靠勇敢和技艺是不够的,还要向马展示你的智慧和爱心。马性强而不倔,非常好强而争胜,能逆风而上,无争名图利之心,你看畜群贪恋水草,但你屁股下的坐骑依然昂首阔步,对丰美的牧草视若无睹,这是因为它有一颗高贵的心——你也看到过,即使是几匹马同拴一个槽头,它们也不会像猪狗那样为争食而龇牙咧嘴,它们的用心不在槽枥之间,而在千里之外。马的德性如此,骑手也要如此,人马同体同德,血脉相通——即使你的马是一匹普通的马,你也能成为一个优秀的骑手。我只能告诉你这么多,但这些话是我用一生领悟出来的,我从小就在马背上溜达。

马木提江听了海拉吉的话后,很是吃惊,他没有想到海拉吉大爷能说出圣言一样的话。他涨红着脸说,海拉吉大爷,我虽然不能完全理解你的话,但我像一个忍着饥渴在荒原上走了很多天的人,终于喝上了热腾腾的奶茶,心里舒服得很。

海拉吉得意地笑了,他也感觉刚才那些话说得带劲。

马木提江不知道该干什么,他玩弄了一会儿马鞭梢,红了脸,突然问海拉吉,海拉吉大爷,我……我还想知道,您认为塔合曼草原上的好姑娘真的都喜欢最厉害的骑手吗？在塔合曼草原上,是不是只有最厉害的骑手才有可能把花儿一样的姑娘娶到自己的毡房里呢？他问完后，抚胸听海拉吉的回答，那样子，虔诚得像一个穆斯林在聆听圣训。

海拉吉哈哈笑了。他一看就知道，小伙子的心被一个姑娘迷住了，你希望从他那里知道，自己的爱情能否有一个美好而甜蜜的结局。他说，以前，这个草原上的姑娘，谁不喜欢优秀的骑手啊！而一个美丽的好姑娘如果不嫁给优秀的骑手，人们就会认为她是在作践自己。当年，我奶奶长得和我的阿曼莎一样美。——那时，伯克的儿子骑着一匹他爹从阿富汗的部落头人那里买来的大马，天天给我奶奶献殷勤，但她最后还是嫁给了我的骑手爷爷。我也是和你马木提江一样大的时候，见到了阿曼莎，就发誓要成为草原上最优秀的骑手的，我那时候家里那么穷，但当时草原上最美丽的阿曼莎还是嫁给了我。海拉吉说到这里，叹了一声气。但现在，很少有年轻人还想做一名骑手了，而以前的骑手都老了……骑手是草原的灵魂，没有骑手的草原，灵魂就飘散了。现在，姑娘们都愿意找个有钱的小伙子，嫁到塔什库尔干或喀什噶尔——甚至恨不得嫁到乌鲁木齐和北京去。所以，现在当一名骑手，有可能是不幸的……所以，我劝你打消这个念头，问你爹要一笔钱，也到城里开个店，多挣些钱，娶一个自己喜欢的好姑娘。

马木提江有些沮丧，这并不是他想听到的话。他垂下脑袋，觉得这世界一点希望也没有了。他差点要哭了。

哈哈，马木提江，你是不是喜欢上哪个姑娘了？可不可以告诉我这个老头子，是塔合曼草原的哪一朵鲜花把你年轻的心儿迷住了？

马木提江怕自己眼睛里的泪水跑出来，仍低着头，羞红了脸，

七年前那场赛马

小声说,是的……两个月前,我去草原的西边找我们家那匹走失的黄骠马,遇见了一个叫萨娜的姑娘……

哈哈,你的眼光不错啊,他是阿布杜拉的女儿,还是一朵含苞未放的花朵呢,但你已能闻到花儿的芳香,看到她开放时的美丽了。这姑娘会长成慕士塔格最美的雪莲,会长成卡拉库力的白天鹅的。但我可不敢肯定她是否喜欢一个骑手——你可能是这草原上最后一个骑手了。

我现在不管她是否喜欢,但我知道,我如果能成为您这样的骑手,我还有希望得到她。马木提江抬起头,用忧伤的语气说。

好的,很好啊,小伙子,我还可以陪你跑几年,等到哪一天你的马跑到了我的前面,你就是这草原上最好的骑手了,那时候,这草原上的姑娘都会知道你马木提江的名字。

太谢谢您了,有了您的指教,我一定会成为一名好骑手的!他听了海拉吉的话,满心欢喜地和他道了别,骑着马又像一阵风似的跑远了。

十一

马木提江早上本想跟卢克一起去看望海拉吉大爷的,这样,他在路上就可以跟卢克讲那件事。那件事像一块冰冷的石头,沉沉地压在他的心头。他觉得自己像生病了一样。萨娜问他怎么啦?他说没有什么,他哄她说,可能是昨天晚上的酒冲到头上去了,人有些昏沉。萨娜让他休息,但他还是赶着羊群出了门。

现在是高原最有生机的时节,但在马木提江眼里,却像初冬一样萧条。只有想起他和萨娜的往事,他才会好受一些。爱最终会变成一种回忆,这是没有办法的事情。他记得,他认识萨娜的时候,她才十五岁。他不知道,这个姑娘的心,已经被卢克占据了。她的毡房后面有一列雪山,像凝固的白云。马木提江为了找到他家那匹走失的黄骠马,已骑着马在塔合曼草原转悠了两天。他知道这匹发情的小公马一定去找它喜欢的小母马去了。它过上一段时间也会回到马群里来,但他爸爸喜欢这匹马,总担心它被人偷走了,所以一定要让他去把它找回来。马木提江走到草原的西边时,那里正在举行一场赛马会。他远远地看见她骑着一匹青鬃马,她骑在漂亮的青鬃马上,在人群中十分醒目。她的美把她和其他人分开了。

马木提江把自己的马抽了一鞭,朝她飞快地跑过去。他像一阵风似的刮到了她的身边,好像害怕她不是人世里的姑娘,而是天使在人间的一个影子,转瞬即逝。他怕自己如果不快一点,就来不及看清她,就闻不到她身上飘散出来的花儿一样的香气了。

但萨娜没有看马木提江一眼,她不知道他来到了她的身边。她看着骑手从远处跑来,她玫瑰花一样的脸蛋涨得通红。马蹄声那么密集,和电影里打机枪的声音一样密集,一匹马就是一挺机枪。她的脸憋得通红,她大声为自己喜欢的骑手加油。当骑手跑近后,所有的观众都在赛道两边跟着他们跑起来,像两股激流。骑青鬃马的她也在他们中间,她像一只长着五彩羽毛的鸟儿,在飞奔的人群里仍然那么醒目。

马木提江跟在她的后面,找黄骠马的事早就忘掉了。他一直跟着她跑到了终点。到了那里,他才发现,有那么多小伙子簇拥在她的周围,希望得到她的一个眼波。但她好像没有看见。对于马木提江这个陌生的闯入者,好像没有一个人注意到。当马木提江向他们打听她叫什么名字时,他们立即变得警惕起来,像牧羊犬闻到了狼的气息。没有一个人回答他,他们对他充满了敌意,巧妙地把他从她的身边挤开了。

马木提江就去问一位下巴上长着一挂山羊胡子的精瘦老人,他告诉他,她叫萨娜,他又指了指骑手中的一位中年汉子,说,那位获胜的骑手就是她的爸爸阿布杜拉。

知道她是在为她的爸爸加油,马木提江长长地舒了一口气。

他看到,她爸爸获胜后,她激动得哭了。她那么爱她的骑手父亲,他真是很少见过。

知道了萨娜的名字,马木提江像得到了最珍贵的宝贝,他在心里一遍遍念叨着。他的心里充满了又甜又苦的味道。

赛马结束后,所有的人都带着欢乐散到了草原里。马木提江看见萨娜和她的爸爸走向雪山下的毡房。就在那个时刻,他发现自己的心从身子里溜走了,跟在她的马屁股后面,一跳一跳地跑远了。

他看着刚才那些骏马踏起的烟尘在空中飘散,越来越淡,最后被风带走了,什么也没有留下。这时他才发现,自己的脸上满是泪水。他在心里说,我也要做一个像她父亲阿布杜拉那样的骑手,不,我要做一个像海拉吉那样的、塔合曼草原上最好的骑手!

马木提江找到黄骠马时已是傍晚,他用套马索套住它,赶着它往家走。因为他的心留在萨娜那里了,所以他不想离开这里。他一次次回过头去望那顶白毡房。他知道萨娜并不知道他的心跟着她跑了,所以他觉得自己的心流落在她的毡房外面,疲惫地像兔子那样跳来跳去,凉得像一块冰。

马木提江走得很慢,天空像一顶巨大的毡房,把草原笼罩在里面,毡房顶上布满了大大小小、或明或暗的星星。即使是头天晚上,他也会盯着美丽的夜空看上半天,猜想每颗星星是用什么做的。但现在,他一眼也不想看了。

他任由马儿驮着自己走。草原已变得无比宽广,好像他永远也走不回自己的家了。

十二

看着太阳就要偏西,卢克要跟海拉吉道别了。但海拉吉不让他走,他说,你是我最年轻的朋友,你一定要在我的毡房里吃了晚饭再说。卢克感觉他像自己的父亲,也就答应吃了晚饭再走。

塔合曼草原只是海拉吉的冬牧场,他的夏牧场在古瓦罕走廊的明铁盖达坂下,每年夏季,他就会在那里撑起一顶白毡房。天冷的时候,才会搬到冬牧场来。他饭量很大,现在一顿还能啃一条羊腿,即使喝一斤白酒也没有醉意,虽然年事已高,但还可以骑着光背骏马在河川和草原上飞奔。每当卢克露出担心的神情,他都会笑着说,鹰翅在雄鹰孵出之前就和天空相配,马蹄在骏马出生之前就与草原在一起,我嘛,在我出生之前就与马背搭配着,你放心吧!我骑在马背上就像在平地上走着。

因为一辈子都在马背上,他的背有些驼,腿也成了那种在牧区常见的马步状。这种样子,使人一看见他,就知道他的裆下有一匹好马。他一生喜欢骏马。据说他年轻时曾用三十头母羊的大价钱从阿富汗的一个部落头人那里换来过一匹好马。那马四蹄雪白,全身枣红,他给它取名"帕米尔"。他说那是一匹四蹄能踏出青烟的好马。

天还没有黑,阿曼莎做的清炖羊肉的香味就弥漫在了草原上,让人垂涎。天黑的时候,马木提江也过来了。三个男人开始喝酒,那是很便宜的昆仑特曲,五十度,那只土陶碗很大,一瓶酒刚好可以倒一碗,那碗酒在他们手里传递着,转不了几圈就见底了。

喝了一阵酒,海拉吉知道卢克是写书的作家,就说,书真是太好了,它是安拉安拉,伊斯兰教所信仰的唯一神的名称。中国通用汉语的穆斯林译称为"真主",通用突厥语、波斯语和乌尔都语的穆斯林称为"胡达"。对人类最伟大的赐予,没有什么能比过它。世界应该是这个样子的,安拉在最上面,其次是自由,然后是书,再然后是大地。他喝了一大口酒,接着说,我不识字,卢中尉能不能为我朗诵一点东西啊,我愿意用塔吉克民歌来换。

卢克自然很高兴,他给海拉吉朗诵了意大利天主教会的圣者方济各的《太阳颂》。他声音沙哑,朗诵得不好,但海拉吉听得入了迷,听完后,他竟然记住了第一段,并随口朗诵起来——

赞美你,我的主,
以及你的所有创造物,
尤其是高贵的女主人,
太阳妹妹,
她每天用光赠送我们白昼。
她的美丽,

在光辉中容光焕发：

你的象征，至高者！

他坚持要卢克把《太阳颂》抄给他，他说塔吉克人是太阳之子，应该时时听听太阳的颂歌。

三人一瓶接一瓶地喝酒，卢克朗诵了很多首诗歌，海拉吉也唱了很多首民歌，其中有卢克非常爱听的《黑眼珠》、《巴娜玛柯》和《古丽塔扎》。他的声音已经苍老，但那苍老的声音十分独特，充满了真情，透露出爱情之歌的恒久魅力。卢克是第一次听一个老者唱这样优美的情歌。他感到唱着情歌的他那么年轻。他的眼里一直噙着动情的眼泪。

他们三人不知道喝了多少酒，直到月上中天才作罢，然后，卢克和马木提江醉醺醺地爬上马背，任由马儿载着他们往回走。他们在马背上对着沉默的冰山喊叫，对着一尘不染的月亮歌唱。铺着月光的草原是银灰色的，它一直融入到远处黑色的山体里；那冷而神圣的雪山像是悬浮在黑色的山体上，像是悬浮在黑夜之上……

十三

马木提江在马背上摇晃着，好像随时都有可能摔下来，他像个诗人似的对着卢克的背影抒起情来，啊，这美酒啊，你看那月亮多美！那天空……像萨娜一样美的月亮和天空！但我对不起你，我一定要把这件事告诉你，你听我说……你不要跑！烈火，你停住，你不要把他驮跑了,你不要把他摔下来了,你以为他还是七年前的他啊,他这些年住在城市里,坐在书桌前,与书为伴,足不出户,文气得就像我们牧场的那个女老师。哈哈,那个女老师没有到城里读书之前,还会骑马的,没想读了三年书回来,一到马背上就吓得大喊大叫。但她会骑摩托,那摩托即使跑得跟疯狗一样快,她也不会害怕。哈哈,你说这人怪不怪!

卢克走到前面去了。他在对着月亮唱歌。他唱的什么一句也听不清楚。他的声音像一头公狼在嗥叫。马木提江忍不住笑了。他对自己的马说,今晚这草原上不会有狼了。他的马打了一个响鼻,像是不明白他的话。马木提江解释道,即使再凶的狼,听到卢中尉的歌声也会害怕的。但那月亮还在笑眯眯地听他唱呢。月亮之所以能成为所有小伙子的梦中情人,可能就是因为它有母亲一样的爱心。我原来就爱把我不好意思跟萨娜说的话说给它听,那个时候,好像它就是萨娜……哎,萨娜不喜欢我喝酒,但我总是喝多。这没有办法,我可以管住自己的心,但我管不住自己的嘴。她让我来接他的时候,还对我说,你们早点回来,千万不要把酒喝多了。

在马木提江想要去追上卢克的时候,他突然听到身后也有人在歌唱。他的头发一下竖立起来。他的马也吓得小跑起来。那声音那么苍老,那么欢乐,那么深情。他听出那是人的声音,他不怕了,勒住马,想看看还有谁在草原的夜晚歌唱。

美丽的人儿啊,
别再用利剑戳伤我的心田,
我这可怜人为追求你,

像秋天的玫瑰,

早已凋残!

那人反复唱着这几句歌词,好像他只会唱这几句。他的马跑得很快,他的声音越来越近。马木提江忍不住笑了,是海拉吉!他喊海拉吉大爷。他快乐地答应了。真的是他!他很快就到了马木提江的身边。马木提江有些担心他,海拉吉大爷,这么晚了,你还骑马出来干什么啊?

海拉吉兴致很高地对他说,七年前的三个骑手在一起,我高兴啊,好久没有这么高兴了!我想和你们在铺着月光的草原上走一走。阿曼莎知道我高兴,她没有拦我。

两人追上卢克,直到他俩走到他的身边,他才停止唱歌。他看到海拉吉,高兴得不得了!他笑了一阵,突然又哭了。两人不知道他为什么笑,又为什么哭。

偶尔有一点灯火,有一声狗叫,有一阵风。

三个人并驾而行,十二只马蹄敲击着草原,声音很好听。他们想这样一直走下去,他们希望整个世界都是一个草原,可以让他们一辈子这样走下去。

卢克突然在马背上坐直了,他望了一眼湖水一样的天空,又望了一眼远处蓝色的雪山,说,我多想在这样的夜晚赛一场马啊!

海拉吉和马木提江也猛地坐直了身子。他俩虽然听明白了,但不相信自己的耳朵,马木提江大声问道,你说什么?

海拉吉已像个孩子似的手舞足蹈起来,他喊叫道,那我们就赛一场!我活了快八十岁,还没有在晚上赛过马呢!

马木提江也激动起来,好啊,你看,有我们三个骑手,有马,有草原！什么都有，那就赛一场！

三个人的酒都醒了许多。

马木提江叹息了一声，有些遗憾地说，可惜，海拉吉大爷老了，烈火老了，卢中尉有七年没有骑马了。

海拉吉听了他的话，首先叫嚷起来，好啊，马木提江，你竟然嫌我老了，你没有看到，我喝了那么多酒，还稳稳地骑在马背上嘛！

卢中尉也叫嚷道，你马木提江也太小看我和我的烈火了。

马木提江连忙解释，说，我只是担心你们，怕你们出什么意外。

他们没有管他的担心。他们已确定了十公里的赛程。

在帕米尔高原，短距离的赛马不甚隆重，十公里的赛马属大型赛马，在塔什库尔干每十年才举行一次，奖品有骆驼、马、牦牛，历史上还奖过金马鞍、银马鞍和元宝。后来也有金马鞍、银马鞍，但和过去不一样了，已没有人真正会用纯金和纯银打造马鞍奖给你，但荣誉却是一样的。

卢克已跳下马来勒紧了他的马鞍。海拉吉说他高兴得老骨头都发痒了。他说他愿意把他的一副金马鞍拿来做这次赛马的奖品。

海拉吉的话让卢克浑身的血一下沸腾起来，他说，我就得过一副银马鞍，我以为我这一生再也没有机会得到金马鞍了，今晚终于等到了机会。

三匹马成了草原的影子，草原夜晚的灵魂。这猛然响起的马蹄声把草原惊醒了。夜色被他们撕开，卢克恍然看见耀眼的光亮从撕开的裂口处像猛虎一样，猛地扑向他们，把他们吞噬，然后让他们在光明中新生，飞速向前。他看见整个草原被那种奇异的光明所笼罩，所有的一切——草丛、沙棘、毡房、冬窝子、兀立的马、草原四周壁立的雪山、蜿蜒如飘带的河流——都焕发了新的光彩。

十四

萨娜和孩子们一直在等马木提江和卢克回来。没事可做的时候,她翻出了卢克送给她的那些书。她一本一本地翻开它们,总会翻到七年前的某一页。那书有一股好闻的、不朽的香味,那书里的故事也泛着陈香。

她不停地到毡房门口去望他们。每当有人骑马从她毡房旁边经过,她都以为是他们回来了,但她一次次跑出去迎接,却总是落空。她叹息道,哎,男人就是活到一百岁也是孩子,总是让女人担心。

当天黑还不见他们的踪影,她知道他们肯定喝酒了。她把三个孩子哄睡了,又捺着性子等了一会儿,他们还没有回来。她站在毡房门口,看着月亮一点一点地攀爬到了天空中央那团白云旁边。她怕他们酒醉后在草原上睡着了。前几年有人喝醉后,在草原上睡着后喂了狼,只留下了几截骨头和一堆血肉模糊的衣服。想到这里,她再也待不住,就决定去找他们,她把被子给孩子盖好,把门锁上,骑上马,向草原深处走去。

萨娜已经很久没有在深夜的草原上骑马走过了,月光像雪花一样落在她身上,可以听见"簌簌"的声音。那是月光的低语。草原的月夜这么美,像枕着鲜花入睡的萨拉日·胡班那么安静。塔合曼草原已经入睡,那四围的雪山已经入睡,这整个高原都已入睡,好久才听到一声狗叫,那声狗叫也像是从睡梦里发出来的。她深深地呼吸着草原的空气。那空气有一股甜味,有一股牧草的芳香。她有些陶醉。

突然,有几只狗猛地叫起来,然后,所有的狗都叫了起来。这些狗从梦里被惊醒,吠叫声带着几分恼怒。在她的记忆里,平时的狗叫都是稀稀落落的,只有闹狼灾的时候——牧人们在夜里扛着土枪,带着弓箭,打着火把驱赶狼的时候,狗叫声才有这般声势。

谁在打狼呢。她跟她的马儿说。她的马儿开始像睡着了似的,现在已在狗叫声中精神起来。它昂起头,像是要为她看清楚究竟发生了什么事。

这时,她听到了一阵急促的马蹄声,它由远而近,像一场暴雨。草原这面放在夜晚的大鼓被敲响了,它清脆的回响传得很远,那声音给草原增添了一层薄薄的光明。高原颤动起来。很多毡房里的灯亮了起来,草原上像落了很多星星。有一阵子,草原还有些嘈杂,但随着那声音十分有节奏地、激越地响起来,草原屏住了自己的呼吸。她的马也立住不动了。然后,她听到有很多马嘶鸣起来——很多人骑着马朝那声音疾驰而去;然后是摩托车发动的声音——那些年轻人也骑着摩托朝那声音跑去。

那马蹄声萨娜有些熟悉。那是他们!不知道为什么,她的眼泪一下子涌了出来,一种奇特的幸福感顿时笼罩了她。那急风骤雨般的马蹄声让她突然感到有些眩晕。它把她带到了七年前,那种幸福让她无力承受。

她的马早就激动起来,但她死死地勒住了马缰,她想安静地站在这里,像一块石头那样安静地站在这里,听四面八方的声音朝那神圣的马蹄声汇集去,越来越远,越来越宏大……

萨娜伏在马背上,她的泪水落在马鬃里。马儿像是知道她的心事,安静下来,不再想着去凑热闹,它把她带到一个低冈上,停住了。她看不见他们。她只看见无数的火把、手电光、摩托车灯汇成了一条小小的银河,在马蹄声的引领下,向雪山的方向飞泻而去。那时候,人的喊叫声、马的嘶鸣声、狗的吠叫声使夜晚的草原显得格外喧闹。有一会儿,月亮惊讶地躲到了一团白云后面,星星眨着好奇的眼睛。她担心在城里住了七年的卢克是否还能承受骏马的奔跑,她担心烈火这匹老马跑着跑着,会不会突然倒下……

风把她的裙子和马的鬃毛吹向神秘的蓝色雪山的方向。她终于听到了欢呼。

她不知道是谁赢了。无论是谁赢,她都会感到高兴。她舒了一口气,对自己的马儿说,你看这些野马一样的男人……好了,现在他们跑完了,可以老老实实地回家了……

汇聚在一起的灯光伴随着马蹄声和摩托车的引擎声,向四面八方散开去,那条小小的银河也向四面八方流泻开去,草原上又撒满了星星,最后,那些星星隐进了一家家毡房,草原重又安静了。

这塔合曼草原夜晚的赛马,在萨娜的记忆里,从来没有听人说起过,即使现在,它也像一场梦,即使她看到了他们的身影,也不相信这是真实的。

他们从雪山的方向走了过来。月光使神圣的雪山银色的雪冠显得透明,像一块巨大的水晶,雪山黑色的基座深沉得探不到底。过了一会儿,雪山显得远了一些,雪冠成为他们的背景,他们的影子就更加清晰了。夜晚的草原似乎柔软了许多,马儿行走在上面,没有一点声响。他们还沉浸在刚才赛马时飞扬的激情里,都不说话,使他们看上去像是在梦里乘马而行。到了离萨娜不远的地方,海拉吉和他们分手了,他在一个小伙子的护送下,朝自己的毡房走去。他们说了些道别的话,口气像孩子在跟父亲道别。他俩看着老人的背影,目送他走了好远。

然后,萨娜听到卢克说,哎,真是痛快呀,七年没有赛马了。

你还真行啊,你坐在城市的房子里,屁股七年没有沾过马鞍,骑术还是那么好!还有这烈火,还像匹儿马一样。

可我还是没有跑过你啊,你又赢了。

你得承认,烈火老了……你跟我不一样,我这七年间,自己还时常偷偷地打马狂奔一气呢,你不知道,过一段时间,我不跑上一气,浑身就发痒;还有,我的马也好……

也是啊,马木提江啊,我知道了,你是这草原上最后的骑手了!卢克有些伤感。

马木提江叹了一口气,有些难过地接着说,没有办法,你看今天晚上来看我们赛马的年轻人都骑着摩托。今晚的赛马可能是塔合曼草原的最后一次赛马了……他顿了顿,鼓足了勇气才说出来,这次,我本来想让你赢的,七年前那次赛马也是,但我……一跑起来,就把什么都忘了。我的马一跑起来,我的脑子里就什么都没有了……

你作为一个骑手,怎么能有这样的想法呢?卢克有些生气。

这两次是不一样的,烈火老了,海拉吉也老了,我本来就该让着你们……

卢克没等马木提江把话说完,就激动地抢过他的话说,烈火没有老,海拉吉也没有老!

但我这次真的想让你得到金马鞍,想给你留一个纪念……而七年前,我想让你赢,是因为……是因为我……爱萨娜,我爱她!

萨娜听马木提江说出这样的话,感觉自己的脸一下发烫了。

卢克好像没有听明白马木提江的话。他把烈火靠过去,拍了一下马木提江的肩膀说,我的马木提江弟弟,你的酒还没有醒啊,你怎么说起醉话来了。

我的中尉哥哥,我说的都是真话,那时候,我做梦都想把萨娜娶到我的毡房里去。但你是我的对手,我提出和你赛马,就是因为我知道,我肯定能赢你,因为我那段时间天天都在练习,而你在边防连,你不可能这样做。但就在赛马要开始的时候,我突然产生了让你赢的想法。但马一跑起来,我把什么都忘了,最后,当我知道我赢了你,你记得吗,我当时哭了……

我当然记得,如果我那个时候赢了你,我也会高兴得哭起来的。

我哭不是因为高兴,而是后悔,我太后悔了!

马木提江弟弟,你今天晚上是怎么啦,你这个样子我还从来没有见过。

我记得,我在赛马开始的时候,突然觉得,萨娜应该嫁给你,你和我一样爱她,你比我有文化……她如果嫁给你,就不会在这草原上受苦了。现在,每当我看到她受苦的样子,就心如刀割。马木提江说完,就打马朝自家毡房的方向跑去了。

卢克愣了半晌,叫了一声马木提江的名字,也打马追了上去。

萨娜听了马木提江的话,惊讶得张大了嘴巴。她看着他们的背影,在月色中越来越模糊,最后融进了草原的夜色里,只留下了一串马蹄声。

萨娜望了一眼天空,看到夜空里的云被风吹散了,月亮像被人用泉水洗过。她的脸上一片冰凉,啊,她多想让他们看见她脸上的泪光。

墨水的诚实甚于热血(节选)

——答小说家、《解放军文艺》主编文清丽问[1]

问:你在新疆边防部队待了二十年,走遍了西北近八千公里边防一线——白哈巴、阿拉山口、波马、帕米尔高原、喀喇昆仑山脉腹地、阿里高原、喜马拉雅南麓,光听这些地名,就让人热血奔涌。请你详细讲讲难忘的采访之旅,你又是如何把这些鲜活又独特的素材变成文学作品的?

答:为了成为一个作家,我从解放军艺术学院文学系毕业后,有意识地去了驻守帕米尔高原的某边防部队工作,在那里生活了三年多。1999年上半年,我又到边境一线采访,几乎去了西北边境一线的所有边防连、前哨班、季节性执勤点,行程两万多公里,的确算是走遍了西北八千里边防线。然后,我又三次前往阿里采访,三次去边防连代职,其中包括位于阿里札达县的达巴边防连。调到成都军区后,我又去了西藏、云南的边境一线。后来,为采访二十世纪五十年代初进疆的湖南女兵,我还到新疆生产建设兵团的很多团场采访过,甚至利用休假等方式,自助旅行,做背包客,走遍了新疆和云南。这些经历的确很丰富,讲下来,可以写好几本游记,一时半会的,也没法详细说。利用这些途径,我的确收集了不少素

---

[1] 该访谈发表于《解放军文艺》2022年第9期。

材,听来了很多在书斋里不可能听到的故事,但令人痛苦的是,满脑子的素材和各种令人难忘的故事,却写不成小说。因为故事再独特、精彩,还不是小说。故事与小说之间还有一段漫长的距离,那就是文学性,也就是构成小说的作家的思想、语言、结构等元素。

差不多有十年时间,我除按之前所谓的先锋手法写过一部实验意味颇浓的长篇小说《我的绝代佳人》外,我没怎么写小说,因为写不出我心里所希望的小说。而那个实验小说,还是与赵郭明、任晓雯、裴志海、黄孝阳、齐格等一帮欲重振"先锋写作"的朋友一起,在一个书商的鼓动下,为新世纪作的"献礼"。最后,这本书还是没有出版,直到二十年后,经过删节,才由花城出版社出版了。

问:咱们军事文学写新疆边防部队的,老一代有周涛、李斌奎、唐栋,中年的有你,青年的有董夏青青,你们肯定具有代表性,你认为你跟他们有何异同?

答:周涛是我的恩师,很奇怪的是,在我今天准备顺着你的问题来"谈"的时候,我昨天晚上梦见他出了一本新的长篇小说,叫《铸剑》,书很厚重、精美,拿在手上很有质感。梦境很清晰,不像是在做梦。周涛是中国最优秀的散文家,文风大气、高扬,他有很多写边疆的散文篇章,有些无疑已成经典。比如《伊犁秋天的札记》《博尔塔拉冬天的惶惑》《蠕动的屋脊》。当然,他也是优秀的诗人,在他晚年,又以长篇小说《西行记》跻身小说家行列了。我在周涛老师那里获益最多。他是个极具个性和人格魅力的作家,是不多的文品和人品一致的作家。我在这方面一直把他作为标杆,在向他学习,所以深受他的影响。李斌奎、唐栋两位作家是我的前辈。《天山深处的大兵》《兵车行》是我最早读到的军旅小说之一,使我对军事文学这个概念有了初步的认识。遗憾的是,我到新疆的时候,他们均已离开,无缘受教。董夏青青在新疆生活了十年,这对一个85后女作家很不容易。她是一个才华充沛、对生活细节有敏锐领悟力的作家,她不是一个边防军人,也很少在边防部队生活过,但她会去采风,她对边防生活的描写让人读后刻骨铭心,对边防人物的塑造往往入木三分,令人难忘。我想,这也是她虽身处边地,却能在80后作家中具有鲜明个性、很快异军突起的原因。

我与他们的相同点,是共同用文学的方式书写了比如帕米尔高原、喀喇昆仑腹地那些很少被作家涉及的文学场域,使那片雄阔的大地有了文学这种雨露的滋润。这件事可能只有军旅作家才能完成,因为极少有地方作家能抵达那里。我从他们身上汲取了勇气、经验和灵感,其中勇气最为重要。我与他们的区别是,我是个体验型的作家,在高原实实在在地生活过多年。所以,迄今为止,我的大多数作品都是写那个地域的。

问:感觉您的人生经历本身就是一部小说。这些经历中哪一部分最让您刻骨铭心?

答:经历本身就是人生际遇的反映。最让我刻骨铭心的,还是在帕米尔高原的生活。

问:你的长篇小说《白山》出版后,好评如潮。它以世界屋脊为背景,将铁血故事与雄奇的地理风光融合在一起,书写了做事执着、略带傻气的凌五斗从一名普通士兵成长为先进典型的故事,展现了高原军旅生活风貌,表达了军人履行使命的艰辛,彰显了军人的奉献精神。名家张炜、阿来、马家辉的推荐语说《白山》是"一部关于微小人类与强大自然的传奇、一部关于铁血男儿与雄奇高原的寓言、一部文学探索与现实主义完美融合的小说"。我认为他们准确地评价了此作的迷人之处。我记得有段是通过凌五斗的视角,以主观镜头方式呈现的:"那些沉睡、凝固了的群山被那一轮圣洁的月亮重新唤醒了。他感到群山在缓缓移动,轻轻摇摆,最后旋转、腾挪、弯腰、舒臂,笨拙地舞蹈起来,还一边舞蹈,一边轻声哼唱着。"还有凌五斗眼睛忽然变蓝的细节真是神来之笔,它使小说有了魔幻主义色彩,使作品飞扬起来,有了高蹈之光。请你把此书你认为的得意之处讲出来跟读者分享一下。

答:最得意之处是小说的主人公凌五斗浑身变成了蓝色,这使我塑造的这个人物形象更加独特、深刻;当然,这也使这部小说更具文学性,使其更具时代感。

问:同为写作者,我想问你一个问题,能否谈谈你在创作某一个作品遇到瓶颈期时,对创作、甚至对自己能否继续写下去产生怀疑,然后忽然感觉有种柳暗花明的感觉?

答:我相信,每个写作者都会遇到瓶颈期,都会对自己的写作产生怀疑。即使写作很顺利的时候,即使写出满意作品并被认可的时候,作家也会对自己以及自己的作品产生怀疑。我也遇到过对自己作品沾沾自喜、总是满意的作家,但好的作家总在检讨自身的不足。这可能也是作家会不断写作、不断探索,以求能有所进步的原因。

我的瓶颈期最长达十年,就是1996年到2006年那段时间。我在军艺读书时,在《芙蓉》发表过长篇小说《黑白》,小说是靠想象完成的,带有很强的实验性,也可以叫"先锋小说",当时颇为自满。

但当我从军艺毕业,面对现实、面对大地、面对现实中和大地上的人时,我才发现,自己连一个句子也写不好。所以在那十年,我只能写"纪实文学"。

2006年8月,在去上海作家研究生班学习之前,我决定回一趟帕米尔高原,其间在塔合曼待了两天。一天晚上,我去看望原先认识的几个塔吉克族老乡,一边吃肉、喝酒,一边听他们用带着塔吉克腔调的汉语讲塔合曼的故事,其中讲到当年修中巴公路时因放炮,慕士塔格峰发生雪崩的场景时,我一下找到了小说写作的方式,一些题材和场景一下涌现出来了,小说的语言、语调、腔调,甚至词语本身的颜色都呈现在了眼前,只需我去把它写出来。此后,我写了一系列以帕米尔高原为背景的小说,比如《七年前那场赛马》《夏巴孜归来》《克克吐鲁克》《北京吉普》等。这的确有一种柳暗花明的感觉。

对于一部具体的作品来说,写着写着写不下去也是常事,即使是一篇短篇小说也有写不下去的时候。有些作品从此就放弃了,夭折了;有些作品放一段时间后,会突然鲜活起来,并有了新的光。

问:我认为你在雪域高原、在边地的二十余年经历,使你的作品有了不同于别的作家那样的高远和辽阔,你认为呢?

答:这是你对我的赞誉和鼓励,非常感谢。我是塔克拉玛干、世界屋脊这种雄阔地域养育的作家,我要对那个地域予以书写,需要用那种有高远感觉、有辽阔气象的笔墨。但这其实还是一种表面的东西,真正的高远和辽阔更多地应该表现在深邃的内涵上。对此,我做到的百分不及一,还需要继续修炼。

问：你年轻时写诗，后来又写纪实文学，又写散文，短中篇，长篇，几乎每个题材都有代表作，你觉得你最满意的哪种文体，哪部作品？你希望你的作品能给读者带来什么？

答：是的，我很多题材都有涉猎，我愿意尝试各种文体，但我最在意的还是小说，其余的我觉得都是副产品。我较为满意的还是长篇小说《白山》，中篇小说也有，比如《七年前那场赛马》《索狼荒原》《陀思妥耶夫斯基与荒漠》，短篇小说是《银绳般的雪》《夏巴孜归来》《哈巴克达坂》。我希望我的作品能带给读者一种"异质"的感受，希望我的作品能使他们认识到生命的坚韧与脆弱，认识到人生的窄逼与无垠。

问：除了写作，你还有什么业余爱好？电影？旅行？发呆？我在好几个地方发现都有你的同一张照片，如果我没记错的话，我要给你一篇文章配照片，你也给我提供了这一张。这张照片背景好像是雪山，近景下半部是半身的你。你手托着腮，人好像在特窄小的空间里直不起身，半边脸都在暗处，人的神情也特凝重。说实话，起初我看时，有些不适，现在忽然发现那正是你打量世界的独特的眼光。你就此如何看？

答：我曾经喜欢旅行，前面说了，我做过背包客，曾经背包走遍了新疆和云南，去过西藏、青海、川西的不少地方，我因此还写过《黄金腹地》《云南天堂》这些旅行手册。后来，出去旅行的时候少了，但旅游还是有的。我喜欢到电影院看电影，凡有新片上映，我和妻子、孩子都会一起去看。还有就是逛书店，成都是个书店很多的城市，心情浮躁的时候，我就会到书店里去看看，一到那里，心就会安静下来。现在，我跟着妻子学会了喝茶——以前几乎不喝茶，这个的确需要学;有时也跟她写两笔字,涂几笔鸦。

你说的那张照片的背景是我在新疆军区创作室的同事、画家张文平送我的一幅油画,画的是我拍摄的冈仁波齐峰,2017年《白山》出版时,要一张作者近照,我妻子就用手机为我拍了这张照片。因为逆光,所以一张脸被分成了明暗两部分。作家各有自己打量世界的眼光。我觉得,作家不属于上和下,或者左和右,也不是置身中间的,他要包纳这一切,消化这一切,然后赋予自己创作的世界以独立的面貌。所以,那半边暗处的脸仅是因为逆光而已,并无其他的意思。

问:我想我们每个军人都忘不了自己的从军之初,你从军后任过侦察班战士、炮手、文书、新闻报道员、边防排长、干事、文学创作员、创作室副主任,两次立三等功,两次立二等功,可惜这样的经历,在你作品中很少体现,那么在此我郑重地向你约稿,相信它们会给军事文学注入一股新鲜的血液。最后请以老兵的经历给年轻的官兵说句人生感言。

答:我的人生感言就是:我们每个人都是勇士,都有可能成为英雄。我们都走在成为英雄的路上。